Roland Herder

Wer stirbt schon gern für Schokolade?

Ruhrgebiets-Thriller
Mit Illustrationen von Monika Guthke

FRIELING

Die Deutsche Bibliothek – CIP-Einheitsaufnahme
Herden, Roland:
Wer stirbt schon gern für Schokolade? : Ruhrgebiets-Thriller /
Mit Illustrationen von Monika Guthke / Roland Herden. –
Orig.-Ausg., 1. Aufl. – Berlin : Frieling, 2000
ISBN 3-8280-1144-6

Hünefeldzeile 18, D-12247 Berlin-Steglitz
Telefon: 0 30 / 76 69 99-0

ISBN 3-8280-1144-6
1. Auflage anno 2000
Umschlaggestaltung: Graphiti
Bildnachweis U4: Archiv des Autors

Printed in Germany

Für meinen Vater
und meine liebe Schwester Annette

Mein großer Dank gilt meinem Freund Azur und seiner lieben Frau Britta, Petra Ochmann and the Ömmels, Silvia Kluck, Lothar Stahl (dem „Oberbürgermeister“ von Meiderich) Familie Vago (mjamm, mjamm), der Buchhandlung Filthaut in Duisburg-Meiderich, der Autoreparaturwerkstatt Bungart (ebenfalls in Meiderich), die ständig meinen Kübel vor dem bösen TÜV rettet, meiner ehemaligen Deutschlehrerin Brigitte Meffert, die stets dafür sorgte, daß ich bei Klassenarbeiten, trotz überzogener Zeit, meine langen Aufsätze zu Ende schreiben durfte, meinem marokkanischen Freund Kareem für die Hardcore-Zeit vor dem „Poco“, Michael Duerhagen (… morgen Kohle), Rolf Homann (Danke für die guten Werbetips), dem Regionaldirektionsleiter der Deutschen Vermögensberatung Michael Lach, der andere Leute wachrüttelt und an ihre Träume erinnert, und den Moderatoren Harald Schmidt, Jürgen Domian und Walter Lippert (Radio Duisburg), die mich mit ihren Sendungen durch die langen Nächte meines Schaffens begleitet haben, aber vor allem meinen tollen Kollegen aus der Rohmassenabteilung, die ich in den langen Jahren kennen- und schätzenlernen durfte.
Laßt euch nicht unterkriegen!

Inhaltsverzeichnis

Das Photo

Der Himmel war klar, und die Stille wurde nur vom Flattern der Fahne unterbrochen, die anmutig im Wind wehte. Es schien, als wüßte sie, daß der Mast am höchsten Turm der Firma stand. Stolz breitete sie ihre volle Fläche aus, um den Firmennamen preiszugeben: „*BLANKA*“. Er saß auf dem Sims. Die Erinnerung, wie er früher dort mit seinem Arbeitskollegen gehockt und mit Kirschkernen auf vorbeilaufende Leute gezielt hatte, stieg in ihm hoch.

Weder Erfolg noch Mißerfolg hatten sie je von ihren Aktionen erfahren, da der Turm viel zu hoch war, um unten etwas zu erkennen. Er wußte auch noch, wie sie mit ihren Ferngläsern in die Büroräume geglotzt hatten, um eventuell aufregende Sachen zu entdecken. Letztendlich sahen sie aber nur Angestellte, die telephonierten, Zeitung lasen, Kaffee tranken oder emsig durch die Gegend liefen.

Schon damals fiel ihm auf, daß das Büroleben besser war. Man mußte nicht früh aufstehen, verrichtete keine körperlich schwere Arbeit, und alles wirkte sauber. Nicht wie die Leute in der Produktion, die genau das Gegenteil erlebten. „Egal“, dachten sie damals. Sie hatten auch genug Vorteile. Sie mußten zwar phantasievoll danach suchen, aber immerhin fanden sie auch etwas. Sie durften beispielsweise, so wie es sich für eine Süßwarenfirma gehörte, soviel Schokolade essen, wie sie nur konnten. Abgesehen davon, daß man nach einer Woche keine Schokolade mehr sehen konnte, wenn man sich einmal durch das ganze Sortiment gefuttert hatte. Er legte den Kopf zurück und holte tief Luft. Das alles war vor 25 Jahren gewesen. Der Kollege war schon lange nicht mehr da, und er als Betriebsratsvorsitzender genoß jetzt das, was er als Lehrling immer durch das Fernglas gesehen hatte. Er war beliebt, es gab also keine Probleme bei der Wiederwahl. Da er gute Ergebnisse für die Arbeiter erzielte, hoffte er, daß nun die Karriere in der Gewerkschaft bergauf gehen würde. Neider sagten ihm zwar Korruption nach, aber das interessierte ihn wenig. Natürlich hielt er manchmal hier und da die Hand auf, damit für die Arbeitgeber einige Dinge angenehmer abliefen. Er hatte dabei jedoch kein schlechtes Gewissen. Es waren größtenteils immer Dinge gewesen, die sich früher oder später sowieso verschlechtert hätten. Mit seinem Zutun jedoch etwas früher. Aber was machte das?

Solange er sich nach außen hin kämpferisch gab, würde niemals jemand darauf kommen, daß er es war, der die Kacke zum Dampfen brachte. Er konnte es natürlich nicht immer so machen. Bei Kürzungen von Weihnachtsgeldern war es clever, sich querzustellen. Erstens bekam er dann die uneingeschränkten Sympathien der Arbeiter, und zweitens konnte er dann die Schmiergelder bei Urlaubsgeldkürzungen erhöhen. Wie sollte er auch sonst den Lebensstandard mit Frau, zwei Kindern, drei Autos und einem viel zu großen Haus aufrechterhalten, wenn nicht so? Mit einer anderen Sache, die anfangs gut lief, hatte er sich allerdings eindeutig übernommen. Sie war nicht mehr klein und kontrollierbar, sondern riesig und nicht mehr zu bändigen. Alles lief eigentlich perfekt. Er war immer der Spielführer gewesen, der die Regeln gleich mitlieferte. Seine Regeln. Einfach und klar. Ohne daß man ihm anschließend an die Karre pinkeln konnte. Doch nun mußte er feststellen, daß die Karre bis oben hin vollief. Er griff in einen großen braunen Umschlag, zog einen kleinen Stapel Bilder heraus und schaute sich die Bilder an wie ein Kartenspiel, das vordere nach hinten. Die Aufnahmen zeigten, wie er mit einer jungen Dame an einem kleinen Tisch saß und ihre Hand hielt. Die geheimnisvoll-romantische Atmosphäre wurde trotz des Schwarzweißfilms, den der Betrachter verwendet hatte, wiedergegeben. Je weiter er die Bilder durchging, desto mehr kristallisierte sich der Verlauf des Abends heraus, der unter der Dusche eines Stundenhotels in Düsseldorf endete. Er fand es nicht schlimm, daß man ihn mit einer Frau photographierte. Dummerweise war es aber nicht seine eigene. Nun war die Geschichte von dem Mann mit der blütenweißen Weste schwer zu erklären, wenn ein anderer Spielführer Hochglanzphotos in die Runde warf, die ihn dabei zeigten, wie er freundlicherweise einer jungen Dame den Rücken einseifte. Diese nette Geste gab wohl Abzüge in der A-Note und wäre obendrein noch schwer zu erklären gewesen. Im Moment wußte er auch nicht, wie er da wieder rauskommen sollte. Bei Gewerkschaft und Arbeitgeber gab es immer eine bevorzugte Art von Diplomatie. Keiner konnte und wollte dem anderen was. Alle wollten nur ihre Ruhe haben. Die Arbeiter waren ihnen eigentlich egal. Die Firmen brauchten den Profit und die Gewerkschaft den Monatsbeitrag der Mitglieder. Den anderen brauchte er aber mit Diplomatie nicht zu kommen. Er steckte die Photos zurück in den Umschlag. Eins holte er wieder raus. Er betrachtete es und legte dann den Umschlag beiseite. Er überlegte, wo der Photograf bei dieser Aufnahme wohl gesteckt haben mochte. Das Knattern der Fahne übertönte das Quietschen der schweren Metalltür, als diese unbemerkt hinter ihm aufging. Er war viel zu vertieft in seine Gedanken, um zu bemerken, wie jemand leise an ihn heranschlich. Erst der leichte Druck auf seinem Rücken holte ihn wieder in die Realität zurück. Er war nicht erschrocken, sondern nur überrascht. Beim Versuch, sich umzudrehen, merkte er, wie der Druck im Rücken stärker wurde und sein Vorhaben nicht zuließ. Vor lauter Verwunderung entging ihm, daß er dabei langsam nach vorn rutschte. Nun wollte er sich mit aller Gewalt umdrehen, um zu sehen, wer hinter ihm stand. Der Druck verstärkte sich nun. Bei seiner folgenden Bewegung wurde ihm klar, daß er sie besser nicht getan hätte. Der lange Weg nach unten gab ihm genügend Zeit zu schreien. Er ließ das Photo los und streckte beide Arme mit der wahnwitzigen Idee, den Aufschlag so zu mildern, nach vorne. Seine Arme waren das erste, was brach, als er auf den harten Boden schlug.

„Einen Gesellenbrief und einen Führerschein braucht man im Leben. Alles andere ist egal."

Daran mußte René Silber denken, als er die Tür seines alten Bundeswehr-Kübelwagens zuschlug und ohne abzuschließen, über den großen Parkplatz lief. Es waren die Worte seines Vaters gewesen die ihm noch in den Ohren lagen. Nun war er seit neun Jahren bei dieser Firma. Heute würde er seinem Vater sagen: „Einen Beruf, der Spaß macht, und einen Wagen, der morgens anspringt. Das ist wichtig im Leben." René Silber war vor drei Monaten von seinem Wehrdienst zurückgekehrt. Ihm kam es so vor, als sei er überhaupt nie weggewesen.

Es mußte wohl daran liegen, daß sich auch wirklich nichts verändert hatte. Weder an der baufälligen alten Fassade, noch an der ungeschlagenen Starrköpfigkeit des Managements, das auf gar keinen Fall Vorschläge aus den unteren Reihen duldete und somit das Betriebsklima auf Null setzte. Vielleicht lag es aber auch daran, daß er mal wieder zu spät kam.

Silber kam eigentlich ständig unpünktlich, und es interessierte ihn nicht einmal. Alles, was mit der Firma zusammenhing, war ihm egal. Seine leicht arrogante Ausstrahlung, der selbstsichere Gang und diese Art zu lächeln unterstrichen das auch noch. Arbeit und Privatleben trennte er streng. Obwohl er durch sein freches, witziges Verhalten überall beliebt und gerne gesehen war, nahm er noch nicht einmal an den Weihnachtsfeiern und Geburtstagsfeiern der Kollegen teil. Als er an dem Springbrunnen vorbei auf die große Pforte zuging, bemerkte er einen ungewohnten Menschenauflauf. Silber blieb erst einmal verhalten stehen, als er sah, daß Produktionsleiter Gerd Froßmann mittendrin stand. Er erkannte ihn deshalb so gut, weil alle Führungspersonen einen weißen Kittel trugen. Nicht, daß er sich nicht traute, an allen vorbeizulaufen. Sein Kollege Emil hatte jedoch schon für ihn gestempelt. Und bekanntermaßen kann man schlecht um sechs Uhr gestempelt haben, wenn man erst um neun durch die Hauptpforte an seinem Chef vorbeischlendert. Seine einzige Chance war ein großes Metalltor, das sich dreihundert Meter vom Haupteingang entfernt befand. Silber konnte nicht sehen, ob es offenstand, weil ihm zu viele Bäume die Sicht versperrten. Sein Blick ging wieder zurück zu der Menschentraube. Anstatt weniger zu werden, kamen immer mehr hinzu. Alle schienen irritiert durcheinanderzulaufen. Aus den Wortfetzen, die durch den Wind zu ihm herübergetragen wurden, konnte er sich nichts zusammenreimen. Silber schüttelte letztendlich den Gedanken ab, rauszukriegen, was die Bürofuzzies da wieder Nutzloses veranstalteten. Seine Aufgabe war es nun, unbemerkt in die Firma zu gelangen und dabei so aufzutreten, als sei er schon seit Stunden da. Er vertraute darauf, daß das Rohstofftor angelehnt war, und schlug sich seitwärts in die Büsche.

Paul Hermes fütterte schon seit langem die Tauben bei *Blanka*. Früher nach der Arbeit und nun, da er aus gesundheitlichen Gründen nicht mehr so tauglich war, wie die Geschäftsleitung es sich wünschte, bis zum Ende seiner Tage. Eigentlich war es aus hygienischen Gründen gar nicht vertretbar, in unmittelbarer Nähe eines Lebensmittelbetriebes einen Taubenschlag zu beherbergen, da Tauben unwiderruflich Krankheiten übertrugen. Doch vor hundertdreißig Jahren, als man diesen Betrieb eröffnete und die Taube als Firmensymbol wählte, dachte man noch nicht an den Hygienewahn im neuem Jahrtausend. Nebenbei achtete Paul auch darauf, daß alles rund um die Dächer intakt blieb. Fielen ihm Schäden auf, die dazu beitrugen, daß das Dach undicht wurde, die Fahnen an den Türmen ihre Farbe verloren oder die Buchstaben an der alten Leuchtreklame ausfielen, dann sollte Paul sich darum kümmern, daß alles behoben wurde. Die Löcher in dem mittlerweile sehr alten Dach wurden allerdings eher zweitrangig behandelt. Damit sich die Anfahrt der Dachdecker auch rechnete, wurden sie erst gerufen, wenn eine bestimmte Anzahl von Löchern vorzuweisen war. Die größte Aufmerksamkeit galt natürlich den Fahnen und der Leuchtreklame. Handwerker und Elektriker überschlugen sich bald, wenn sie die engen Stufen zum Dach hochstürmten, um Dinge zu beheben, die Paul beanstandete. Er grinste sich dann immer einen, wenn er sah, wie hektisch und planlos sie versuchten, die Arbeit anzugehen. Hauptsache, das Äußere der Firma sah tadellos aus. Daß viele Räume von innen so aussahen, als seien die Decken mit Schimmel tapeziert, da die Feuchtigkeit so hoch war, hörte die Geschäftsleitung nicht gerne. Würden die Büros der werten Herren direkt unter dem Dach liegen, hätte man den Dachdecker bestimmt mit dem Hubschrauber einfliegen lassen. Davon war Paul überzeugt. Dies sollten aber nicht seine Sorgen sein. Denn wer zehn Monate vor seiner Rente stand, sollte sich so kurz vor dem Abpfiff etwas bedeckt halten. Sonst konnte es durchaus vorkommen, daß man auf seine letzten Tage bei stickiger Luft und grellem Neonlicht noch Kartons im Keller stapeln mußte. Da hielt er also lieber die Klappe und schnupperte die frische Frühlingsluft, wenn er über die Dächer von Mülheim schaute. Natürlich vermißte Paul auch seine früheren Kollegen. Selten kam einer von ihnen rauf. Zum einen, weil sie keine Zeit hatten, und zum anderen, weil es verboten war. Wenn Leute nach oben kamen, dann nur aus reiner Neugierde. Aber auch Verliebte, die sich im Betrieb fanden und im Sommer ihre Ruhe haben wollten, verbrachten manche Pause auf dem Dach. Oder abenteuerlustige Lehrlinge fanden sich ein, die bei einer Erkundungstour alte verborgene Räume suchten und dann stolz zu berichten wußten, wo all die Maschinen standen, die noch vor dem zweiten Weltkrieg datiert waren. Paul schaute runter auf den Hof, sah zwei Krankenwagen und verhältnismäßig viele Menschen. Er tippte auf einen Arbeitsunfall. Wäre ja nicht der erste in dieser Firma. Als er seinen Kopf zur Seite drehte, bemerkte er, wie das Rohstofftor von außen ein Stück aufschwang. René Silber kam mal wieder zu spät. Er mochte Silber. Der war zwar frech wie Dreck, aber ehrlich. Eigentlich grenzte es schon an ein Wunder, daß die Firma ihn noch beschäftigte. Allein die Streiche, die er als Lehrling schon ausheckte, hätten ihm Stubenarrest bis zur Rente bringen müssen. Eine seiner besten Aktionen, die sogar im Mülheimer Wochenblatt erwähnt wurde, war, das Wasser des Springbrunnens am Tage einer wichtigen Produktpräsentation pink zu färben. Als die Arbeiter dann die dummen Gesichter der Bürofuzzies sahen, konnten sie sich vor Lachen kaum halten. Natürlich wußte jeder, wer es gewesen war, aber niemand konnte Silber etwas nachweisen. So etwas vergaß man nicht. Als Paul sich vom Geländer abstieß und beschloß, weiter an seinem Taubenschlag zu arbeiten, wehte ein Stück Papier, getrieben vom Wind, auf ihn zu. An seinem Fuß angekommen, bückte er sich, um es aufzuheben. Paul Hermes hielt ein Photo in der Hand.

Die gesamte Rohmassenabteilung gaffte aus den Fenstern. Die Arbeit, die zu verrichten war, konnte man später mit ein bißchen Tempo wieder rausholen. Da alle Meister und Vorarbeiter auch auf dem Hof standen, konnte ohnehin keiner kontrollieren, ob gearbeitet wurde. Nun galt es in erster Linie herauszufinden, was ihnen die frische Brise in dem grauen Alltagstrott bescherte. Das war auf jeden Fall interessanter, als Karamel zu kochen oder Nougat feinzuwalzen. Die Rohmassenabteilung war aufgrund der teilweise körperlich schweren Arbeit oft beliebtes Ziel für Strafversetzungen. Anstatt sich jedoch bestraft zu fühlen, lächelten die meisten nur darüber. Denn wenn alle vom selben Schlag sind, verstehen sich die Menschen auch besser. Das haben die Führungskräfte wohl nicht überdacht, als sie diese hirnrissige Maßnahme veranlaßten. Alle in dieser Abteilung nannten sich deshalb spaßeshalber auch die Fremdenlegionäre. Denn sobald auch nur eine ach so niedrige Arbeit anfiel wie

Fahrstuhlschächte reinigen, Schweinefuttercontainer sauberschrubben oder alte Blumenkübel wegschleppen, dann mußten die Legionäre ran. Kokosflocken-Emil war seit über zwanzig Jahren Legionär. In jungen Jahren hielt der kleinwüchsige Mann selten seine Klappe und landete so in der Rohmassenabteilung, wo er mit Bravour die Kokosflockenmasse herstellte wie kein anderer. Er sagte von sich selber immer, daß er schon jeden Job bei *Blanka* gemacht habe und auch schon in jeder Ecke rumgekrochen sei. Nur den Wagen vom Chef mußte er noch nie polieren, aber er ahnte, daß das bestimmt auch irgendwann anfallen würde. Seine einzige Sorge galt im Augenblick jedoch Silber, der gnädigerweise mal vorbeikommen sollte, um wenigstens seinen Feierabend pünktlich abzustempeln. Aber noch dringender wartete er auf Angelika. Sie war die Meisterspionin in der Abteilung, die alles herausbekam, was in der Firma vor sich ging. Ihr Auftrag lautete nun herauszufinden, was die Aktivitäten auf dem Hof bedeuten sollten. Angelika war ein absolut lieber Mensch, der mit einem die letzte Frühstücksstulle teilen würde. Sie war nicht besonders groß, hatte einen leichten Überbiß und trug eine riesengroße Brille, die schon fast wie eine Karikatur wirkte. Angelika zeichnete sich besonders durch ihre große Schadenfreude aus. Sie bekam dann immer mitreißende Lachanfälle, die lange anhielten. Emil sagte mal, wenn sich jemand den Arm abhacken würde, müßten gleich zwei Krankenwagen gerufen werden. Einen für den Verletzten und den anderen für Angelika, die man bis zum Anschlag mit Beruhigungsmitteln vollpumpen sollte, damit der Lachanfall abebbte. Alle mochten Angelika. Den Kollegen tat es nur leid, daß ihre Schwester, die Vorarbeiterin in der Rohmassenabteilung war, sie deshalb doppelt so streng rannahm, um ja nicht den Anschein zu erwecken, Angelika habe einen Vorteil dadurch. Angelika jedoch nahm auch das mit Humor und pellte sich, wie sie stets zu sagen pflegte, ein Ei darauf, weil sie genau wußte, daß ihre Schwester es nicht so meinte. Als sie nun allerdings von ihrer Mission zurückkehrte, fehlte ihr nicht nur der Humor, sondern auch eindeutig die Gesichtsfarbe. Die ganze Abteilung lauschte gespannt ihren Ausführungen, als sie jäh unterbrochen wurde: „Wo ist Silber?"

Silber war inzwischen unbemerkt in die Firma gelangt.

Die einzigen, die ihn gesehen haben konnten, waren Bürofuzzies, und die wußten mit seinem Gesicht sowieso nichts anzufangen. Nun stand er vor seinem verschlossenen Spind, bemerkte, daß sein Schlüssel noch zu Hause lag, und schwor sich, den Rat von Kokosflocken-Emil anzunehmen, der für solch einen Fall immer ein Zahlenschloß empfahl. Silber hatte sich schon oft vorgenommen, den Leuten, die länger als zwanzig Jahre bei *Blanka* beschäftigt waren, Glauben zu schenken. Im Augenblick nutzte ihm das jedoch herzlich wenig. Emils Tip war zwar allererste Sahne, aber ein Arbeitsanzug in seiner Größe wäre jetzt auch nicht verkehrt. Sein Blick jagte durch den Umkleideraum, der alles andere als inspirierend wirkte. Die Farbe an den Wänden blätterte ab, Fliesen auf dem Boden lösten sich, und Spinde rosteten vor sich hin. Er spornte sich selbst zum Nachdenken an. Kurz vor der Kapitulation sah er, daß der Spind eines Lehrlings offenstand. Grinsend entnahm er ihm einen Arbeitsanzug. Schnell umziehen konnte Silber sich. Das war mit eines der Dinge, die er bei der Bundeswehr bis zum Erbrechen lernen mußte. Silber fand, daß der Anzug wie angegossen paßte. Er lief die Wendeltreppe nach oben und überlegte noch, ob es wohl klug war, von hinten durch den Kühlraum in die Abteilung zu kommen. Noch bevor er die Schwingtür zur Rohmasse aufstieß, hörte er seinen Namen. Emil stammelte, Silber befände sich im Raucherraum. Silber nahm unterwegs einen Eimer auf und spielte mit dem Gedanken, Emil im Teich hinter der Firma zu ersäufen. Ganz *Blanka* wußte nämlich, daß er nicht rauchte. Als er die Abteilung betrat, wunderte er sich, daß niemand an seinem Arbeitsplatz war. Alle standen um Angelika und drehten sich erst zu ihm um, als sie losprustete. Alle, die jetzt mitlachten, mußten Angelika Recht geben, daß er in diesem Augenblick wirklich ein idiotisches Bild abgab. Er stand in einem Arbeitsanzug da, der nicht nur messerscharfe Bügelfalten vorweisen konnte, sondern auch noch viel zu klein schien. Der krönende Kontrast jedoch waren nicht die roten Gummistiefel und das Auszubildendenschild am rechten Arm. Die offenstehende Hose war es auch nicht, aber seine blaue Bärchenunterhose trieb Angelika Tränen in die Augen und wohl auch schon bald den Harn an ihre Schmerzgrenze. Die Vorarbeiterin konnte die Erheiterung nicht ganz nachvollziehen, wußte aber auch, wenn Angelika einmal lachte, konnte sie dies nicht unterbinden. Sie drehte sich um und ging in ihr Büro. Angelika hatte Silber gerettet.

„Sie haben nicht in unserem Sinne gehandelt. Sie sollten ihn daran erinnern, seinen Pflichten nachzukommen und vor allem die Termine einzuhalten. Sein Ableben stört unsere Pläne immens, und es ist schwer, in so kurzer Zeit einen neuen Mann zu finden, der sich in einer ähnlichen Position befindet und dafür Sorge tragen kann, daß die Dinge weiter so gut laufen wie bisher. Des weiteren möchte ich Sie daran erinnern, daß Ihre Bezahlung von der Leistung abhängig ist, die Sie uns gegenüber erbringen, und die ist bis jetzt nicht sonderlich erwähnenswert. Halten Sie sich bereit für weitere Anweisungen. Sie hören von uns."

Ein kurzer Piepton signalisierte das Ende der Nachricht, die auf der Mailbox seines Handy-Anschlusses hinterlassen worden war. Die Freisprechanlage in seinem Auto honorierte dies mit einer Übersteuerung. Er drückte die Taste, um die Ansage erneut abzuhören.

Achim Nauermann war als Pole der deutschen Sprache zwar mächtig, aber computerverzerrte Sätze, die keine Elemente der Umgangssprache des Ruhrgebietes enthielten, machten ihm noch Schwierigkeiten. Nach dem erneuten Abhören des Textes ließ er sich seufzend zurück in den Sitz sinken. Nun verstand er ungefähr, was los war. Glauben konnte er es jedoch nicht. Nauermann war im Augenblick allerdings so müde, daß er nicht mehr wußte, was er noch glauben sollte. In kaum neun Stunden begann seine Nachtschicht, da konnte ein bißchen Schlaf ihn weiterbringen als ein Haufen Vorwürfe, deren Zusammenhang er nicht einmal im Ansatz verstand. Er wußte aber eins, er wollte das Geld für die erbrachten Photos.

Gerd Froßmann schaute aus dem Fenster direkt auf den großen Parkplatz, rauchte dabei hektisch seine Zigarette und erinnerte sich daran, daß er eigentlich aufhören wollte zu rauchen. Froßmann war seit vierzig Jahren bei *Blanka*. Er war an der Entwicklung vieler Schokoladensorten aus dem Sortiment der Firma beteiligt gewesen. An den guten und weniger guten. Schokolade war sein Leben. Natürlich auch *Blanka,* wofür er endlos viel arbeitete und geradezu alles opferte, was möglich war. In der langen Zeit bei der Firma hatte er viel an Körpergewicht und vor allem seine Gesundheit verloren. Drei Herzinfarkte und schier endlose Kreislaufzusammenbrüche prägten sein Gesicht. Die Ärzte hatten ihm immer wieder Ruhe verordnet. Ruhe kannte er aber nicht. Er wollte nicht eher aufgeben, bis er das Produkt geschaffen hatte, das den Firmennamen in aller Munde brachte. Aber vor allem seinen Namen. Das war sein Antrieb. Er reichte ständig gute Vorschläge für neue Produkte ein, die vom Marketing jedoch allesamt wieder zerschlagen wurden. Zu teuer, nicht zeitgemäß, unrealistisch und uninteressant, das waren die Argumente der Marketingabteilung.

Nie sagte aber einer: „Schmeckt nicht." Das ließ ihn hoffen. Er stand unter großem Druck. Im Osten wußten die Firmen nämlich auch schon lange, wie man Süßwaren herstellte. Vor allem günstiger. Dazu kam noch der unerbittliche europäische Wettbewerb. Es mußte also ein neues Produkt her, und zwar eins, das die Arbeitsplätze stabil hielt, natürlich auch seinen eigenen. Froßmann hatte momentan viel um die Ohren.

Die Waren, die kurz vor Ablauf des Haltbarkeitsdatums an die Kinderheime in Polen verkauft wurden, kamen teilweise zurück. Die Kakaobohnen, die letzte Woche geliefert wurden, waren vom hauseigenen Labor nicht freigegeben worden, weil sie noch nicht einmal den niedrigen Qualitätsansprüchen der Firma entsprachen. Dann fielen Maschinen im Haus zwischenzeitlich für einige Tage aus, weil sich irgendwo ein elektrischer Defekt nicht finden ließ. Zu guter Letzt sprang auch noch der Betriebsratsvorsitzende vom Dach, und die Polizei legte streckenweise die Arbeit lahm, um ihre Ermittlungen abzuschließen. Eigentlich schade, Froßmann war gerade mit dem Mann warm geworden, wenn es darum ging, die eine oder andere Wochenendschicht zu genehmigen. Er wollte sogar für Froßmann einen Kontakt zum Marketing herstellen, der einiges leichter machen sollte. Allein schon deswegen konnte er sich den Selbstmord nicht erklären. Er wollte das jedoch nicht zu laut sagen, bevor die Polizei auf die Idee kam, die ganze Firma stillzulegen, um alles in der Presse breitzutreten.

Solch eine negative Werbung konnte eine Firma, die sowieso keine bahnbrechenden Produkte vorzuweisen hatte, nicht gebrauchen. Er nahm einen letzten Zug, drückte die Zigarette aus und ließ dabei den Parkplatz nicht aus den Augen. Irgend etwas fiel ihm auf, er wußte nur nicht was.

Froßmann war ein Autonarr. Er wußte, wer welches Auto besaß, und urteilte auch danach, auf wen er was halten konnte. Wenn man z.B. den Schrotthaufen von Silber nahm, paßte das vollkommen ins Bild: laut, ungemütlich und langsam. Aber Silbers Auto war es nicht, was ihn störte, obwohl das verdächtig weit hinten stand. Logischerweise parkte jeder vorne auf den besten Plätzen, wenn er pünktlich kam. Obwohl das nichts heißen sollte. Silber konnte auch in Köln parken und wies trotzdem eine tadellose Stempelkarte vor. Den Trick bekam er aber auch noch heraus, das schwor er sich immer wieder. Nein, Froßmann irritierte, daß ein bestimmter Lieferwagen seit einiger Zeit auf dem Platz stand, der sich immer auf demselben Fleck befand – und das war ungewöhnlich. Jemand mußte schon das Glück für sechs Richtige im Lotto mitbringen, wenn er gegen ungefähr sechshundert Mitbewerber um einen Parkplatz immer denselben bekommen wollte. Es sei denn, er tauschte ständig mit einem anderen Wagen. Froßmann schüttelte den Kopf und wandte sich vom Fenster ab. Er beschloß, lieber seinen Kontrollgang durch den Betrieb zu machen, anstatt sich Gedanken über einen Lieferwagen zu machen, der die Werbung einer Senffirma trug, die es sowieso nicht mehr gab.

Er wollte das machen, was er am liebsten tat: Nachsehen, ob die Leute ihrer Arbeit nachgingen, und wenn dem nicht so war, sie so zusammenfalten, daß ihnen kein Hut mehr paßte.

Froßmann wußte auch schon, wo er beginnen konnte und bei wem sein Auftreten ohne großen Widerstand Erfolg zeigen würde. Er brauchte nicht lange in seinem Elefantengedächtnis zu suchen, um zu beschließen, daß Emil, seiner Ansicht nach, mal wieder an der Reihe war, in gewohnter Regelmäßigkeit wegen einer Lappalie irgendeinen ausgefallenen Drecksjob zu machen. Er genoß den Gedanken auf dem Weg zur Rohmasse. Und Silber, das Großmaul, würde er gleich mit abservieren.

Emil und Silber probten gerade die Effektivität des Bölkwassers, indem sie versuchten, lauter aufzustoßen als die anderen Kollegen. Bölkwasser nannten die Legionäre ihr Mineralwasser, das sie in der *Blanka*-Kantine erwerben konnten. Sie kauften es nicht, weil es so günstig, sondern weil es das einzige war. Es enthielt anscheinend mehr Anteile Kohlensäure als Wasser, sonst wäre es wohl kaum möglich gewesen, in dieser Häufigkeit und Lautstärke aufzustoßen, wie Emil es gerade demonstrierte. Als Silber mit seiner Vorstellung begann, die anderen jubelnd applaudierten und sich sogar Angelika die Ohren zuhielt, wurde hinter Silber die Schwingtür aufgeschubst. Erst als die anderen aufhörten zu jubeln und Angelika anfing zu lachen, klang der Aufstoß von Silber ab, und er ahnte schon fast, daß ein „Weißkittel" hinter ihm stand. Dennoch fragte er ungeniert: „Na Leute, wie war dat?" Es war nur das unterdrückte Kichern von Angelika zu hören, die anderen waren plötzlich ruhig. Emil schüttelte leicht den Kopf, um zu signalisieren, daß Silber jetzt um Gottes willen den Mund halten sollte. „Silber!", donnerte es.

Er drehte sich um und sah Froßmann. „Was glauben Sie eigentlich, ist Ihre Aufgabe hier als Fachkraft?" Er sah an Silbers Lächeln, daß gleich eine unverschämte Bemerkung fallen würde, doch bevor es dazu kam, brüllte er weiter: „Zeigen Sie mir lieber, was Sie heute geleistet haben. Ich überlege mir dann, ob ich Ihnen einen Verweis schreibe." Froßmann drehte sich weg und ging schnurstracks zu den Kochkesseln. Angelika lachte nun endgültig los. Silber und Emil stellten ihre Flaschen zurück in den Schrank und wollten sich erst mal beraten, bevor sie in die Arena traten. „Welche Masse kochen wir heute?", fragte Silber.

„Karamelmasse", stammelte Emil. „Drei fertig und eine vorbereitet."

Silber machte den Schrank zu und ging vor. „Na denn, mal los. Gukken, wat kommt."

Froßmann stand mit verschränkten Armen am dampfenden Kochkessel. Der hochrote Kopf verriet nicht nur, daß sein Pulsschlag die Rekordgrenze erreichte, sondern auch, daß er mächtig ungehalten war. Es konnte nicht angehen, daß die Arbeiter in einem Lebensmittelbetrieb ihre Unarten auslebten. Disziplin und Sauberkeit, das war es, was die Arbeitsplätze sicher machte. Es brauchte sich nur ein Kunde bei einer Führung zu verlaufen und jemandem wie Silber zu begegnen – dann war der Auftrag futsch. Das war sicher. Doch die Leute in der Rohmasse bekamen das nicht in ihr Spatzenhirn, was es bedeuten konnte, wenn sie ihre Arbeit nicht anständig erledigten.

Er bekam von der Geschäftsleitung schließlich den Druck, die Produktion voranzutreiben. Froßmann gab diesen Druck natürlich ungefiltert weiter, und wenn er sah, daß erwachsene Menschen sich aufführten wie eine Horde Affen, bekam er noch nicht mal ein schlechtes Gewissen dabei.

„Qualität fängt unten an, meine Herren“, empfing er Emil und Silber. „Wenn Sie jetzt schon Mist bauen, kommt am Ende auch nichts Anständiges dabei raus, auch wenn man es noch so schön verpackt.“

Beide dachten wohl gleichzeitig an die Verpackungen, die seit Mitte der siebziger Jahre nicht mehr verändert worden waren und die man alles andere als schön bezeichnen konnte, als sie grinsend auf den Boden schauten.

„Ach, witzig finden wir das“, sagte Froßmann leise mit drohendem Unterton. Ein Zeichen dafür, daß er während des Satzes nachdachte, was er mit den beiden anstellen wollte.

„Soso“, er schaute auf die vorbereiteten Komponenten der nächsten Masse. „Ist auch alles ordnungsgemäß abgewogen?“

Das war eine unfaire Frage, deren Antwort 100 % negativ ausfiel. Denn erfahrene Leute wußten einfach, wenn man ein Gefäß füllte, wieviel es enthielt, ohne es abzuwiegen. Auf das Kilo exakt.

Das sparte dem Erfahrenen einen Arbeitsgang, und er konnte somit mehr leisten. Froßmann wußte das, aber kilogenau reichte ihm nicht. Er wollte es grammgenau! Sollte dieses nicht der Fall sein, konnte er das als Arbeitsverweigerung werten oder, noch schlimmer, Rezepturverfälschung nachweisen. „Silber, wiegen Sie bitte den Zucker ab.“ Er deutete auf Emil. „Bringen Sie das Rezept“, verlangte Froßmann ungeduldig. „Das ist im Büro“, kam kleinlaut die Antwort.

„Ach, arbeiten wir ohne Rezept? Das wird ja immer besser hier.“ „Stimmt, Emil“, warf Silber ein. „Wie kannst du nach über zwanzig Jahren die Frechheit besitzen, das Rezept auswendig zu können?“

„Silber“, zischte Froßmann, „seien Sie still und stellen Sie den Zukker auf die Waage!“ Silber hob die Kapsel auf die Waage, kniete nieder und machte sich die Schuhe zu. Die Digitalwaage zeigte 22,4 kg an. „Die Kapsel wiegt zwei Kilo ...“ „Ich weiß“, unterbrach Froßmann Emil genervt, „Silber, nehmen Sie sofort den Daumen von der Waage. Für wie blöd halten Sie mich?“ „Och, wenn Sie mich so fragen …“

„Den Daumen“, erinnerte Froßmann drohend.

Silber trat von der Waage weg. 22,3 kg zeigte sie nun an.

„Interessant, meine Herren. Wo sind wohl die hundert Gramm geblieben, die dazu beitragen, daß die Masse ihre Qualität behält?“

„Huch“, entfuhr es Silber. „Emil, du hättest mich davon abhalten sollen, soviel zu naschen ...“ „Silber!“, brüllte Froßmann. Er merkte, wie sein Blutdruck stieg, atmete tief durch und bemühte sich, ruhig zu bleiben. „Silber, Sie sind wie Ihr Auto ...“ „Ich weiß“, unterbrach ihn Silber freundlich, „robust, zuverlässig und sauber.“ Froßmann schüttelte entnervt den Kopf, als er den beiden mitteilte, daß sie sich am nächsten Tag im Massensaal einfinden sollen. Als er Silber und Emil den Rücken zuwandte, wußte er auch schon, was er mit den beiden anstellen wollte. Dann konnte Silber mal zeigen, wie robust er wirklich war.

Sein Erscheinungsbild war unauffällig, das Auftreten leise, die Bewegungen hatten eine gewisse Eleganz. Und wenn Gero Pallasch sprach, fragte man sich, während man seinen sorgfältig ausgesuchten Worten lauschte, was dieser Mann bei *Blanka* verloren hatte.

Er zeigte ein immer freundliches Lächeln und war stets höflich. Besonders zu den Frauen, mit denen er arbeitete, was ihm beim weiblichen Geschlecht hoch angerechnet wurde, aber bei manchen Männern unbeliebt machte. Da er aufgrund seiner zierlichen Statur keine schweren körperlichen Arbeiten verrichten konnte, aber dafür über einen erstaunlichen Verstand verfügte, der ihm anspruchsvollere Arbeiten einbrachte, sagten ihm Neider nach, er hielte sich für was Besseres. Dem war aber nicht so. Er arbeitete in der Puderabteilung, die Gelee- und Gummiartikel herstellte.

Seine Aufgabe war es, Stempel aus Gips zu fertigen, die in den Weizenstärkepuder gepreßt wurden. Die dadurch entstandenen Mulden wurden mit Geleemasse gefüllt. War die Masse ausgehärtet, entfernte man den Puder und erhielt so das fertige Produkt.

Ein Stempel mußte deshalb so aussehen wie der andere. Wies der Gipsstempel eine Unebenheit auf, würde sich das auf das Produkt auswirken. Also mußte man eine gewisse Sensibilität an den Tag legen, über die Gero hundertprozentig verfügte.

Die Puderabteilung war ein strenger Bereich, da der führende Meister ihn für die Krone der Firma hielt. Der Weizenstaub, der in der Luft lag, und die matten Neonleuchten, die schon lange nicht mehr ausgewechselt worden waren, untermalten das schlechte Arbeitsklima. Da die Leute ständig zur Arbeit angetrieben wurden, blieb wenig Zeit für Gespräche. Sobald mehr als zwei Menschen beieinander standen, war das schon eine Versammlung, die unterbrochen werden mußte. Also bemühten die Arbeiter sich, in Bewegung zu bleiben, um ja nicht aufzufallen. Das Ganze glich einem Ameisenhaufen. Gero stand in seiner kleinen Nische, in der er die Stempel fertigte, und wurde dort weitestgehend in Ruhe gelassen. Er war gerade dabei, ein paar Nebenarbeiten zu verrichten. Hasen aus Gips mit Latzhose für die Enkel von ein paar Arbeiterinnen. Gero freute sich immer, wenn er anderen eine Freude machen konnte und gab sich deshalb besonders viel Mühe. Die Farben mischte er sich aus den färbenden Konzentraten für die Produkte zusammen. Das Rot ging ihm aus, und er beschloß, Emil zu fragen, der ihm bestimmt etwas von seiner Kokosflockenfarbe abgeben würde.

Gero packte die drei Hasen sorgfältig in ein Tuch, klemmte sich eine Colaflasche, das Zahlungsmittel für Gefälligkeiten bei *Blanka*, unter den Arm und machte sich auf den Weg in die Umkleidekabine. Er kam gerade bis zur Tür des Treppenhauses, als er so hart von hinten angerempelt wurde, daß die Hasen vor seinen Füßen zerbrachen. „Oh“, hörte er die höhnische Stimme von Schiffer, der erst seit einigen Monaten hier arbeitete. Er fiel durch ein ständig falsches Lächeln und eine dicke Goldkette auf, die sich fortwährend in seinen Brusthaaren verhedderte.

Aus unerklärlichen Gründen mochte er Gero nicht leiden. „Sind dem Kleinen die Häschen runtergefallen?“ Gero konnte gar nicht verstehen, was das sollte, als Schiffer auf ihn zukam und nun gar nicht mehr lächelte.

Sie stützte sich mit beiden Händen auf den Schreibtisch, atmete tief durch und schaute von ihrem Penthousebüro auf den Springbrunnen, an dem sie als Kind immer gespielt hatte. Sie wünschte sich in diesem Moment, an einem anderen Ort zu sein. Maria Kaupt, Tochter des reichsten Mannes Deutschlands, war von ihrem Vater gebeten worden, sich um *Blanka* zu kümmern.

Sie war zwar erst dreißig Jahre alt, aber ihre scharfen Gesichtszüge ließen erahnen, daß sie eine große Autorität werden würde. Um dieses auch noch zu unterstreichen, trug sie ihr blondes Haar stets streng zusammengebunden. Dennoch spiegelten ihre Augen Gutmütigkeit wider, die auch meist bei ihren Entscheidungen zur Geltung kam. Was glaubte ihr Vater wohl, wieviel sie an Zeit brauchen würde, um die Firma wieder auf Vordermann zu bringen? Nichts war mehr von dem großen Betrieb übriggeblieben, wie sie ihn einst kannte, bevor ihr Vater ihn vernachlässigte, anderen Leuten die Führung übergab und *Blanka* nur noch als Abschreibeobjekt benutzte. Früher, als sie noch Marktführer von einigen Produkten waren und ihr Vater gute Arbeit mit Wochenendfesten belohnt hatte, eröffnete sogar ihre strenge Großmutter mit den Arbeitern den Tanz. Damals schien es so, als wäre jeder Tag bei *Blanka* ein Fest. Jeder fühlte Stolz für seine Firma. Heute, so schien es ihr, waren die Arbeiter, angeleitet von Vorgesetzten mit mangelnder Menschenkenntnis, froh, wenn sie aus dem renovierungsbedürftigen Bau zu ihren Autos strömten, sobald der Feierabend erreicht war und das Wochenende in greifbare Nähe gerückt war. Maria wußte gar nicht, wo sie ansetzten sollte, um es allen recht zu machen. Auf jeden Fall wollte sie erst einmal die Geschäftsführung knacken, um zu sehen, welche Anweisungen dazu geführt hatten, daß die Firma solch ein Dilemma erleben mußte. Sie wollte dafür sorgen, daß die Menschen wieder fröhlich waren. Besonders jetzt, wo sie hörte, daß sich jemand vom Dach gestürzt hatte – aus welchen Gründen auch immer –, plante sie erst einmal, den Betrieb auf eigene Faust zu erkunden, um die Mißstände zu erkennen und so schnell als möglich zu beheben. Eigens dafür hatte sie sich einen Arbeitskittel bringen lassen, um den morgigen Tag selbst als Arbeiterin zu erleben. Maria wollte alles sehen, und mit dem Dach wollte sie beginnen.

Gero preßte sich eng an die Wand. Er wollte gerade zum Sprechen ansetzen, um Schiffer in ein Gespräch zu verwickeln, das ihn davon überzeugen sollte, von ihm abzulassen. Doch plötzlich ging ein Ruck durch Schiffer und er wurde unfreiwillig schnell nach vorne getrieben.

Noch ehe Gero die Handlung interpretieren konnte, schloß er reflexartig die Augen, hörte, wie Schiffer mit voller Wucht vor die Feuertür schlug, und vernahm eine vertraute Stimme: „Oh, ist der Kleine mit seinem dummen Schädel vor die Tür gelaufen?“ Als Gero die Augen wieder aufmachte, sah er Silbers Lächeln und Schiffer, der gerade versuchte, aufzustehen. Gero hob beruhigend die Hände. „Ist schon gut, René. Es ist bestimmt nur ein Versehen gewesen.“ Silber verdrehte die Augen. Nicht weil Gero der einzige war, der ihn beim Vornamen nannte, sondern weil er versuchte, in allem das Gute zu sehen. „Gero“, sagte Silber vorwurfsvoll, „ich kann mir nicht vorstellen, daß Schiffer dir dabei helfen wollte, den Hasen ein neues Design zu verpassen.“ Er wandte sich an Schiffer „Oder?“ „Silber, du Penner, wir sehen uns noch“, preßte Schiffer heraus und versuchte, die immer dicker werdende Prellung hinter seiner Hand zu verbergen. „Na klar, wir sind ja nicht blind.“ Silber machte die Tür auf und schob Schiffer ins Treppenhaus. Trotz großer Gegensätze waren Gero und Silber während ihrer Arbeit bei *Blanka* dikke Freunde geworden. Erst konnten sie sich überhaupt nicht leiden. Aber dann, als die beiden zusammenarbeiten mußten – Gero war damals ein Lehrjahr über Silber, konnten sie eine Gemeinsamkeit feststellen: die Liebe zum Film. Obwohl Silber – bekanntlich in seiner Freizeit Kontakte mit Arbeitskollegen vermied, traf er sich ganz gerne mal mit Gero am Wochenende zu einem Kino-Highlight, um es anschließend im Ringlokschuppen, einem kleinen Bistro in Mülheim an der Ruhr, zu bequatschen. Über andere Dinge wurde selten geredet, weil sich meistens dann die Geister schieden. Gero z.B. engagierte sich für den Umweltschutz und fuhr, so oft es ging, mit Bus und Bahn.

Silber hingegen, der noch nicht mal wußte, wie man Katalysator buchstabierte, haßte, geprägt von den Bimmelbahnzügen aus der Bundeswehrzeit, öffentliche Verkehrsmittel. Also lenkten sie ihre Gespräche auf ihre Gemeinsamkeit. Silber würde, wenn es ging, im Kino wohnen. Seine

Hauptnahrungsmittel wären dann Popcorn und Eis. Gero hatte sich schon als Nachmieter angemeldet, wollte den Ernährungsplan aber auf Nachos erweitert wissen.

Außerdem belächelten sich beide wegen der Redensweise des anderen. Silber kriegte sich nicht mehr ein, wenn Gero in einer bescheidenen Lage immer noch seine Form wahrte. Gero tat es aber Silber gleich, wenn dieser im Duisburger Slang seinem Unmut freien Lauf ließ und versuchte, möglichst alle Kraftausdrücke in einem Satz unterzubringen. Silber seufzte und bückte sich, um die zerbrochenen Hasen aufzusammeln.

„Gero, du solltest damit anfangen, dir wat anderes zu suchen. Über kurz oder lang verkümmerst du hier, und dat ist bestimmt nicht dat, wat du dir vorgestellt hast." Silber stand auf und übergab Gero die Gipsreste. „Danke, René. Ich kann mir im Augenblick aber einfach nicht vorstellen, daß man mich mit meiner Berufsausbildung überall mit offenen Armen empfängt." „O Mann", entgegnete Silber, „ich kann mir aber auch nicht vorstellen, dat du hier bis zur Rente Häschen kneten sollst. Man könnte sagen, du bleibst hier und läufst trotzdem davon."

Gero hob fragend die Augenbrauen. „Ja", fuhr Silber fort, „anstatt mal deine Kapazität für wat anderes zu nutzen, als nur den Gipslakai zu mimen, unternimmst du noch nicht mal den Versuch, dir darüber Gedanken zu machen, wat es noch gibt." „Und was ist mit dir, René? Möchtest du nicht auch weg?" „Na klar. Ich hab' heute morgen schon mal in der Bildzeitung nachgeguckt, ob die nicht noch einen Türsteher für'n Treppenhaus brauchen. Mann Gero, bist du vollkommen Banane? Wat sollte ich denn schon machen? Wenn die meine Zeugnisse sehen, weisen die mich gleich wieder hier ein. Also brauche ich mich schon mal gar nicht zu bewegen." Gero schmunzelte. Silber konnte anderen immer hervorragende Vorschläge geben und sie zu höheren Zielen anspornen. Aber wenn es um ihn ging, baute er sofort eine Mauer um sich auf und verwies auf seine, nun wirklich nicht herausragende Schulbildung. Doch ab und an äußerte Silber Gedankengänge, die sogar Gero nachdenklich stimmten. Demzufolge konnte Silber gar nicht so dumm sein, wie er sich immer verkaufte. Gero legte die Stirn in Falten, als er sah, was Silber für einen Arbeitsanzug trug. „René?"

„Wat is?“ „Seit wann hast du Bügelfalten in deinem Arbeitsanzug?“
„Gero?“ „Ja, bitte?“
„Halts Maul!“

Die Frühschicht bei *Blanka* hatte Feierabend. Das merkte man spätestens daran, daß die dicken Kondenswasserwolken der Duschen aus den Fenstern der Umkleidekabine quollen. Man konnte den Menschen bei *Blanka* einiges versauen, aber nicht den Feierabend. Daß der Betriebsratsvorsitzende vom Dach gestürzt war, wußten nur die wenigsten. Selbst denen, die es wußten, merkte man keine große Trauer an. Jeder erzählte lachend dem anderen, was er wieder für selten dumme Sprüche von bestimmten Weißkitteln gehört hatte. Andere versuchten, ihre Freude damit zum Ausdruck zu bringen, indem sie ein Lied auf dem Weg zum Duschraum sangen. Die ersten begannen gerade mit dem alten *Blanka*-Schlager: „Die Sonne lacht, die Sonne sticht, die Doofen haben Mittagschicht“, als Silber zur Meute stieß. Er hielt sich lachend die Ohren zu. „Sauber, Männer. Das ist ja wieder ein Klanggenuß allerester Güte. Ich bin stolz auf euch.“ Prompt kam die erste Salve leerer Shampooflaschen hinter ihm hergeflogen, was Silber noch lauter lachen ließ.

Emil war auch schon da. „Silber, dich hört man schon aus der dritten Etage.“ „Da kannst du mal sehen, wie geschmeidig und leise ich durch die Gegend schreite. Josef dagegen hörst du schon aus der sechsten Etage.“ „Was da los da?“, hörte man aus den hinteren Spindreihen grollen. Josef kam ursprünglich aus Polen und war erst seit drei Jahren in Deutschland. Seine Deutschkenntnisse bezog er aus dem Werbefernsehen, was aber nur seiner Artikulation zum Opfer fiel und nicht seinem Charakter. Josef war riesig. Wenn man ihn nicht kannte, konnte man richtig Angst bekommen, aber er war herzensgut und hilfsbereit ohne Einschränkungen. „Was da los, Silber? Soll ich deinen Wagen zu Schrott pressen?“ „O bitte nicht, Josef“, flehte Emil. „Dann kommt er ja gar nicht mehr zur Arbeit, und ich kann mir bis zum jüngsten Tag Geschichten einfallen lassen, wo Silber sich herumtreibt.“ Der ganze Umkleideraum lachte. „Ja, lach nur mit, Emil“, drohte Silber ihm grinsend. „Dann lass’ ich mir morgen besonders viel Zeit.“ „Äh, Silber, mach keinen Scheiß. Ich will morgen, am heiligen Freitag, nicht alleine versklavt werden. Außerdem versucht Froßmann bestimmt, dich zu feuern, wenne dat verpatzt."

„Emil", sagte Gero sanft, der mittlerweile auch dazu gestoßen war, um den Feierabend zu beginnen. „Sklaven werden nicht gefeuert, Sklaven werden verkauft." Silber lachte laut, während Emil auf dem Weg zur Dusche überlegte, was das jetzt nun wieder bedeuten sollte. „Hat Schiffer sich noch mal, bei dir gemeldet?" „Nein, hat er nicht. Ich glaube auch kaum, daß er sich nach dem intensiven Gespräch mit dir noch eine Audienz wünscht. Danke noch mal René." „Schon gut. Du hättest dasselbe ja auch für mich getan." Gero sah Silber skeptisch an und dachte dabei an seine zierliche Gestalt. Silber bemerkte das und fügte hinzu: „Ich meine, wenn du so aussehen würdest wie …", er überlegte kurz und grinste, „wie Josef." „Was da los da?", hörte man wieder von hinten. Silber und Gero wußten, daß Josef sich nun in Bewegung setzte, und drehten sich vorsichtshalber zum Spind, um vorzutäuschen, seit unendlichen Minuten etwas zu suchen, statt dieses Gespräch geführt zu haben. „Silber, hast du über mich gesprochen?" Silber hob den Kopf. „Josef", antwortete er vorwurfsvoll, „Gero und ich suchen wat. Stör uns bitte nicht." „Oh, ich wollte nicht stören. Genießen Sie bitte ihren Feierabend mit dem alkoholfreien Bier aus der Kühltheke."

Josefs neuer Werbespruch machte sogar Silber sprachlos. Noch bevor ihm etwas dazu einfiel, zog Josef sich wieder zurück. „Kacke", platzte Silber heraus, als er an der Wanduhr ablas, wie spät es war. „Ich muß mich beeilen. Tauben-Paule wartet. Der hat noch wat für mich." Mittlerweile waren die ersten Lehrlinge eingetroffen. Sie stürmten auf ihre Spinde zu und rissen die Türen auf. Einer fing prompt an zu maulen: „Hey, wer hat meinen frisch gebügelten Arbeitsanzug?" Plötzlich wurde alles ruhig, und es schien, als wenn jeder Silber anschauen würden. Silber hob den Zeigefinger: „Jungs, ich kann euch alles erklären."

Paul sortierte gerade die Schrauben, um die Silber ihn gebeten hatte. Außer Rostschutzfarbe hatte er alles besorgen können. Auf die würde Silber noch etwas warten müssen. Paul wollte gerade auf seine Armbanduhr, die er zu seinem Jubiläum bekommen hatte, schauen, als auch schon ein völlig außer Atem hechelnder Silber mit nassem Haar in der kleinen Hütte stand. „Meine Fresse!“, stöhnte er, „die Treppen bringen mich noch mal um.“ „Ich weiß gar nicht, warum du so stöhnst“, lachte Paul. „Du bist doch der Sportler von uns beiden. Rauchen und trinken tust du auch nicht. Also, wat bist du denn so kaputt?“ „Von der Arbeit, Paul.“ Jetzt lachte Hermes so laut, wie er konnte. Erst ein Hustenanfall stoppte den Heiterkeitsaubruch. Silber klopfte ihm auf den Rücken.

„Ja, Paulchen, lach nur. Ich vertrage heute einiges.“

Hermes wischte sich die Tränen aus den Augen. „Mann, Mann, Silber, du bist ’ne Flocke. So einer fehlt mir hier oben noch. Dann wäre dat hier auch nicht so langweilig.“ „Sei froh, dat du hier oben bist, Paul. Unten ist es schon lange nicht mehr lustig. Emil und ich haben heute wieder einen Einlauf vom aller Edelsten gekriegt, und morgen kriegen wir den Segen vom Klosterkamp. Emil kackt sich schon inne Hose.“ „Oh, hört sich so an, als wenn Froßmann wieder seine Ideen auslebt.“ „Ja, Frosti hat mal wieder seine Höchstform erreicht.“ Hermes lachte wieder. Er lachte eigentlich immer, wenn Silber Froßmann „Frosti“ nannte. Er stellte sich dann immer vor, was Silber erwarten würde, wenn er den Spitznamen mal zu einer unpassenden Gelegenheit fallenlassen würde. Silber ging zu der kleinen Werkbank, um die Schrauben zu begutachten. „Ja, schau nur“, prahlte Paul. „Dat sind feuerverzinkte Schrauben. Wat brauchst du die eigentlich?“ „Ich muß nächsten Monat zum TÜV“, Paul Hermes lachte nun so laut, daß Silber dachte, der alte Tauben-Paule würde den Tag nicht überstehen.

Silber nutzte derweil die lange Zeit des Lachens, um, wie schon so oft, Pauls Tuschezeichnungen seiner Tauben zu bewundern und die alten Photographien an der Wand zu studieren. Dort hingen einige Jahrzehnte Firmengeschichte, die ein Außenstehender nicht verstehen würde. Es änderten sich nämlich immer nur die Personen auf den Bildern, niemals die Motive.

Ein Bild aus den Sechzigern hatte denselben Hintergrund wie das aus den Neunzigern – und das fand Silber immer wieder faszinierend, wenn er die Bilder verglich. Er lächelte, als er das Bild sah, auf dem Paul, Emil und Silber, noch als Lehrling, vor dem Kochkessel standen und für

Angelika ein Ständchen sangen. Seine Blicke schweiften weiter und blieben an einem Bild hängen, das zwar auch schwarzweiß war, aber Silbers Ansicht nach neu sein mußte, weil es noch glänzte und weiter hinten bei den Bildern jüngeren Datums hing. Die junge Frau auf dem Bild veranlaßte ihn, noch näher heranzutreten, um sich ihre ganze Schönheit zu vergegenwärtigen. Nur ein erneuter Hustenanfall von Paul ließ Silber die Frage vergessen, wer diese junge Frau war. „Mann Paul, geh mal zum Arzt. Dat hört sich echt nicht gut an." „Später, mein Junge. Wat war dat heute eigentlich für ein Aufruhr unten im Hof?" „Och", sagte Silber erstaunt, „weißt du dat echt noch nicht?" „Ich hab' den ganzen Tag am Taubenschlag gebastelt. Wat soll ich da mitkriegen?"

„Unser Betriebsratsvorsitzender ist vom Dach gesprungen."

„Nee", sagte Paul ungläubig. „Doch, wenn ich dir dat sage. Er ist heute morgen gesprungen. Dat die Bullen nicht auf die Idee gekommen sind, dich mal zu fragen. Wenn da einer wat von mitgekriegt haben muß, dann bist du dat ja wohl." „Hier oben war keiner", sagte Paul, immer noch sichtlich erstaunt. „Aber ich hab' eh nix mitgekriegt." Paul fiel das Photo ein, das er gefunden hatte. Er wurde jedoch von Silber wieder in seinem Gedankengang unterbrochen. „Wat ist mit der Farbe?" „Meine Rostschutzfarbe ist alle. Komm aber mal morgen wieder, da hab' ich bestimmt wat für dich. Ich muß mal die Handwerker anhauen, da ist bestimmt wat zu machen." „Dat wäre schön, dann kann ich am Wochenende anfangen, meinen Liebling aufzumöbeln. Ich bringe dir dann auch morgen deine Cola mit." „Kannst du nicht mal schauen, ob du noch ein paar Tafeln Schokolade für meine Enkel organisieren kannst?" Silber sah Paul sichtlich verdutzt an. „Haben die wat Schlimmes angestellt, dat du denen *Blanka*-Schokolade andrehen willst?" Hermes fing wieder an zu lachen. Silber drehte sich kopfschüttelnd um, schaute sich noch einmal das Bild an und ging aus der Hütte. Morgen würde er Paul fragen, wer die Frau auf dem Photo war.

Nachdem sich die langen Reihen der parkenden Autos langsam gelichtet hatten, stellte sich auf dem Parkplatz eine angenehme Ruhe ein.

Nur Gero Pallasch stand noch mitten auf dem Platz und suchte nach seinem Autoschlüssel. Er bückte sich nach seiner Tasche, um sich zu vergewissern, daß sie dort bestimmt nicht waren. Mit einem Male vernahm er ein dumpfes, hohles Bollern. Er richtete sich auf, um die Ursache des Geräusches zu ergründen.

Sein Blick glitt langsam und geduldig über den Platz. Nichts geschah. Er schüttelte den Kopf und suchte weiter. Jetzt trat das Geräusch wieder auf lauter, und heftiger. Geros Kopf ruckte blitzschnell hoch, um die Ursache zu ertappen. Wieder nichts. Gero richtete sich langsam auf und lief im Kreis um seine eigene Tasche. Er hörte auf, zu atmen, um selbst das leiseste Geräusch wahrzunehmen, aber außer dem Plätschern des Springbrunnens hörte er nichts. Er atmete tief ein, hob dabei die Schultern und vernahm das seichte Klingeln der Schlüssel in seiner Innentasche. Gero verzog sein Gesicht mit dem stillen Vorwurf, dort nicht zuerst gesucht zu haben. Dann fuhr er vom Platz. Hätte Gero Pallasch nur noch weitere zwei Minuten gewartet, wäre ihm aufgefallen, daß das nächste Geräusch aus dem Lastwagen mit der Senfwerbung kam, aber dann würde er wahrscheinlich auch nicht mehr leben.

Achim Nauermann war schon eine Stunde vor Schichtbeginn in seiner Abteilung, um zu hören, was am Morgen geschehen war. Die Leute von der Mittagschicht gaben ihm bereitwillig Auskunft. Natürlich schmückten alle den Vorgang auf ihre Weise aus. Mehrere Versionen kamen ihm zu Ohren, die zwar alle dasselbe Ende hatten, aber nicht dieses eine Detail enthielten, was er hören wollte. Keiner erwähnte irgendwelche Photos. Entweder hatte die Polizei die Information zurückgehalten oder der Betriebsvorsitzende hatte den Umschlag einfach nicht gefunden. Nauermann fluchte in seiner Muttersprache. Irgendwo in der Firma war jemand, dem daran gelegen war, daß die ganze Sache aufflog. Dabei mußten sie nur noch ein paar Tage warten – und es gab keine Probleme mehr. Für keinen von ihnen.

Freitag morgen, fünf Uhr. Der Radiowecker ging an. Leichte Popmusik wurde gespielt, und Silber überlegte sich ernsthaft, ob er nicht liegenbleiben sollte, um den Schikanen von Froßmann zu entgehen. Außerdem steckte ihm noch sein Kampfsporttraining vom gestrigen Tag in den Knochen. Er seufzte laut, und anstatt weiter nach Argumenten zu suchen, um nicht aufzustehen, zog er sich träge an. Er schwor sich, wie jeden Morgen, abends früher ins Bett zu gehen, nahm seinen ausgeblichenen, zerlöcherten Rucksack, schloß die Tür hinter sich und ging im Dunkeln durch den Hausflur. Silber haßte morgens Licht. Sogar die Glühbirne in seinem Kühlschrank hatte er entfernt, um in frühen Morgenstunden keine Auseinandersetzung mit dem Licht zu bekommen. Als er seinem alten Kübelwagen, der unter einer Autobahnbrücke stand, immer näher kam, schickte er ein Stoßgebet los mit der Bitte, sein Auto sofort anspringen zu lassen, ohne daß er den Anlasser vergewaltigen mußte. Vor dem Versuch, den Motor anzulassen, steckte sich Silber erst einmal Ohrenstöpsel in seine Gehörgänge, um nicht Opfer eines Knallschadens zu werden. Der Auspuff war nämlich auch nicht mehr der beste. Nachbarn behaupteten, wenn der Motor angelassen wird, würde das die Fliesen von den Brückenpfeilern sprengen.

Silber dachte sich immer, wenn er früh aufstehen mußte, sollten andere auch was davon haben. Der Schlüssel wurde umgedreht, der Kübel sprang an, und er überlegte, wo wohl der Haken sein könnte, denn soviel Glück hatte er selten. Der Wecker fiel nicht wegen Stromversagens aus, und der Wagen sprang beim ersten Versuch an. Das konnte ja nur ein guter Tag werden. Er machte sein Radio an.

Wegen der abgebrochenen Antenne mußte er den Sender hören, den er am besten empfing, und das war in diesem Falle Radio Duisburg. Silber drehte den Lautstärkeregler bis zum Anschlag auf, um überhaupt etwas zu verstehen. Zur Erlösung aller Nachbarn setzte sich der Wagen in Bewegung. Mit lautem Motor und kaputem Auspuff fuhr er langsam die Straße entlang, und dank Silber wußte der ganze Häuserblock, daß der MSV Duisburg mal wieder gegen Bayern München verloren hatte.

Er selber fand das alles ganz schön laut, grinste und drückte sich die Stöpsel noch tiefer in die Ohren.

Gero war so früh aufgestanden, daß er die Zeit nutzte und mit dem Fahrrad zur Firma fuhr. Da bis sechs Uhr morgens die Ampeln in Mülheim an der Ruhr ausgeschaltet blieben, war es eine angenehme Strecke. Auf dem Parkplatz angekommen, sah er, daß manche Arbeiter der Nachtschicht sich schon auf den Heimweg machten. Gero stellte gerade sein Rad an eine der wenigen Laternen, die den Platz ausleuchteten, als Achim Nauermann ihm entgegenkam. „Guten Morgen, Gero. Schon so früh hier?“ „Guten Morgen, Achim.“ Er streckte Nauermann die Hand zum Gruß entgegen. Gero mochte ihn gut leiden. Er konnte beim Händeschütteln aber nicht ahnen, daß Nauermann, ohne mit der Wimper zu zucken, seine Eingeweide über den ganzen Parkplatz verstreuen würde, wenn es darauf ankam. „Man sieht dich ja so selten“, sagte Gero mit Bedauern. „Wann geht eure Nachtschicht denn dem Ende zu? Das geht ja schon seit Monaten so.“

„Viel Arbeit, Gero. Viel Arbeit. Du kennst das doch.“

Nauermann beschloß, Gero nach dem Vorfall auf dem Dach zu befragen. Da kam bestimmt mehr raus als bei den anderen Idioten. „Was gibt es denn, das euch soviel Arbeit bereitet?“ Nauermann stutzte. Geros Wortwahl glich die seines Auftraggebers, den er nie gesehen, sondern immer nur gehört hatte. War Gero womöglich der Mann, der ihm die Anweisungen gab? Den Grips dafür hatte er auf jeden Fall. Nauermann setzte gerade zur Antwort an, als ihr Gespräch von tosendem Lärm, in Begleitung von lauter Musik, unterbrochen wurde. Silber kam. „Ist der aus dem Bett gefallen?“ fragte Nauermann „Dieselbe Frage stellte ich mir auch gerade“, bemerkte Gero. Silber parkte so, daß er gleich zwei Plätze auf einmal einnahm. Es störte ihn aber nicht weiter. „Morgen, Männer. Meine Fresse, ist dat früh. Ich glaub’, ich klapp’ gleich zusammen.“ „Guten Morgen, René“, erwiderte Gero die Begrüßung. „Gibt es einen besonderen Anlaß, der es dir ermöglicht, so ungewöhnlich früh an deinem Arbeitsplatz zu erscheinen, oder ist das Ganze nur ein Mißverständnis seitens deiner biologischen Uhr?“

Silber fummelte sich die Stöpsel aus den Ohren.

„Wat für ’ne logische Uhr?“ Nauermann schlug sich seine Hand vor die Augen. Eines war ganz sicher, Silber kam noch nicht mal im entferntesten für die Wahl des geheimnisvollen Auftraggebers in Frage. So, wie er sich manchmal gab, konnte Silber unter Umständen sogar zu blöde sein, einen Eimer Wasser umzukippen. „Kleiner Scherz, René. Ich hatte nicht vor, dich zu verwirren. Entschuldige." „Ist ja auch noch früh", warf Nauermann ein. Silber nickte müde und versuchte, seine Stöpsel zu verstauen. Einer fiel dabei runter. Gerade als er sich bückte, um ihn aufzuheben, drängelte sich jemand an ihnen vorbei und riß ihn dabei zu Boden. „Oh, das tut mir aber leid", sagte eine helle, sympathische Stimme mit russischem Akzent. Silber hielt die Augen geschlossen und dachte sich, daß die Idee liegenzubleiben doch nicht so verkehrt gewesen war. Jemand beugte sich über ihn, um zu helfen. Silber machte die Augen auf und glaubte nicht, was er sah. „Ist alles in Ordnung mit Ihnen?", fragte die Frau. Die Frau von dem Photo.

Die letzten anderthalb Jahre waren Frank Söchting und Klaus Lorre der Sache schon auf der Spur und warteten nun seit drei Monaten darauf, daß es dem Ende zuging. Beide waren Agenten des Bundesnachrichtendienstes. Ihre Aufgabe bestand darin, in dem Lastwagen mit der Senfwerbung die Aktivitäten auf dem Parkplatz peinlichst genau zu dokumentieren und, wenn möglich, Gespräche mit Hilfe von Richtmikrophonen aufzuzeichnen. Aber vor allem mußten sie darauf achtgeben, daß sich niemand dem Laster näherte. Sollte der Fall eintreten, daß jemand mit seiner Hartnäckigkeit die Aktion in Gefahr brachte, waren sie dazu befugt, notfalls diese Person unverzüglich zu eliminieren. Der geforderte Erfolg dieser Sache rechtfertigte ihrer Meinung nach diese Maßnahme. Beide richteten sich jedoch auf ein baldiges Ende ein, nachdem sie vom Tod des Betriebsratsvorsitzenden informiert worden waren. Nun bemühten sie sich auch darum, Gespräche aufzuzeichnen, denen sie früher keinerlei Bedeutung beigemessen hätten. Mit der Zeit hatten sie sich angewöhnt, jedem einen Spitznamen zu geben, damit es nicht ganz so langweilig war. Lorre schnitt gerade mit, was Nauermann, der kleine Pole, Gero, die Weichflöte, und Silber, der Spinner, sich erzählten. Söchting verfolgte lieber die Börsenkurse in der Tageszeitung und bangte um seine Privatfernsehaktien, während er den Kaffee schlürfte, den Lorre wieder viel zu stark gekocht hatte.

Jetzt lachte Lorre laut auf. Söchting schaute verwundert auf. „Der Spinner hat sich umrennen lassen und stottert jetzt wie ein kleiner Schuljunge. Hahaha,." „Krieg dich mal wieder ein", empfahl Söchting mit einem Grinsen. Er konnte verstehen, daß Lorre sich freute, wenn dem Spinner etwas Unangenehmes passierte. Immer wenn er auf dem Parkplatz aufkreuzte, konnte man getrost jedes Richtmikrophon der Welt in die Schrottpresse geben. Das letzte Mal bekam das Gerät aufgrund einer Übersteuerung einen Defekt, während Silber mit seinem Wagen an dem Laster vorbeibretterte und Lorre sich die Kopfhörer runterreißen mußte, weil er befürchtete, ihm würden die Ohren abfallen. Anschließend konnten sie sich von ihrem Vorgesetzten anhören, daß sie sorgsamer mit den Steuergeldern umgehen sollten. Daher der Name Spinner. Lorre freute sich wie ein kleines Kind. „Das ist bestimmt die beste Aufnahme von jemandem, der sich gerade zum größten Schwachkopf aller Zeiten macht." „Komm schon, laß mich mithören", bettelte Söchting neugierig. Lorre wollte Söchting teilhaben lassen und drehte den Regler auf.

Beide amüsierten sich köstlich und vergaßen den Streß des vergangenen Tages, als der Aktenschrank umfiel, Gero den Agenten beinahe auf die Schliche kam, und sie ernsthaft überlegen mußten, wo man den Leichnam verstecken könnte. Wenn man bedachte, daß die beiden nicht mehr lange auf der Erde verweilen würden, konnte man ihnen den Spaß, der auf Silbers Kosten ging, ruhig gönnen.

Silber lag auf dem Boden wie eine Schildkröte und konnte beim besten Willen nicht aufstehen, weil ihre Schönheit ihn sprichwörtlich annagelte. Das Photo wurde ihrer tatsächlichen Erscheinung nicht einmal annähernd gerecht. Ihr feines Gesicht, das von langen schwarzen Haaren eingerahmt war, gab ein bezauberndes Lächeln preis, das von zwei kleinen Grübchen ausgeschmückt wurde. Sie stellte ihm eine neue Frage: „Ist auch wirklich nichts passiert?" Silber rappelte sich auf und brabbelte drauflos : „Äh ja ... Ich denke ... daß ich meine ... Ich sollte ... ähem äh daß ich finde ..." Bei jedem Satzbrocken, den Silber von sich gab, hob sie ihre Augenbrauen ein Stück höher und hörte dabei aber auch nicht auf zu lächeln, was ihn ganz aus dem Konzept brachte. „Tja, vielleicht ... ähem sollte ... ich muß." Sie lächelte ihn immer noch geduldig an in der Hoffnung, einen vollständigen Satz über sein Wohlbefinden zu hören. Gero bemerkte, daß Silber wohl in den nächsten Minuten nun gar nichts mehr auf die Kette bekommen würde, und beschloß, seine Rede fortzuführen. „Sie müssen ihn entschuldigen. Er ist für seine Verhältnisse ziemlich früh auf, da …“ „Genau“, platzte Silber rein. „Es ist äh ... ganz schön früh … Ähem, um die Uhrzeit … Da kommt es schon mal vor … Ich meine Gleichgewichtsstörungen und so … Also, ich glaube, dat es wohl damit zusammenhängt.“ Er schaute Gero an. „Oder nicht?“ Gero nickte und verdrehte die Augen dabei. „Genau, René, so wird es wohl gewesen sein.“ „Na, dann bin ich ja froh, ich kann mich nur noch einmal dafür entschuldigen“, sagte sie mit sichtlichem Bedauern. „Ich muß jetzt weiter ...“ „Na klar, schönen Tag dann noch. Wir sehen uns bestimmt noch mal auf dem Parkplatz oder so. Ich mein’, zufällig.“ „Natürlich“, sagte sie, strich sich dabei eine Strähne aus dem Gesicht und steckte sie lächelnd hinter ihr Ohr. Sie drehte sich um und schlenderte langsam auf ihren Wagen zu.

Silber wandte sich an Gero. „Und?“ „Was und?“ „Ich mein’, war dat cool?“ „O ja, René. Du hast der Frauenwelt absolut das gegeben, was sie brauchte. Sicheres Auftreten mit einer klaren Aussage, was du möchtest. Brillant. Einfach brillant.“ Silber nickte anerkennend. „Dat mein ich doch auch.“

Nauermann bekam das Grinsen nicht mehr aus dem Gesicht. „Und du, Nauermann, wirst mir jetzt sagen, wer dat ist“, verlangte Silber.

„Tut mir leid, ich weiß gar nicht, wo die arbeitet.“

Natürlich kannte Achim Nauermann das Beste, was die Organisation zu bieten hatte: Anna Polowna. Sie verdrehte jedem den Kopf, wenn man sie nur gut dafür entlohnte. „Achim“, sagte Silber eindringlich, „hast du den Knall nicht gehört oder wat? Da rennt ’ne Mördergranate auf deiner Schicht herum, und du hast sie noch nie gesehen?“ „Vielleicht ist die ja im Packraum hinten in der Ecke. Was weiß ich?“ Silber überlegte. „Na, macht nichts, dann frag’ ich eben Tauben-Paule.“ Nauermann stutzte. „Wieso Tauben-Paule?“ „Weil der ein Photo von der Granate bei sich oben hängen hat.“ Gero wurde langsam ungeduldig. „René, wir müssen los“, sagte er und deutete auf seine Armbanduhr. „Ach ja“, stöhnte Silber und wandte sich noch einmal an Nauermann.

„O.k„ Achim, schlaf gut. Und mach mal deine Augen heute nacht auf, du blinde Nuß. Wenn du die Hammerschnitte siehst, dann grüße sie von mir.“ Er wartete keine Antwort ab, nickte, und beide setzten sich in Bewegung. „Mach's gut, Achim“, Nauermann hob zur Bestätigung, fast geistesabwesend, die Hand. Er mußte erst mal verarbeiten, was er gerade erfahren hatte. „Wie kommt Tauben-Paule an ein Photo von Anna?“ hämmerte es in seinem Kopf. Sollte es wirklich so sein, wurde ihm einiges klar. Besser wäre es jedoch, wenn Nauermann sich selber davon überzeugen würde. Silber konnte ihm ja viel erzählen. Aber wenn es in dieser Nacht losgehen würde, konnte er sich unmöglich auf etwas anderes konzentrieren. Nauermann mußte also jemanden schicken, der das Photo überprüfte. Es würde dann zwar nicht so sanft vonstatten gehen, wie er es sich wünschte, aber das interessierte ihn jetzt, so kurz vor dem Ziel, nicht mehr.

Gerd Froßmann legte gerade seine in Alufolie gewickelten Butterbrote neben die Thermoskanne auf den Schreibtisch und schaute dabei aus dem Fenster. Bei dem Anblick von Silbers Wagen grunzte er nur. Ausgerechnet an dem Tag, wo er selber früher in der Firma erschien, um Silbers Pünktlichkeit zu kontrollieren, kam der Bastard auch noch unerwünschterweise bilderbuchgemäß eher zur Arbeit. Er ging hinüber zu seinem Waschbecken, um sich in dem Spiegel, der darüber hing, zu betrachten. Er kämmte sein Haar und strich sich über das frisch rasierte Kinn. Dann zog er die Ärmel seines Hemdes glatt, das schon so alt war, daß es bald schon wieder modern sein könnte, und lächelte sich selber an, um seine dritten Zähne nach Unreinheiten abzusuchen. Froßmann hielt sich einfach für unwiderstehlich. Nach der optischen Kontrolle zog er seinen weißen Kittel an und machte sich auf den Weg zum Massensaal, wo Emil und Silber auf seine Anweisungen warten sollten. Unterwegs überlegte er, ob es nicht besser wäre, die Tabletten gegen den Bluthochdruck einzustecken, falls Silber wieder mal seine Höchstform erreichte und ihn an den Rand des Wahnsinns treiben wollte. Er verwarf jedoch den Gedanken und beschloß, sich von dem Rotzlöffel nicht aus der Ruhe bringen zu lassen.

Maria mußte sich erst einmal unter die Dusche stellen, um überhaupt wach zu werden. Sie wußte gar nicht, wann sie das letzte Mal, ihrem Empfinden nach, mitten in der Nacht aufgestanden war. Sechs Uhr früh fand sie einfach unmenschlich. Aber der Ansporn, viel zu erledigen, rüttelte sie wach. Daß ihre Wohnung gleich neben ihrem Büro lag, war, zeitlich gesehen, ein großer Vorteil. Maria konnte so in aller Ruhe noch frühstücken, ihre Zeitung lesen und nachschauen, ob sich an der Börse etwas in Sachen Kakaobohnen tat. Auf der Lokalseite wurde kurz der Selbstmord des Betriebsratsvorsitzenden erwähnt. Zum Glück hatte die Presse kein Photo des Turmes abgedruckt. Das ersparte der Firma die Peinlichkeit, ihren letzten treuen Kunden zeigen zu müssen, in welch marodem Gebäude die Produkte hergestellt wurden. Maria stand auf. Ihr Vater würde sich bald aus den Ausland melden, und der wollte von Veränderungen hören, die zum Erfolg führten.

Der Massensaal war die leiseste, sauberste und teilweise modernste Abteilung der Firma. Leider Gottes aber auch die wärmste. Die Schokoladenmassen, die hier hergestellt wurden, lagerten in riesigen Behältern.

Diese strahlten soviel Wärme aus, daß man an manchen Tagen hier bis zu fünfzig Grad messen konnte. Emil und Silber warteten auf Froßmann, der sich ungewöhnlich lange Zeit ließ. Silber nahm vor lauter Langeweile schon einen Besen, fegte lustlos über den sauberen Boden und fragte sich, was Froßmann an dieser Abteilung bloß so toll fand. Der Meister des Massensaals, Herbert Kessler, kam vorbei, sah die beiden verwirrt an, grüßte aber nicht und verschwand auch schon wieder zwischen den Behältern.

Silber fand Kessler absolute Weltklasse. Immer wenn Kessler nicht gerade mit sich selber sprach, diskutierte er auch mal ganz gerne mit dem Kaffeeautomaten in der Kantine. Einmal, als Silber ihn fragte, worüber er sich mit dem Automaten unterhielte, antwortete Kessler ihm, daß er sich doch bitte nicht in Gespräche von Erwachsenen einmischen möchte. Da der Kaffeeautomat locker zehn Jahre älter als Silber zu sein schien, gab er Kessler vollkommen recht und fragte nie wieder. „Guten

Morgen, die Herrschaften.“ Froßmann kam auf leisen Sohlen – eine Spezialität von ihm, um bis zuletzt noch Wortfetzen seiner Delinquenten mitzuhören, in der Hoffnung, noch belastendes Material mitzubekommen, das seine Maßnahme rechtfertigte. Silber fegte unbeirrt, mit einer Hand in der Tasche, weiter. „Silber“, sagte Froßmann vorwurfsvoll. „Sie nehmen mit beiden Händen das Geld der Firma. Also arbeiten Sie dann bitte auch mit beiden Händen.“ Silber dachte an sein Gehalt, das nun wirklich nicht hoch ausfiel, und lächelte. „Natürlich, Herr Froßmann, wie undankbar von mir. Ich werde natürlich versuchen, dat überschüssige Geld der Firma zurückzugeben, oder ich verzichte einfach auf den nächsten Lohn. Wenn Sie erlauben.“ Froßmann erinnerte sich daran, daß er Ruhe bewahren wollte. „Silber, Sie scheinen heute guter Dinge zu sein. Ich hoffe, das Ihr Kollege dieselbe Tagesform mitbringt. Ich habe nämlich etwas gefunden, womit Sie der Firma einen großen Dienst erweisen könnten. Wenn Ihre Arbeitsbereitschaft genau so groß ist wie ihr Mundwerk ...“ „Von Überstunden haben Sie nichts gesagt“, fiel Silber ihm ins Wort. Froßmann überlegte, ob er mal einen Satz finden würde, auf den Silber keine Antwort fand, und fuhr fort: „Der Behälter, den Sie hinter mir sehen, ist leer. Auf dem Boden befindet sich Masse, die leider festgebrannt ist. Sie können ja mal versuchen, ob es möglich ist, das zu entfernen.“ Silber schaute zu dem Behälter hinauf, der vier Meter maß und sechs Tonnen Schokolade fassen konnte.

Emil stieß Silber an: „Äh, weißt du, wie warm dat da drin ist?“

„Ich kann es mir vorstellen“, erwiderte Silber.

„Dat sind bestimmt sechzig Grad.“

„Oh, da bin ich aber froh.“ „Gibt es Unklarheiten?“ erkundigte sich Froßmann. Silber hob die Hand wie ein kleiner Junge, der was Wichtiges sagen wollte. „Ja, ich wollte noch fragen, ob ich schnell unsere Parkas holen darf, falls dat da drin zu kalt wird.“ „Sie sind ja heute wieder richtig witzig.“ „Wat meinen Sie, wie witzig dat wird, wenn wir zum Betriebsrat gehen würden, weil kein Elektriker die Sicherung des Rührwerks entfernt hat, um die Arbeitssicherheit zu gewährleisten?“

„Silber, Silber.“ Froßmann griff kopfschüttelnd in seine Kitteltasche. „Bei drei sind Sie da drin und fangen an. Oder was meinen Sie, wie witzig es erst wird, wenn ich der Geschäftsführung erzählen muß, daß Sie Ihre Arbeitsverweigerung damit stützen, indem Sie Unwahrheiten verbreiten?" Er grinste breit und zeigte Emil und Silber die Sicherungen in seiner Hand.

Niemand beachtete Maria. So konnte sie ungehindert durch die Produktionsräume wandern, ohne daß jemand fragte, was sie dort suchte. Aufmerksam betrachtete sie die Gegebenheiten. Ihr fiel auf, daß die Menschen sehr still ihrer Arbeit nachgingen, die Räume schlecht ausgeleuchtet waren und Farbe von den Wänden blätterte. Maria blieb an einem Fließband stehen, das sie schon als Kind fasziniert hatte.

Frauen banden in Windeseile mit geschickten Fingern kleinen Hasen bunte Schleifen um. Maria konnte sich noch erinnern, wie sie sich an ihrem neunten Geburtstag hierhin verlaufen hatte.

Sie hatte zu weinen angefangen, weil die Strafe der Eltern für das Herumstromern in der Firma wahrscheinlich hart ausfallen würde. Ein Arbeiter nahm Maria damals an die Hand und führte sie nach vorn an das Band. Mit einem Male fingen alle Frauen voller Freude an zu singen. Ein Geburtstagslied nur für sie. Der Arbeiter nannte Maria „kleine Taubenkönigin". Er erzählte ihr, daß Tauben fliegen könnten, wohin sie nur wollten, und immer wieder zurückfänden. Und da sie die Königin aller Tauben war, bräuchte er sie wohl nicht zurückzubringen. Er gab ihr einen Schokoladenhasen, und sie machte sich auf den Weg zu ihrem Königreich, um Geburtstag zu feiern. Danach sah sie diesen Arbeiter immer mal wieder auf den Firmenfesten, vermied es aber, ihn anzusprechen aus Angst, ihre Eltern könnten fragen, woher diese Bekanntschaft kam. Er nahm es ihr aber nicht übel, denn immer wenn er sie sah, legte er den Finger auf seine Lippen. Die Geschichte über die Taubenkönigin begleitete sie noch ewig. Der Name des Arbeiters war jedoch in Vergessenheit geraten. Maria rüttelte sich selber wach und beschloß, nicht mehr in vergangenen Zeiten zu schwelgen, sondern sie wiederzuholen. Sie steuerte auf die Treppe zu, die zum Dach führte.

„Dat ist doch eine bekloppte Sau!" fluchte Emil. „So eine Affenkacke. Wat meint der Stuten eigentlich, wer er ist?", stimmte Silber ihm zu, während beide versuchten, die zähe Masse vom Behälterboden zu kratzen. „Dat is' 'n Job für einen, der Vater und Mutter erschlagen hat, glaubet mir." Trotz des Ärgers mußte Silber laut lachen. Emil ließ manchmal Sprüche ab, die selbst er noch nicht kannte. Sie hörten, wie jemand von außen gegen den Behälter hämmerte. Beide schauten sich an, zuckten mit den Schultern und krabbelten aus dem Behälter. Rolf Deleck und Mark Fliesenwinkel erwarteten die beiden grinsend. Das waren aber nun wirklich die beiden letzten Menschen auf diesem Planeten, die Silber sehen, geschweige denn sprechen wollte. Deleck war neuerdings einer von Froßmanns Schergen. Er trug natürlich auch einen weißen Kittel und stand Froßmann in manchen Dingen in nichts nach. Silber hatte auf ihn einen besonderen Braß, weil Deleck früher eigentlich einer von ihnen gewesen war.

Dann, als er den Kittel trug, hofften viele auf ein paar Verbesserungen. Aber genau das Gegenteil war eingetreten. Über Fliesenwinkel konnte man eigentlich nur sagen, daß wollte man jemandem in den Hintern kriechen, man ihn nur vorher rausziehen mußte. Hinter ihm laufen konnte man nur, wenn man auch darauf achtete, nicht auf seiner Schleimspur auszurutschen. Kurzum einer der größten Arschkriecher, den die Welt je gesehen hatte. „Ich kann mir vorstellen, daß es unglaublich warm sein muß", setzte Deleck an. „Laber uns nicht voll", fuhr Silber ihm dazwischen. „Genau", half Emil ihm. „Sag lieber, wat du uns von Froßmann ausrichten sollst." „Na, na. Nicht so unfreundlich", schaltete Fliesenwinkel sich ein. „Hast du Birne auch schon wat zu melden?" Silber konnte sich in solch Augenblicken nur schwerlich zusammenreißen. „So leid es mir auch tut", fuhr Deleck geduldig fort, „ihr müßt eure Arbeit einstellen." „Wieso hat Frosti 'ne bessere Idee?" „Weiß Herr Froßmann eigentlich, daß du ihn so nennst?", fragte Fliesenwinkel pikiert. „Im Augenblick nicht. Aber wenn er es erfährt, weiß ich ja jetzt, von wem er es hat ." „Darf ich mit meiner Rede fortfahren?", fragte Deleck sichtlich genervt. „Es wird in einer Stunde eine Belegschaftsversammlung einberufen, um dem Betriebsratsvorsitzenden die letzte Ehre zu erweisen. Natürlich werden auch andere Dinge besprochen." Er sah die beiden verschwitzten, schokoladenbeschmierten Legionäre verachtend an: „Ihr könnt euch ja derweil frisch machen." Sie ließen Silber und Emil allein. „Der hat doch nicht mehr alle Nadeln auf der Tanne", bemerkte Emil

„Ich würde mal sagen, daß wir da noch mal Schwein gehabt haben. Lange hätten wir dat nämlich nicht mehr durchgehalten." „Ja, da hat der Betriebsratsvorsitzende uns ja endlich mal geholfen." „Ja, aber dafür brauchte er ja nicht gleich vom Dach zu springen", grinste Silber. Beide lachten. Die Legionäre pflegten keine große Beziehung zum Betriebsratsbüro und konnten sich auch deshalb ohne schlechtes Gewissen solche derben Witze erlauben. Emil predigte immer, daß der Gewerkschaftsausweis einzig und allein dafür gut war, ihn im Winter als Eiskratzer zu benutzen. Wenn man sah, was die Gewerkschaft erreichte oder auch nicht, konnte man diesen Verwendungszweck uneingeschränkt nachvollziehen. „Ich muß noch rauf nach 'm Paule. Der wollte mir noch die Farbe für meinen Wagen besorgen." „Gut", sagte Emil und warf dabei hochnäsig seinen Kopf zurück. „Ich werde derweil versuchen, mich ein wenig frisch zu machen."

Anna Polowna wurde von der Organisation aufgenommen, als ihr Vater, ein ehemaliges Führungsmitglied, bei einer wahnwitzigen Aktion ums Leben kam. Die Freunde ihres Vaters sorgten dafür, daß sie eine gute Erziehung erhielt und die besten Schulen besuchen konnte. Später mußte sie aber erfahren, daß es in dieser Welt nichts umsonst gab und gute Taten was für Märchen waren. Sie zwangen Anna, sich mit Männern zu befassen, die für die Organisation arbeiteten und nicht mehr ganz bei der Sache blieben. Sie sollte ihnen ein wenig Sonnenschein bereiten und, wenn nötig, den totalen Untergang. Die einzige Freiheit, die sie ihr ließen, war die Entscheidung, wieviel sie einsetzte, um ihr Ziel zu erreichen.

Anna entwickelte deshalb auch die Photofalle, um die Sachen so schnell wie möglich abzuwickeln, ohne viel körperlichen Einsatz leisten zu müssen. Es reichte schon, daß sie sich mit diesen Typen sehen lassen mußte. Da brauchte sie nicht noch mit ihnen ins Bett zu steigen. Anna wurde vor drei Monaten nach Deutschland geholt, um sich einer bestimmten Person anzunehmen. Sprechen konnte sie die deutsche Sprache gut, lesen weniger. Sonst hätte sie bestimmt aus der Zeitung erfahren, daß der Betriebsratsvorsitzende, um den es ging, schon längst tot war. Es gefiel ihr gut in diesem Land, in dem sie alles bekam und vieles machen durfte, wonach ihr der Sinn stand. Anna spürte, daß sie bald wieder zurück mußte und es wenig Zukunft hatte, dagegen anzugehen.

Fliehen konnte sie nicht. Wohin auch? Die Organisation würde sie sicher finden. Doch in ihrem Innersten reifte der Wille zum Widerstand heran. Allerdings wußte Anna nicht, worüber sie sich mehr Gedanken machen sollte – über den Zeitpunkt der Flucht oder die Tatsache, daß die Russenmafia ihr Verschwinden nicht als sehr kooperativ empfinden könnte. Eines wußte sie jedoch genau. Viel Zeit blieb ihr nicht mehr.

Maria drückte die schwere Metalltür auf. Den frischen Morgenwind, der ihr dabei entgegenkam, empfand sie nach der trockenen Fabrikluft als wahren Segen. Sie wagte den ersten Schritt auf das Dach, schaute sich orientierend um und steuerte auf den Taubenschlag zu. Kies knirschte unter ihren Schuhen, deshalb bemerkte sie nicht, wie ihr jemand folgte. Sie lief nahe dem Dachrand und sah, daß die Firmenwagen kleiner als Spielzeugwagen schienen. Sie blieb stehen, um noch einmal mit geschlossenen Augen tief Luft zu holen. „Sie wissen, daß man sich hier oben nicht aufhalten darf?“ Maria zuckte vor Schreck so heftig zusammen, daß sie sich erst gar nicht traute nachzuschauen, wer die Worte gesprochen hatte. „Man sollte auch nicht so dicht am Rand stehen. Wenn ’ne richtige Windböe kommt, haut dat einen glatt um.“ Sie spürte, wie sich zwei Hände auf ihre Schultern legten und sie zur Dachmitte führten. „Es ist besser, wenn Sie gleich wieder runtergehen, sonst gibt dat noch Ärger.“ Obwohl Maria Kaupt keinem Rechenschaft schuldig war, was sie in dem einen oder anderen Teil der Firma suchte, benahm sie sich so, als hätte sie gerade den Lebkuchen aus Omas Keksdose geklaut. „Ich hab’ mich verlaufen“, log sie. Kaum hatte Maria das ausgesprochen, klang hinter ihr ein Lachen auf. Sie drehte sich erbost um, damit sie sehen konnte, wer so unverschämt war, eine Dame auszulachen. „Das macht doch nichts. Sehen Sie die Tauben da drüben? Die können hinfliegen, wohin sie nur wollen, und finden immer wieder zurück ...“ Marias Augen wurden immer größer. Sie erkannte den Arbeiter von damals wieder.

Während die aufmunternden Worte weiter durch ihre Ohren rauschten, bemühte sie sich, keine feuchten Augen zu bekommen. „.. ich bin mir sicher, dat so ein großes Mädchen wie Sie auch alleine den Weg wieder zurückfindet." Maria wischte sich wie ein kleines Kind mit dem Ärmel die Augen trocken, schaute den Arbeiter an und senkte dann schüchtern den Kopf, um seinem Blick zu entgehen. Schließlich schaute sie wieder mit einem schüchternen Lächeln auf. „Paul, bist du das?"

Die beiden BND-Agenten sortierten die Tonbänder nach Qualität und Wichtigkeit. Schweren Herzens mußten sie sich darauf einigen, daß das letzte Gespräch, so lustig es auch gewesen sein mochte, absolut wertlos war. Die Bänder die übrigblieben, konnten aber auch keinem weiterhelfen. Sie hatten also rein gar nichts. Söchting wollte, wenn nicht spätestens an diesem Wochenende etwas Gravierendes passieren würde, bei seinem Chef den Gedanken vorbringen, diese erfolglose Aktion doch abzubrechen. Lorre hatte es auch mittlerweile satt, ohne Ergebnisse in diesem LKW abzuhängen. Ihre einzige Abwechslung bestand darin, daß sie den Lastwagen manchmal vom Platz bewegen mußten, um ihn aufzutanken, weil die Standheizung den ganzen Treibstoff auffraß. Die Agenten erledigten das meist an einem Wochentag, um nicht an dem heißersehnten Wochenende die Präsenz zu verlieren. Söchting stieg schon mal aus, um den frei werdenden Platz mit seinem Privat-Pkw zu besetzen. Lorre saß schon im Führerhaus und konnte es kaum erwarten, sich an der Tankstelle mit Zeitschriften einzudecken, die ihm die Zeit vertreiben sollten. Nach dem Platzwechsel stieg auch Söchting vorn in den LKW ein. Lorre fuhr los. Kein anderer Wagen kreuzte ihren Weg, so fühlten sich die Agenten, eingehüllt im Mantel ihrer Achtsamkeit, sicher. Nur Froßmann stand oben am Fenster und beobachtete den Laster bei seiner Abfahrt.

„Es ist nicht mehr so wie früher. Vieles hat sich verändert, Maria, dat kannste mir glauben", sagte Paul. Maria schaute beschämt zu Boden.

„Ich weiß, Paul, aber ich bin hier, um einiges zu verändern.“ Paul schüttelte ein wenig hoffnungslos den Kopf. „Ich glaub’, dat hat sich hier schon alles so eingefahren, dat da echt schon wat kommen muß, um hier alles umzukrempeln.“ Hinter ihnen wurde die Tür aufgestoßen, und Silber stolperte mit einem Karton in den Händen über den Kies. „Meine Herren, Paul. Dat wird ja immer schwieriger, aus dem Packraum die Schokolade zu klauen.“ Er schaute Maria kurz an. „Na Puppe, haste dich verlaufen?“ Während Silber sich wieder Paul zuwandte, bekam Maria den Mund nicht mehr zu. „Ich hab’ dir extra die Vollmilchschokolade besorgt. In der Nußschokolade wurden die ranzigen Nüsse vom letzten Monat verarbeitet. Ich glaub’ nicht, dat dat gut kommt, wenn deine Enkel nicht mehr vom Nachttopf kommen. Hahaha.“ Paul erwiderte sein Lachen. Allerdings nur, weil Silber der zukünftigen Besitzerin von *Blanka* den Firmenalltag präsentierte und dabei noch alle Fettnäpfchen umrannte, die eigentlich zum Reintapsen gedacht waren. „Paul“, fuhr Silber fort, „ich wollte dich noch wat fragen wegen dem Photo an deiner Bilderwand.“ „Mach dat später. Ich muß mal eben zu den Handwerkern wegen deiner Farbe. Die wollen mir ’ne besondere Farbe geben, zu der ich dir dann bestimmt noch wat sagen muß. Komm nach Feierabend noch mal rauf. Dann trinken wir einen Kakao zusammen und quatschen noch ’n bißchen.“ „O Klasse, dann versuch’ ich ein bißchen Kuchen aus der Kantine zu organisieren.“ Silber nickte rüber zu Maria: „Soll ich die Tuse mitnehmen?“ Maria holte tief Luft. Was dachte dieser ungehobelte, freche Gauner in dem schmierigen Arbeitsanzug denn, wer er war? Ihr Vorhaben, Silber endlich mal aufzuklären, mit wem er es zu tun hatte, wurde mit Pauls Antwort niedergestreckt.

„Na klar, nimm sie mit.“

„O.k.“

Silber nahm Maria an die Hand und lief los. Anfangs hatte sie vor, sich zu wehren. In dem Moment drehte er sich zu ihr um, lächelte geheimnisvoll und kniff dabei ein Auge zu. „Ich zeig’ dir jetzt die Rohmasse.“ Sie schaute zurück. Paul nickte und legte dabei den Finger auf seine Lippen. Maria ließ sich nun von Silber anstandslos mitnehmen. Sie wußte nicht warum, doch bei ihm fühlte sie sich sicher.

„Laßt die Kessel überkochen.“ Mit diesen Worten läutete Emil in der Rohmasse das Wochenende ein. Jeden Freitag mußte in der Firma alles bis zum Exzeß geputzt werden, damit am Montag wieder jeder frisch ans Werk gehen konnte. Während die anderen Abteilungen mit Hängen und Würgen die Putzarbeiten verrichteten, machte sich die Rohmassen-Abteilung einen Spaß daraus, alles und jeden unter Wasser zu setzen. Man konnte meinen, die Wochenendreinigung war ein Nationalsport bei den Legionären. Nur den Boden zu putzen und die Maschinen zu polieren reichte ihnen nicht. Sie füllten alle drei Kochkessel bis zum Rand mit Wasser, gaben zusätzlich noch etwas Putzmittel und Zitronensäure dazu, drehten den Dampf auf und suchten das Weite. Das Ergebnis war äußerst bemerkenswert. Beim Überkochen der Kessel schoß der Schaum bis an die Decke, das heiße Wasser verteilte sich in Windeseile über den ganzen Boden und reinigte die Fliesen wie von Geisterhand. Dabei sangen alle lautstark irgendein Lied. Jeder natürlich sein eigenes. Doch die eigentliche Krönung an solch einem Tag war die berüchtigte Wasserschlacht. Angelika wollte nicht als schüchtern gelten, nahm schon mal den Dampfstrahler zur Hand und fing an, wild um sich zu spritzen. Die anderen, die nur Schläuche mit zu niedrigem Wasserdruck vorzuweisen hatten, liefen mit ihren Putzeimern zum Spülbecken, um sie dort zu füllen. Die ersten drei faßten sich ans Herz, nahmen die Wasserfontäne in Kauf und stürmten auf Angelika zu. Angelika, deren Brille von der hohen Luftfeuchtigkeit sowieso schon beschlagen war, sah nicht, daß auch Kontrahenten von hinten kamen. Nachdem alle ihren Eimer über ihrem Kopf entleert hatten, ließ Angelika kreischend die Dampfstrahlpistole fallen. Nun entbrannte der Wettkampf um die ach so kostbare Wasserwaffe. Thomas Krämer, der sich danach bückte, wurde daran gehindert, indem man ihm einen Meßbecher Schokoladenstreusel von hinten in seinen Hemdkragen schüttete. Udo versuchte auch sein Glück, kam dabei aber nicht weit, weil er feststellen mußte, daß er mit Sirup in den Gummistiefeln nicht besonders gut laufen konnte. Josef schien der Favorit zu sein, wurde allerdings mit einer Staubzuckerwolke, die ihm aus einem Druckluftschlauch entgegenkam, am Weiterkommen gehindert.

Jetzt kam Angelika wieder ins Spiel. Sie konnte ihr ehrgeiziges Streben nach dem Schlauch jedoch nicht lange aufrechterhalten. Emil nahm ihr einfach die Brille von der Nase, tunkte sie kurz in Schokolade und setzte sie ihr wieder auf. Niemand bemerkte, daß Silber schon in der Abteilung verweilte und nun den Dampfstrahler an sich nahm. „So, Leute, jetzt kreist der Hammer", verkündete er laut. Maria versteckte sich hinter seinem Rücken. Zugleich glaubte sie, in einer geschlossenen Anstalt gelandet zu sein. So etwas hatte sie zu keinem Zeitpunkt jemals erlebt. Maria nahm sich vor, weiterzuwandern. Nachdem sie aber die erste Ladung Wasser über den Kittel bekommen hatte, zog sie es dann doch lieber vor, bei Silber zu bleiben. Josef nahm einen Eimer, in dem sich noch ein Rest Mandelpaste befand, und stülpte ihn Silber über den Kopf. „Ich wünsche Ihnen viel Freude mit den Mandeln aus dem sonnigen Kalifornien", freute sich Josef. Silber machte sich nicht die Mühe, den Eimer abzusetzen. „Danke, Josef, das ist sehr großzügig von dir." Nun mußte Maria laut lachen. „Kann mir jemand verraten, was hier los ist?" Alles erstarrte. Die Vorarbeiterin war unbemerkt hereingekommen. Sie schüttelte den Kopf. Das Bild, das sich ihr bot, schlug alles bisher Dagewesene. Angelika irrte durch die Gegend, weil ihre Brille noch immer mit Schokolade beschmiert war. Josef sah mit dem Staubzucker im Gesicht wie ein Eisbär aus.

Krämer machte seltsame Verrenkungen, weil die Schokoladenstreusel langsam zu schmelzen begannen. Udo stand in der Ecke und ließ seine Gummistiefel voll Wasser laufen. Dann auch noch Silber, der mit verschränkten Armen und einem Eimer auf dem Kopf lässig an einen Pfeiler gelehnt stand. „Ich will, daß alles akkurat sauber ist, wenn ich gleich aus der Besprechung komme." Alles stöhnte innerlich auf. Akkurat war das Lieblingswort der Vorarbeiterin. Sie setzte es in jedem zweiten Satz ein. „Ja, Frau Scholz", tönten alle gelangweilt im Chor. Sie nickte langsam. Sie spürte, daß sich alle lustig über sie machten, und wollte noch etwas dazu sagen, ging dann aber doch lieber zur Besprechung. Auf dem Weg dorthin schmunzelte sie. Sie wußte, daß alles sauber sein würde, wenn sie wiederkam.

Paul besorgte nicht nur die Farbe, sondern ergatterte auch noch ein paar Pinsel. Oben auf dem Dach angekommen, hielt er inne. Er spürte, daß er nicht allein war. Aus seiner Hütte klangen Geräusche. Bestimmt Handwerker, die Werkzeug suchten. Er öffnete die Tür und sah Schiffer, der gerade den Schreibtisch durchwühlte. Paul dachte sich nichts Böses dabei. Nur ein Arbeiter, den der Chef wieder mit zu wenig Werkzeug losgeschickt hatte, um etwas auf dem Dach zu reparieren. Paul konnte nicht ahnen, daß Schiffer noch am Morgen von Nauermann beauftragt worden war, die Photos zu finden. „Junger Mann, da werden Sie kein Werkzeug finden." „Ich suche kein Werkzeug", sagte Schiffer mit seinem falschen Lächeln. „Oh, wenn Sie Elektrozubehör suchen, muß ich leider auch passen ..." „Ich suche Photos." „Photos?" „Ja, du weißt genau, wovon ich rede." „Tut mir leid ..." Schiffer hatte nicht genug Geduld, um das Gespräch weiterzuführen. Er ging auf ihn zu, grub seine Hände in Pauls Jackenaufschläge und schüttelte ihn hart durch. „Verarsch mich nicht." Paul spürte den Atem von Schiffer in seinem Gesicht, roch den kalten Zigarettenqualm und bekam einen Hustenanfall. Pinsel und Farbe fielen auf den Boden. Schiffer schleuderte Paul angeekelt durch den Raum. „Die Photos!" schrie Schiffer ihn unbeherrscht an. „Ich weiß nicht ..." Ein Tritt in die Seite beendete Pauls Satz. „Die Photos." „Glauben Sie mir ..." Ein weiterer Tritt hinderte ihn erneut daran, weiterzureden. Selbst wenn Paul Hermes jemals etwas von irgendwelchen Photos gewußt haben sollte, hätte er keine Gelegenheit mehr gehabt, das weiterzugeben. Schiffer hörte nämlich an diesem Vormittag nicht eher auf, den am Boden Liegenden mit Tritten zu traktieren, bis dieser nicht mehr atmete. Paul Hermes, der Legionär, starb.

Froßmann legte ärgerlich den Telephonhörer auf. Die Warenannahme hatte ihn gerade davon in Kenntnis gesetzt, daß in der Nacht wieder Süßwaren aus Polen kommen sollten, die schon lange das Mindesthaltbarkeitsdatum erreicht hatten. Wieder mußte er anordnen, daß einige Leute der Nachtschicht sich des Problems annehmen sollten. Langsam fand er es lächerlich, daß die Verkaufsabteilung immer wieder versuchte, abgelaufene Ware in andere Länder zu verscherbeln. Die Abteilung selber gelobte der Geschäftsführung zwar, stets darauf geachtet zu haben, daß vor Abwicklung der Geschäfte alles seine Richtigkeit hatte. Aber das konnte man bei dieser Häufigkeit von Reklamationen kaum glauben. Ihm fiel allerdings auf, daß es sich dabei immer um bestimmte Saisonartikel aus dem Hohlfigurensortiment handelte, die unter normalen Umständen nicht so schnell verdarben. Oft schon hatte er den Schichtführer gebeten, ihm einen Karton beiseite zu stellen, um prüfen zu lassen, warum die Ware so schnell verdarb. Die Anweisung ging anscheinend im Nachtschichtstreß unter. Nie bekam er auch nur einen Artikel zu Gesicht. Vielleicht genügte es ja, die Verpackung zu ändern. Es konnte aber auf jeden Fall nicht angehen, daß er ständig wichtige Terminaufträge zurückstellte, um verdorbene Ware ins Schweinefutter zu geben. Das mußte aufhören. Vielleicht sollte er selber mal am späten Abend vorbeikommen. Er könnte bei der Gelegenheit einen Karton mitnehmen und zusätzlich noch prüfen, ob alle ihrer Arbeit nachgingen. „Eine großartige Idee“, dachte er sich. Froßmann lehnte sich entspannt zurück, schaute aus dem Fenster und sah, wie der Lastwagen mit der Senfwerbung wieder einparkte. Er lächelte. Bei diesem Anlaß würde er natürlich auch diese Landstreicher vom Firmengelände jagen. Das war für ihn doch wohl eine Kleinigkeit.

Die Rohmassen-Abteilung einigte sich mittlerweile darauf, mit der eigentlichen Reinigung zu beginnen, um pünktlich ins Wochenende zu kommen. Silber begleitete Maria bis zum Aufzug. „Woher kommst du? Ich hab’ dich hier noch nie gesehen.“ Maria überlegte kurz. „Ich komme aus Oberhausen und habe gerade hier angefangen.“ „Ich hab’ immer gedacht, daß die Bürofuzzies keinen mehr einstellen wollen. Da haste aber Glück gehabt.“ Silber schaute sich kurz um. „Na gut, vielleicht auch nicht. Ich würde zusehen, dat du woanders wat bekommst. Die sind hier alle ein bißchen daneben.“ „Ja, das ist mir auch schon aufgefallen“, sagte Maria und hielt sich dabei den nassen Kittel vom Bauch weg. Silber lachte. „Heute abend gehen ein Kollege aus der Puderabteilung und ich ins Kino. Vielleicht kommen auch noch ’n paar Leute aus der Rohmasse mit. Wenne willst, kannste ja auch mitkommen.“ Maria schaute Silber, der immer noch Mandelpaste im Gesicht kleben hatte, skeptisch an. Silber bemerkte das. „Wir duschen auch immer, bevor wir ins Kino gehen. Ehrlich.“ Er sah an ihrem Gesichtsausdruck, daß sie von dem Einfall nicht besonders angetan schien, und wollte auch nicht mehr weiterbohren. „Kannst es dir ja überlegen. Wir treffen uns um halb acht an der kleinen Pforte. Die ist hinten …“ „Ich weiß, wo die kleine Pforte ist“, fiel sie ihm genervt ins Wort. „Ach ja? Ich dachte, du wärst neu hier. Ich kenne Leute, die sind schon seit Jahren hier und kennen die kleine Pforte nicht.“ Sie drehte sich um und biß sich auf die Unterlippe. Zu ihrer Rettung kam gerade der Aufzug. Rasch stieg sie ein. „O.k., bis dann mal“, verabschiedete sich Silber. Sie winkte nur kurz zurück.

Das fehlte ihr auch noch. Mit einem Arbeiter den Abend zu verbringen, der absolut flegelhaft war und anscheinend gar keine Bildung hatte. Obgleich sie zugeben mußte, daß er ihr beinahe auf die Schliche gekommen war. Maria schaute ihm noch einmal ins Gesicht, bevor der Fahrstuhl hinunterfuhr. Eigentlich war er ja ganz witzig. Sie schüttelte den Gedanken ab, es lag noch genug Arbeit vor ihr. Außerdem kannte sie noch nicht einmal seinen Namen. Wiederum, wann war sie das letzte Mal im Kino gewesen? Vielleicht lief ja gerade ein Film, der sie auch interessieren könnte. Andererseits, wenn er sich so benahm wie bei der Putzaktion, mußte sie sich wohl darauf einstellen, nach der Vorstellung mit Popcorn im Haar und Cola auf der Bluse vor lauter Scham im Kinosessel zu versinken. Maria seufzte. Das letzte Mal wurde sie von ihrem Ex-Verlobten ausgeführt. Lichtjahre schien das zurückzuliegen. Sie erinnerte sich aber auch nicht gerne daran, weil ihr Verlobter damals psychisch erkrankt war.

Der Verlobte hingegen sah es nicht so. Er schwor damals, daß ihm Außerirdische Anweisungen gaben und er von ihnen geleitet wurde. Als er dann eines Morgens anfing, die Zwerge im Vorgarten mit dem Schrotgewehr abzuschießen, erreichte er schließlich einen Punkt, wo sie selber sagte, daß es egal war, ob er krank war oder Außerirdische die Hand im Spiel hatten. Beides war Mist. Jedenfalls schwor sie sich damals, nicht mehr so schnell einer Einladung zuzustimmen. Maria lächelte kurz auf.

Eigentlich könnte sie den Abend ja als Betriebsausflug werten und sich die Belange der Arbeiter vergegenwärtigen.

„Genau", dachte Maria. „Ich muß mich mit ihm ja gar nicht unterhalten, auch wenn er mich noch so anhimmelt." Sie stieg im Erdgeschoß aus und freute sich auf den Kinoabend.

Silber traf Gero auf dem Weg zur Kantine. „Hallo, René. Gut, daß ich dich noch sehe. Bleibt es bei heute abend?" „Na klar. Ich hab' dir auch gleich 'ne Frau organisiert." „Oh, René", stöhnte Gero. „Ich schätze deine Bemühungen, mir bei der Suche nach der Frau fürs Leben helfen zu wollen." „Ist doch Ehrensache, Gero." „Ich erinnere mich aber noch an deinen letzten Vermittlungsversuch, der damit endete, daß die junge Dame mir schon gleich nach der Eiswerbung die Hose öffnen wollte." „Du mußt zugeben, dat die Werbung aber auch immer langweiliger wird." „René ...", flehte Gero. „Ja, schon gut. Diesmal wirst du dich wundern, was der Onkel da aufgetan hat." „O ja, ich bin sogar fest davon überzeugt, daß ich mich wieder mal über deinen mir zugedachten Geschmack wundern werde." „O.k., dann bis halb acht, oder soll ich dich lieber abholen?" Gero überlegte kurz. „Das wäre großartig." Sie verabschiedeten sich voneinander. Gero mußte noch seine Gipsnische putzten, und Silber wollte noch Kuchen für Paule besorgen.

Nauermann saß in seinem Wagen und hörte die Mailbox seines Handy-Anschlusses ab. „Halten Sie alle verfügbaren Leute bereit. Heute nacht geht die Sache dem Ende entgegen. Damit keine Spuren zurückbleiben, muß die Aktion perfekt verlaufen. Um Ihre Motivation zu erhöhen, kann ich Ihnen versichern, daß Sie sich danach über Ihre finanzielle Zukunft keine Sorgen mehr machen müssen. Ich bin sogar bereit, Ihren letzten Fehler zu vergessen. Sie hören von uns." „Endlich", dachte Nauermann, stützte sich auf sein Lenkrad und hörte sich die Ansage noch mal an. Zufrieden startete er den Motor. Sein Wunsch, zurück nach Polen zu kommen und von der Familie wieder in die Arme geschlossen zu werden, ging langsam in Erfüllung. Nichts und niemand sollte deshalb den tadellosen Plan untergraben. Er mochte sich gar nicht vorstellen, was mit demjenigen passierte, der es trotzdem wagen würde.

Mit Kuchen in den Händen lief Silber auf Pauls Holzhütte zu. Der Wind wehte leicht. Wolken stellten sich der Sonne in den Weg, und er überlegte, ob es sich wohl lohnen würde, das Verdeck seines Wagens zu öffnen. „Paul, der Kuchenmann ist da. Ich hoffe, dat der Kakao fertig ist." Die Tür stand offen. Silber trat ein. Auf dem Boden lagen Pinsel und eine Dose Farbe. Unordnung, die ungewöhnlich schien. Er legte den Kuchen auf den Tisch und ging noch einmal hinaus. „Paul?" Außer dem Gurren der Tauben hörte Silber nichts. Er ging wieder rein und setzte sich an den Tisch. Bestimmt verquatschte sich Paul gerade irgendwo und vergaß ihn dabei völlig. Silber nahm es ihm aber nicht übel. Nur hätte er endlich gerne mal gewußt, wer die Frau auf dem Photo war. Silber hob die Sachen auf, die auf dem Boden lagen, ging an die Bilderwand und machte sich das Photo ab. Vielleicht traf er Paul unterwegs noch einmal und konnte ihn dann fragen. Als Entschädigung für das gemopste Photo ließ Silber ihm den Kuchen da. „Ein fairer Tausch", dachte er sich.

Leider konnte Silber nicht ahnen, daß sich niemand mehr über den Kuchen freuen würde und der Tausch mit dem Photo alles andere als gut aufgenommen werden würde.

Anna Polowna lag in der Badewanne, als Nauermann anrief und ihr mitteilte, daß es in dieser Nacht soweit sein würde. Sie nahm den Anruf kühl entgegen, doch am Ende des Gesprächs durchströmte sie eine gewisse Unruhe. Anna hatte nicht damit gerechnet, daß es so schnell gehen würde. Sie streckte ein Bein aus dem Wasser und wippte mit dem Fuß solange hin und her, bis der Schaum hinunterglitt. Danach wiederholte sie die Prozedur mit dem anderen Bein. Während sie das Herabgleiten des Schaums beobachtete, überlegte sie, wie sie ihren Plan verwirklichen konnte. Der falsche Paß, den sie in Auftrag gegeben hatte, ließ lange auf sich warten. Schweizer Dokumente waren schwer zu beschaffen. Allerdings lohnte sich das Warten, weil sie glaubte, in der Schweiz sicherer zu sein als in einem anderen europäischen Land. Beim Abtrocknen fiel ihr noch ein, an ihre Waffe zu denken, falls sich die Ereignisse in der Nacht überschlagen sollten und sie außerplanmäßig reagieren mußte. Die Leute, die Nauermann aussuchte, konnten sehr gut gewissenlose Befehle ausführen. Wenn es jedoch darum ging, selbständig Dinge zu erledigen, konnte man nur die Hände über dem Kopf zusammenschlagen. Schiffer z.B. gehörte wohl zu denen, die eine Bösartigkeit ausstrahlten die einen spüren ließ, auf der Welt nichts wert zu sein. Er würde bestimmt auch Leute aus eigenen Reihen opfern, nur um sich dadurch einen Vorteil zu verschaffen. Nauermann hingegen dachte nur noch daran, seine Familie wiederzusehen.

Dabei erweckte er manchmal den Eindruck, das Wesentliche zu übersehen. Alles gefährliche Einflüsse. Anna holte die verchromte 45er Automatik aus ihrer Kommode, prüfte das Magazin und verstaute sie in ihrer Tasche. Die Handgranaten, die sie noch hatte, wollte sie sich für eine andere Sache aufsparen.

Gero Pallasch wartete draußen vor dem Haus seiner Eltern auf Silber. Er hätte auch noch ein paar Dinge erledigen können, hielt es aber für ratsam, Silber abzufangen, bevor er noch auf die Idee kam, sein öltropfendes Ungetüm in der frisch gepflasterten Einfahrt abzustellen. Gero blickte die ruhige Straße mit den Bilderbuchvorgärten hinunter und schaute dann auf seine Uhr. Die Chance, die bestellten Kinokarten pünktlich abzuholen, wurde immer geringer. Er setzte sich schließlich auf die Stufen, die zur Haustür führten, schloß die Augen und lauschte dem Gesang der Vögel und dem Rauschen der Bäume. Gero wohnte in Mülheim-Heißen, einer Gegend, von der Silber immer sagte, daß er dort nicht mal tot überm Zaun hängen wollte. Hier liefen die Kinder, gestylt mit den teuersten Markenklamotten, eilig durch die Straßen, um so schnell wie möglich an ihren Computer zu gelangen, ohne auch nur einen Sonnenstrahl abzukriegen. Mütter erzählten sich gegenseitig, mit geheuchelter Freundlichkeit, was die nächsten Anschaffungen sein würden, um sich das Leben noch einfacher zu gestalten, als es ohnehin schon war. Väter hielten sich strikt an das vorgeschriebene Tempolimit der verkehrsberuhigten Zonen, um ja von allen in ihrer neuesten Familienkutsche gesehen zu werden. Nicht so Silber. Der schoß, wie immer, mit einem Affenzahn die Straße hoch und hielt mit quietschenden Reifen neben Gero. „Komm, Gero, trödel hier nicht rum!“ Gero verzog sein Gesicht und stieg ein.

„René“, begann er, „deine Unpünktlichkeit ist absolut zuverlässig.“ „Danke, Gero, wenn du dat sagst, hört sich dat richtig nett an. Aber genug der Schmeicheleien. Deine Puppe wartet bestimmt schon auf uns.“ Silber hackte den Gang ins Getriebe und gab, soweit es der Motor noch erlaubte, Vollgas. Bei der Abfahrt wurden viele Gardinen an die Fensterscheiben gedrückt. Es waren die Nachbarn, die unbedingt sehen wollten, welcher Frevler es wagte, die Ruhe zu stören. Während Silber, mit seinen abgefahrenen Reifen quietschend, in die Kurve schlitterte, entschloß sich Gero, nächstes Mal doch lieber mit dem Bus zu fahren.

Maria stand, wie verabredet, an der kleinen Pforte. Sie hatte sich extra den Kleinwagen ihrer Sekretärin geliehen, um den Schein der Arbeiterin zu wahren. Nur mit ihrer Garderobe lag sie ein wenig daneben. Das strenge, modern geschnittene dunkelblaue Kostüm könnte im Kino ein bißchen overdressed wirken.

Jedoch, was sollte Maria tun? Sie hatte nun mal nichts anderes. Wenigstens den teuren Schmuck ließ sie zu Hause. So bemerkte sie immerhin nicht, daß Silber schon mächtig über der Zeit lag, als er endlich vorfuhr und sich schon im Wagen scheckig lachte. Gero stieg aus. „Guten Abend“, begrüßte Maria ihn. „Guten Abend. Mein Name ist Gero Pallasch.“ Silber kam vor Lachen gar nicht mehr aus dem Wagen. „Ich heiße Maria.“ „Sag mal, Maria, kommste gerade von 'ner Kommunion oder wat?“, grölte Silber. Ärger wallte in ihr hoch. „Ha,ha. Ich schmeiß mich weg. Wir gehen ins Kino und nicht in die Oper.“ „Ich hab' gedacht, wir gehen danach noch irgendwo hin“, konterte sie verunsichert. „Machen wir ja auch“, bestätigte Silber. „Nur denke ich mal nicht, dat wir dort solch ein Geschütz auffahren müssen.“ „Das konnte ich ja nicht ahnen“, erwiderte sie trotzig. „Na egal, was soll's. Steig ein. Wir nehmen dich trotzdem mit“, grinste Silber. „Danke, das ist sehr freundlich.“ „Du könntest aber ruhig deine Haare offen tragen, sonst meinen die alle noch, du bist die Gefängniswärterin, die uns beim Freigang begleitet. Hahaha“. „Mach' dir nichts draus“, tröstete Gero sie, der schon bemerkte, daß sie keine große Lust mehr hatte. „René meint das nicht so.“ „René“, dachte sie, „so heißt der Flegel also.“ „Möchtest du vorn sitzen?“, bot Gero an. „Mann, Leute, gibt dat heute noch mal wat?“, rief

Silber genervt. „Ich gehe nach hinten“, entschied sie und wollte die hintere Tür öffnen. Silber lachte schon wieder. „Du mußt leider an der anderen Seite einsteigen, hier klemmt das Schloß“, sagte Gero schon fast kleinlaut. Maria nickte gereizt. Beim Versuch, in den Wagen zu steigen, bemerkte sie, daß der eng geschnittene Rock dies nicht zuließ. Der Kübel lag nämlich so hoch, daß sie es nur schwerlich schaffte, die Beine nachzuziehen, ohne daß der Rock rutschte und Silber im Innenspiegel die Farbe ihres Slips erkennen konnte. Kein Mensch auf diesem Planeten wußte, wieviel Überwindung es Silber kostete, dazu keine Bemerkung zu machen.

Lastwagen rollten an. Schiffer sprang hektisch von einem Stapel Paletten. „Wir warten auf einen bestimmten“, fuhr Nauermann ihn an. „Bleibe da sitzen, bis ich dir sage, daß du dich bewegen sollst.“ „Ich dachte …“ „Das läßt du heute am besten ganz sein. Verstanden?“ Nauermann mochte gar nicht drüber nachdenken, daß es nun einen Toten mehr gab. Nur weil jemand nicht sofort das findet, was er sucht, muß er nicht gleich ein Leben auslöschen. Zumindest nicht sofort. Ein paar Informationen hätten sich bestimmt noch bei näherer Befragung heraus holen lassen.

Einem Idioten wie Schiffer konnte man jedoch so was nicht klarmachen. Der war nur für den Augenblick zu gebrauchen. Nun kam ein Lastwagen, der schon von weitem seine Scheinwerfer aufblinken ließ. „Es kann losgehen, sag den anderen Bescheid.“ Schiffer lief los. Nauermann winkte den Lastwagen zu sich heran. Als der Fahrer sich bemühte, gleich schon rückwärts an die Laderampe zu rangieren, kamen Schiffer, Anna und Fliesenwinkel hinzu. Der Laster stand jetzt. Langsam gingen die hydraulisch gesteuerten Verschläge des Anhängers auf. Kühlnebel waberte träge aus den Ritzen. Alle traten zurück. Gleich sollten sie sehen, was der Lastwagen für eine geheimnisvolle Fracht barg.

In dem Lastwagen mit der Senfwerbung überschlugen sich mittlerweile die Ereignisse. Lorre hatte nämlich letzte Woche erst noch, gegen Anraten seines Vorgesetzten, Kameras mit Richtmikrophonen auf dem Hof positioniert, um ja nichts zu verpassen. Nun freuten sich die beiden natürlich wie zwei Pfadfinder, die es endlich geschafft hatten, ohne Streichhölzer ein Feuer zu entfachen, als der Lastwagen auch noch genau vor ihrer Kamera hielt. „Zeichne alles auf!“ rief Söchting aufgeregt. „Ja, bin doch dabei.“ Lorre hantierte so nervös an einigen Reglern herum, daß er die ganze Aufnahme beinahe in den Sand setzte. „Der Pole, siehst du. Der kleine Pole. Den hab’ ich von Anfang an in Verdacht gehabt.“ Söchting konnte sich gar nicht mehr bremsen. „Wer ist die Frau?“ fragte Lorre. „Dreh den Ton auf“, drängte Söchting ungeduldig. „Mach’ ich doch.“ Lorre fühlte sich von Söchting, der wie ein aufgeschrecktes Huhn durch den engen Laster lief, ein wenig genervt. „Die anderen beiden. Wer sind die beiden?“, rief Söchting hektisch. „Laß mich doch erst mal den Ton einstellen.“ Lorre ließ sich von Söchtings Hektik anstecken. „Ich mein’, ich hätte die Frau schon mal gesehen. Hast du sie nicht auch schon mal gesehen? Sag doch mal.“ „Nein, hab’ ich nicht. Jetzt laß mich doch mal …“ Lorres Satz wurde von dem Klingeln eines Bewegungsmelders, der an der Einfahrt zum Parkplatz angebracht war, unterbrochen. „Wer ist das denn jetzt noch?“, stöhnte Söchting. Lorre ließ eine Kamera auf den Wagen schwenken, der auf den Parkplatz fuhr. Froßmann stieg aus. „Daß der da mit drinhängt, hätte ich mir gleich denken können“, hetzte Söchting eifrig weiter. „Sei mal ruhig“, zischte Lorre, „die machen den Laster auf.“ Beide schauten gebannt auf den kleinen Bildschirm, als ein weiterer Bewegungsmelder anschlug. Die Agenten schauten sich verwundert an. Jemand versuchte über die Mauer auf das Gelände zu kommen.

„Ich schaffe das nicht“, jammerte Maria. „Jetzt stell dich nicht an wie so ’ne Zahnarzttochter und kletter da rüber“, stöhnte Silber, der Maria an den Beinen festhielt. Maria konnte nicht glauben, was sie da gerade versuchte. Bis vor ein paar Stunden saß sie mit den Jungs noch im Ringlokschuppen und diskutierte über den Film. Aber das, was sie nun versuchte, sprengte den Rahmen der Nacht. Maria brach in die Firma ihres Vaters ein. Beschweren konnte sie sich eigentlich nicht, denn sie hatte sich das selber eingebrockt. Silber äußerte den Gedanken, daß er mal bei der Nachtschicht vorbeischauen müßte, um eine bestimmte Frau zu sehen.

Maria provozierte ihn auch noch, indem sie ihm davon abriet, weil ihn sonst die Nachtwächter aufgreifen würden. Er prahlte daraufhin, daß er sogar mit ihr an der Hand in die Firma spazieren könnte und das Gebäude ausräumen würde, wenn er wollte. Maria wußte nicht, was sie interessanter fand – mit Silber Hand in Hand spazierenzugehen oder eine Nacht mit ihm in Polizeigewahrsam verbringen zu müssen, weil die Nachtwachen sie erwischten. Der einzige, der gar nicht wußte, was er von der Sache zu halten hatte, war eigentlich Gero. „Also", begann Gero, „ich fände es nicht schlecht, dieses Unternehmen auf einen anderen Zeitpunkt zu verlegen." „Mann, Gero", flüsterte Silber, während Maria – immer noch auf seinen Schultern stehend – sich an der Mauer abmühte, „die Frauen stehen auf Spontanität. Wenn du ihr Herz erobern willst, mußte schon wat leisten." „Ich würde es vorziehen, die Dame erst mal kennenzulernen, bevor ich hier meine Spontanietät unter Beweis stellen muß." „Jetzt sei keine Memme." „Ich glaube nicht, daß man es als memmenhaft bezeichnen kann, nur weil ich mich weigere, die Nacht unter Polizeiaufsicht zu verbringen." „Ich störe ja nur ungern", meldete sich Maria von Silbers Schultern, „aber ich würde dann jetzt gerne runterkommen". „Nix da", antwortete Silber, „erst große Klappe und dann kneifen, wah?" Silber wippte Maria mit seinen Schultern noch ein bißchen höher, damit sie leichter den Mauersims erreichen konnte. Plötzlich hörten alle ein merkwürdiges Geräusch.

Erst hielten sie erschrocken inne. Dann, als Silber und schließlich auch Gero anfingen, albern zu kichern, ahnte Maria, daß ihr Rock gerissen war.

Froßmann liebte es, die Leute auf ihrer Nachtschicht zu überraschen. Es war die Zeit eines jeden, der versuchte, alle verbotenen Dinge zu machen, über die er am Tage nicht mal nachdachte. Zum Beispiel plattgetretene Schokolade vom Boden aufzukratzen und, anstatt in den Schweinefutter-Container, wieder in die flüssige Masse zu geben. Oder wenn man versuchte, mit einem Putzlappen eine Schokoladenform zu reinigen, mit dem man zuvor schon eine tote Maus vom Boden entfernt hatte. Alles schon dagewesen. Das letzte Mal beobachtete er einen Arbeiter dabei, wie er einen Fisch, den er sich aus dem Kühlteich geangelt hatte, auf dem Tisch im Packraum ausnahm.

Froßmann war gespannt, was die Nacht ihm diesmal bieten würde. Er sah, daß mehrere Lastwagen auf dem Hof entladen wurden, und erinnerte sich an sein eigentliches Vorhaben. Der Laster, der hinten im Abseits stand, wurde für seine Warenkontrolle ausgewählt. Die saßen bestimmt alle auf den Paletten und rauchten. Als Froßmann über den schlecht ausgeleuchteten Hof lief, sah er, daß äußerst emsig gearbeitet wurde. Anerkennend zog er die Augenbrauen hoch, als er bemerkte, daß auch eine Frau mitanfaßte. Froßmann wollte die vier nicht von der Arbeit abhalten. Er nahm sich einfach unbemerkt einen Karton, der ihm anfangs doch recht schwer erschien, und machte sich auf den Weg zu seinem Büro.

Die Kameras des BND zeichneten Marias ungeschickten Versuch, die Firmenmauer zu überwinden, auf. „Wer ist das denn nun wieder?" stöhnte Lorre. „Langsam wird es kompliziert", pflichtete Söchting ihm bei. Gero erschien als nächster auf dem Bildschirm. „Die Weichflöte?", entfuhr es Lorre. Als Silber zuletzt über die Mauer kam, konnten sie beide nicht mehr an sich halten. „Der Spinner?", riefen beide gleichzeitig. Die BND-Agenten saßen wie hypnotisiert vor dem kleinen Bildschirm und betrachteten die drei Eindringlinge, die offenbar alles andere als einen Plan zu bieten hatten. Maria stand wie ein kleines, stures Mädchen mit verschränkten Armen an die Mauer gelehnt und wollte anscheinend nicht mehr weiter. „Kannst du mir einen Gefallen tun?", fragte Söchting. „Was?" „Schreibst du den Bericht?" Lorre nickte müde. Er sah ein, daß sich dafür, was gerade vor sich ging, nur schwer geeignete Worte finden lassen würden. Plötzlich schlug ein Bewegungsmelder an, von dem sie sich immer gewünscht hatten, daß dieser niemals aktiviert werden sollte. Die Agenten sprangen auf, entsicherten ihre Waffen und erstarrten nach ihrer letzten Bewegung. Von außen klopfte es an ihrem Laster.

„Osterhasen!" fluchte Schiffer ungläubig, als er mit Fliesenwinkel die Palette in einen der stillgelegten Lagerräume fuhr. Fliesenwinkel fand das Ganze auch etwas seltsam, sagte jedoch nichts aus Angst davor,

Nauermann könnte jeden Augenblick aus der Haut fahren. Anna und Nauermann schoben die letzte Palette nach. „So", begann Nauermann völlig außer Atem, „Schiffer und ich werden alles weitere am Kühlteich vorbereiten. Ihr beiden fangt an, auszupacken." Fliesenwinkel sah Anna völlig überrascht an, als sie ohne zu zögern anfing, einen Karton aufzureißen und einen der Schokoladenhasen auf die Tischkante zu schlagen, um etwas aus dem Hohlraum zu nehmen. „Was ist?", fragte sie verachtend. „Soll ich dir die erste Palette alleine auspacken?" Anna konnte Fliesenwinkel nicht leiden und machte auch keinen Hehl daraus. „Bin ja schon dabei", entschuldigte er sich und fing an, hektisch einen Karton aufzumachen. „Müssen wir die alle alleine auspacken?", jammerte er. „Sieht so aus", antwortete sie knapp. „Na dann wollen wir mal", sagte er mit gespielter Freundlichkeit, um endlich das Eis zu brechen, packte den Inhalt aus und warf ihn achtlos auf den Tisch. Anna bekam große Augen. Noch bevor er dazu kam, das zu wiederholen, zog sie ihre Waffe, steckte sie ihm in den Mund, den er gerade öffnete, um ein Lied zu pfeifen, und entsicherte sie mit einem lauten Klicken.

„Wirf es nicht noch einmal. Verstanden?"

„O.k., Leute, dat erste wäre geschafft. Hat einer eine Idee, wie's weitergeht?", fragte Silber. Gero und Maria sahen sich an, als wenn der Geist aus der Lampe gekommen wäre, um sich nach ihren Wünschen zu erkundigen. „Ich hatte eigentlich gehofft, daß du uns nach deiner Verschleppaktion sagst, wie es weitergeht." Gero wandte sich an Maria. „Oder nicht?" Maria nickte ergeben. Sie verspürte, nachdem ihr Rock eingerissen und die Absätze an ihren französischen Designerschuhen abgebrochen waren, nun wirklich keine Lust mehr auf weitere Abenteuer. Nur die Hoffnung, daß endlich einer der Nachtwächter kommen möge, um der Aktion ein Ende zu bereiten, zauberte ein schmales Lächeln auf ihr Gesicht. „Schau mal, Gero, sie lacht", freute sich Silber. „Maria hat mehr Abenteuersinn als du Nasenbär." „Stimmt", sagte Gero. „Ich bitte um Verständnis, daß ich nicht in das triumphierende Gelächter mit einstimme." „Ich habe mir vorgestellt, daß du Maria mal in aller Ruhe die Firma zeigst, und ich werde meine Traumfrau im Schokoladenpackraum suchen. Na, wie findet ihr die Idee?“ Maria glaubte, sich verhört zu haben. Erst lud er sie ins Kino ein, bezahlte ihre Getränke, schleppte sie zu einer offenbar romantischen Erkundungstour hierher – und nun verkündete Silber, er möchte seine Traumfrau suchen. Gero dachte inzwischen ernsthaft darüber nach, was er Maria zeigen sollte. Der größte Teil der Maschinen stand wegen Auftragsmangel still, und überhaupt lag alles im Dunkeln. „René!“ flehte Gero, „kannst du mir mal sagen, was ich Maria hier zeigen sollte?“ „Stimmt, du hast recht.“ Gero atmete auf. Silber begriff anscheinend doch noch, daß sein Plan etwas verwegen schien. „Ihr helft mir bei der Suche“, sagte Silber knapp, zückte das Photo und gab es ausgerechnet Maria.

„Auf der Rückseite steht meine Telephonnummer. Sie soll mich anrufen, sonst entgeht ihr was.“ „Da bin ich sicher“, sagte Maria spöttisch, da sie nun nicht mehr zurück konnte und alles bis zum Schluß mitspielen mußte, um ja nicht zuzugeben, daß sie dabei war, sich in Silber zu verknallen. „In einer Stunde treffen wir uns wieder hier. In Ordnung?“ „Jaaa“, antworteten Gero und Maria gedehnt. Gero zweifelte allerdings daran, daß Silber pünktlich sein würde.

Froßmann stand außen vor dem Lastwagen mit der Senfwerbung und hämmerte mit der Faust vor die Ladeluke. Er trat zwei Schritte zurück, richtete seine Krawatte und wartete ab. Jetzt, wo er schon mal da war, konnte er diese Landstreicher auch dazu bewegen, diesen Lastwagen von dem Firmengelände zu entfernen. Danach würde er sich bestätigt fühlen und konnte mit dem Gedanken einschlafen, noch etwas Gutes für die Firma getan zu haben. Jede Minute auf dem Firmengelände mußte der Firma dienen. Das war eines seiner vielen Prinzipien, an denen er immer festhielt. Froßmann legte sich schon die Sätze seiner Argumentation zurecht und spürte die Höchstform in sich aufsteigen. Als dann aber die Ladeluke aufflog und Froßmann in das Innere des Lastwagens gerissen wurde, vergaß er seine Argumente schnell. Er spürte nur noch den kalten Waffenstahl an seiner Schläfe und bemühte sich, nicht in die Hosen zu machen. Noch ehe er sich näher umschauen konnte, wurde er bewußtlos geschlagen.

Maria und Gero fehlte selbstverständlich die nötige Motivation, nach dieser Frau zu suchen. So blieben beide an die Mauer gelehnt und bewegten sich erst einmal gar nicht. „Hat der immer so verrückte Ideen?“ fragte Maria ungläubig „Ich kenne ihn gar nicht anders.“ „Ist das nicht anstrengend, sich mit so einem Wahnsinnigen abzugeben?“ „Nein, hier ist alles so streng und langweilig, da ist Silber für viele eine Aufmunterung. Außerdem kann man sich auch auf ihn verlassen.“ Gero lächelte. „Ich meine natürlich in diesem Falle nicht seine Pünktlichkeit, aber seine Taten sind ausschlaggebend. Die haben Hand und Fuß und sind für den Betreffenden stets von Vorteil.“ „Hört sich fast nach Bewunderung an.“ „Vielleicht. Jedoch würde ich es eher als Respekt bezeichnen. Bewunderung hört sich nahezu unterwürfig an. Respekt aber ist das, was ich einem guten Freund entgegenbringen kann, wenn ich ihn mag.“ Maria nickte, obwohl sie so etwas nicht beurteilen konnte, weil die Freunde um sie rar waren und sich schlecht einschätzen ließen. „Warum bist du eigentlich bei *Blanka*, wenn hier alles so streng ist?“ Maria meinte diese Frage ehrlich, ohne die Informationen weiterverwerten zu wollen. „Es ist schwer zu erklären“, begann Gero. „Ich glaube, es liegt daran, daß ich mich nicht traue, von hier wegzugehen. Immerhin habe ich hier Arbeit, während andere auf der Straße stehen. Da wäre es unverschämt zu sagen, ich möchte diesen Job nicht, ohne einen neuen in Aussicht zu haben. Außerdem müßte ich, wenn ich diesen Beruf weiter ausüben sollte, in eine andere Stadt ziehen, die mindestens hundert Kilometer von hier entfernt ist.“ „Was ist daran so schlimm?“ fragte sie interessiert. Maria war es Zeit ihres Lebens gewohnt, ständig für eine unbestimmte Dauer in verschiedenen Städten oder gar auf anderen Kontinenten zu verweilen, um dort zu lernen oder zu arbeiten. „Meine Eltern haben hier ein Haus, und ich glaube, es würde ihren Erwartungen nicht gerecht werden, wenn ich von hier wegziehe und ihr hart Erarbeitetes später mal verkaufen muß, nur weil ich woanders lebe. Ich denke, daß sie sich bei jedem Stein, der gesetzt wurde, vorgestellt haben, wie ich später dort mit meiner Familie lebe“, erklärte Gero bereitwillig. „Meinst du denn, es macht deine Eltern glücklich, wenn sie sehen, unter welchen Umständen du hier arbeitest?“ „Ich klage wenig. Deswegen können sie es sich nicht vorstellen. Sie glauben, in einem Lebensmittelbetrieb kann die Arbeit nicht so schlimm sein wie auf dem Bau oder in einem Metallbetrieb. Silber hat mal gesagt: 'Wenn wir erzählen, wo wir arbeiten, dann meinen die Leute immer, wir gehen mit den Gummibärchen Hand in Hand über den Gang.' Er hat recht. Die Leute denken, wenn jemand Artikel herstellt, die nur an Tagen zum Einsatz kommen, an denen der größte Teil der Bevölkerung glücklich ist, muß die Arbeit Spaß machen. Sie machen sich keine Gedanken darüber, unter welchen Bedingungen die Sachen hergestellt werden." Er lachte kurz auf. „Bei *Blanka* zumindest." „Ja", sagte Maria verständnisvoll, „da ist was Wahres dran."

Geros Pflichtbewußtsein wurde geweckt, als er auf das Photo in ihrer Hand schaute. „Komm, machen wir uns auf den Weg, Silbers Traumfrau zu suchen." Beide liefen planlos auf den Hof zu, ohne recht zu wissen, wo sie beginnen sollten. Maria war es eigentlich egal, ob sie die Frau finden würden oder nicht. Sie machte sich nur Gedanken darüber, warum sie noch nicht von den Nachtwächtern aufgegriffen worden waren.

Silber lief vom Hof aus direkt in die Fabrik. Der Schokoladenpackraum lag im Erdgeschoß. In dieser Abteilung wurden alle Schokoladenartikel verpackt, die in der Firma hergestellt wurden. Im Packraum mußte es kühl sein, damit die Ware nicht schmolz. Darum trugen die Arbeiterinnen meist dicke Pullover unter ihren Kitteln, damit sie nicht froren. Silber nahm sich irgendeinen Meisterkittel, der an der Wand hing, setzte sich eine Papiermütze, wie Besucher sie trugen, auf und durchlief einmal den riesigen Komplex. Schwere Maschinen verpackten mit lautem Getöse kleine Schokoladentafeln, um sie dann in hoher Anzahl in kürzester Zeit auf den Packtisch zu spucken. Die Arbeiterinnen mußten sie aufnehmen und wieselflink in einen eng berechneten Karton verstauen. Die erfahrenen Frauen unterhielten sich mit den anderen bei der Arbeit. Die Neueren wagten gar nicht erst aufzuschauen aus Angst, sich dabei zu verzählen. Vorarbeiterinnen liefen kontrollierend um die Packtische, um sicher zu gehen, daß das Tagespensum auch geschafft wurde. Silber schaute sich um. Entdecken konnte er seine Traumfrau nicht und so beschloß er, in der Kantine zu suchen. Dort angekommen, mußte er feststellen, daß die Dame sich äußerst schwer finden ließ. Nachdenklich verließ er die Kantine. Dabei fiel sein Blick auf die offenstehenden Büros, die auf ihre Wochenendreinigung warteten. In Froßmanns Büro würde sich bestimmt die Personalakte seiner Traumfrau finden lassen. Er vermied es, Licht anzuschalten, der Mond spendete ausreichend davon. Silber ließ sich in Froßmanns Sessel sinken und überblickte den Parkplatz. Er glaubte, Froßmanns frisch polierte Limousine gesehen zu haben, doch in Anbetracht der späten Stunde verdrängte er diesen Gedanken wieder und durchforstete die Akten. Dabei entdeckte er auch seine eigene, konnte sich aber vorstellen, daß nichts Gutes darin vermerkt sein würde, und beachtete sie deshalb nicht. Er hielt sich an Namen, die ihm nicht bekannt vorkamen, und so stieß er schnell auf Anna Polowna.

Anna ertrug das dumme Gefasel von Fliesenwinkel nicht mehr. Sie ging hinaus auf den Hof, um frische Luft zu schnappen. Dabei kam ihr ein Pärchen entgegen, von dem sie sehr genau gemustert wurde. Anna erkannte Gero vom Parkplatz wieder und fragte sich, was er wohl auf der Nachtschicht suchte. Als sie an ihnen vorbeigehen wollte, wurde Anna von der Frau aufgehalten. Maria drückte ihr das Photo in die Hand und teilte ihr, mit einem seltsamen Unterton in der Stimme, mit, daß sie diese Nummer anrufen sollte. Nach einem tiefen Blick in die Augen ging Maria grußlos davon. Anna deutete Marias Eifersucht als Drohung und überlegte ernsthaft, ihre Waffe zu ziehen. Sie dachte kurz nach, um zu dem Schluß zu kommen, daß die beiden bestimmt nicht so schwachsinnig waren, ohne Verstärkung hier zu erscheinen, um Drohungen auszustoßen. Da mußte schon etwas Mächtiges hinterstehen. Sie nickte den beiden zu und lief schnurstracks zu Nauermann, damit sie ihn von dem Geschehnis unterrichten konnte. Der bekam große Augen und mußte sich erst einmal setzten. Er befahl ihr, so schnell wie möglich den Rest auszupacken. Schiffer wies er an, den Hof abzusuchen. Nauermann selber machte sich auf den Weg zum Parkplatz. Weit konnten sie nicht gekommen sein. Er mußte sie finden, um jeden Preis.

Silber lümmelte sich nach seinem Fund noch eine Weile in dem großen Chefsessel herum und betrachtete das Büro, in dem er schon des öfteren antreten mußte, um das eine oder andere zu erklären. Im ganzen Raum standen kartonweise Süßwaren. Er war davon überzeugt, daß sich Froßmann nur das Beste kommen ließ, um sich selbst daran zu laben. Silber wollte seinem Vorgesetzten in nichts nachstehen und beschloß, ihm einen Teil der Arbeit abzunehmen, indem er sich ein paar Süßigkeiten mitnahm, um sie zu verkosten. Ein paar Tafeln Schokolade und einen Osterhasen, der aus dem Karton vom Schreibtisch stammte, nahm er sich mit, bevor er das Büro verließ. Als Silber den Gang runterlief, bemerkte er zu seinem Erstaunen, daß Fliesenwinkel gerade aus der Kantine schlich. Seiner Tarnung zum Trotze brüllte er laut über den ganzen Gang: „Fliesenwinkel, du kleiner Wichser!“ Marc Fliesenwinkel blieb wie angenagelt stehen. „Dat ist doch nicht zu glauben. Jetzt spionierst du Arschgesicht auch noch auf Nachtschicht herum, um selbst den letzten noch ans Messer zu liefern. Wie weit geht deine Arschkriecherei eigentlich noch?“ Fliesenwinkel schaute wie hypnotisiert auf den Osterhasen in Silbers Hand, den er ihm prompt vor die Stirn schlug. „Hallo. Erde an Arschkriecher. Ich hab’ dich wat gefragt.“ Fliesenwinkel wich ängstlich zurück. „Ich mach’ dir einen Vorschlag. Du erzählst nicht, dat du mich hier gesehen hast, und ich gehe dafür am Montag nicht zum Betriebsrat, um dich als Vollidioten enden zu lassen.“ Fliesenwinkel zeigte keine Regung. „Ich sehe, du bist begeistert. Sollte ich dennoch erfahren, dat du mich angeschissen hast, schiebe ich dir den Osterhasen so tief in deine Ohren, bis du anfängst zu schielen. Verstanden?“ Endlich nickte Fliesenwinkel. Silber ging. Am Ende des Ganges drehte er sich noch einmal um. „Vergiß nicht“, mahnte er und winkte dabei mit dem Schokoladenhasen, „Hasi und ich haben alles gesehen.“ Silber lachte noch einmal auf, bevor er in der Dunkelheit verschwand.

Nauermann stand vor seinem geöffneten Kofferraum auf dem Parkplatz und schraubte den Schalldämpfer auf seine Maschinenpistole. Er fragte sich die ganze Zeit, wie es alles so gekommen sein könnte. Da kam Gero, der sich nun wohl als Polizeispitzel herausgestellt hatte, mit einem belastenden Photo um die Ecke und bedrohte damit auch noch provokativ das Schmuckstück der Organisation. Um dem Ganzen noch die Krone aufzusetzen, sollte sich Anna auch noch bei Silber, den er total unterschätzt hatte, melden. Bestimmt will Gero mit ihr verhandeln und ihnen allen Straffreiheit anbieten. Nauermann hoffte, daß sich keiner darauf einließ. Die Organisation würde sich bestimmt erkenntlich zeigen, wenn sie erfuhr, daß alle weitermachten wie bisher, ohne sich einschüchtern zu lassen. Nauermann hörte ein dumpfes Poltern. Er senkte den Kofferraumdeckel und schaute drüber hinweg. Sein Blick blieb an einem Lastwagen haften, aus dessen Ladetürfugen ein wenig Licht schimmerte. Da mußten sie sein. Er schloß den Kofferraum und ging mit gesenkter Waffe auf den Lastwagen zu. Energisch klopfte er mit dem Lauf gegen die Ladetüre. Aus dem Inneren erklangen hektische Geräusche. Dann verräterische Ruhe. Nauermann konnte sich denken, daß bestimmt Waffen auf ihn gerichtet sein würden, wenn die Tür aufging. Als er die entriegelnden Geräusche vernahm und die Tür ein Stück aufging, zögerte er nicht, hob die Waffe und fing ohne Warnung an zu schießen. Kugeln durchschlugen das Karosserieblech. Vermischt mit dem Klimpern der Patronenhülsen und dem dumpfen Ploppen der Maschinenpistole, drangen gurgelnde Geräusche nach außen. Nachdem das Magazin leer geschossen war, duckte er sich, lud neu und horchte, ob noch Lebenszeichen irgendwoher klangen. Nach einer Weile erhob er sich. Die Tür war mittlerweile ganz aufgeschwungen. Söchting und Lorre hingen, ihre Waffen noch in Händen haltend, blutüberströmt über Stuhllehne und Schreibtisch. Die seltsam verrenkten Körper und die offenen glasigen Augen ließen eigentlich darauf schließen, daß sie toter nicht sein konnten. Das reichte Nauermann aber nicht. Er legte an und gab jedem der leblosen Körper noch einen gezielten Kopfschuß. Gerade als er die Türe zustoßen wollte, kam aus dem hinteren Teil ein Stöhnen. Unter den am Boden liegenden Aktenordnern bewegte sich etwas. Nauermann legte vorsichtshalber wieder an. „Wenn ich die erwische, kriegen die einen Verweis, der sich gewaschen hat.“ Nauermann traute seinen Augen nicht. Froßmann versuchte, sich aus dem Stapel von Aktenordnern herauszukämpfen, der auf ihn niedergeprasselt war, als Nauermann mit dem Kugelhagel begann. Endlich auf den Füßen stehend, erblickte er Nauermann. „Aha, Herr Nauermann gehört also auch dazu. Sie melden sich dann bitte bei mir Montag im Büro, ja?“ Froßmann verdrehte die Augen und fiel ohnmächtig hintenüber.

Gero und Maria zeigten sich höchst erstaunt, als Silber noch vor der vereinbarten Zeit am Treffpunkt erschien. „Ist deine Uhr defekt, René?“, scherzte Gero. „Du liegstfünfzehn Minuten vor dem Limit.“ „Ich lach’ mich kaputt“, entgegnete Silber trocken. „Ich habe wenigstens Erfolge vorzuweisen.“ „Wir auch“, trumpfte Maria auf. „Ja“, unterstützte sie Gero. „Maria hat ihr höchstpersönlich deine Telefonnummer übergeben.“ „Ihr habt sie gesehen?“ Silbers Augen glänzten erfreut. Gleichzeitig ärgerte er sich darüber, nicht selber die Gelegenheit gehabt zu haben, mit ihr zu sprechen. „Sieht sie nicht wundervoll aus?“, schwärmte er und griff sich dabei theatralisch ans Herz. Noch ehe sich die beiden dazu äußern konnten, näherte sich jemand von hinten der kleinen Gruppe. „Soso“, erklang eine heisere Stimme, „wen haben wir denn hier?“ Alle drei drehten sich ertappt um und erkannten einen Nachtwächter. Maria freute sich innerlich, endlich war das eingetreten, was sie die ganze Zeit gepredigt hatte. Sie würden nun bestimmt eine Menge Unannehmlichkeiten bekommen. Jedoch der Gedanke daran, daß Silber endlich auch mal eine Lektion erhielt, entschädigte sie für das Bevorstehende. „Mann, Bernie“, freute sich Silber, „dat ich dich noch mal wiedersehe.“ „Ach, Silber, du alter Verbrecher“, entgegnete Bernie, der Nachtwächter, freundlich. „Wat macht deine Frau? Ist es bald soweit mit dem Baby?“ „Nächsten Monat, ich bin schon ganz aufgeregt.“ „Dann sag mal Bescheid. Ich habe letztens auf der Beeker-Kirmes einen megagroßen Teddy gewonnen, den ich loswerden muß.“ „Laß den bloß da. Meine Schwiegereltern haben schon unsere ganze Wohnung mit dem Quatsch ausstaffiert. Ich weiß schon gar nicht mehr, wo ich hintreten soll.“ „Egal, Bernie, in zwanzig Jahren lachste drüber. Aber wenn dir der Kram nicht gefällt, dann stell dich doch auf den Trödelmarkt hin. Hast du doch früher auch immer gemacht.“ „Nee, die Zeiten sind vorbei. Die wollen auf dem Trödelmarkt alles geschenkt haben, und wenn es geht, noch eine Tüte dazu.

Wat ist mit dir, machste wieder mal 'ne private Führung?" „Ja, die ist jetzt aber vorbei, wir wollten gerade gehen." „Ihr wolltet doch wohl nicht über die Mauer?" „Wat sonst?" „Kommt mal mit, ich hab' da 'ne bessere Idee." Bernie führte die drei entlang der Mauer zum Firmengarten und öffnete mit seinem Schlüssel eine Verbindungstür zur Straße. „Das ist doch viel bequemer. Sonst macht ihr euch noch ganz schmutzig oder zerreißt eure Sachen." „Danke, Bernie, dat ist echt nett von dir." „Hab' ich doch gerne gemacht." Der freundliche Nachtwächter schüttelte jedem zum Abschied noch die Hand, wünschte ihnen eine gute Nacht und schloß die Tür hinter sich. Maria atmete tief durch.

Daß der Einbruch in die Firma reibungslos geklappt hatte, konnte sie ja noch verarbeiten, aber daß der einzige Nachtwächter, den *Blanka* beschäftigte, auch noch die Flucht organisierte, setzte dieser Nacht das Sahnehäubchen auf. „So, Leute", verkündete Silber, „dat wäre geschafft. Ich gehe jetzt noch auf Derby. Deswegen schlage ich vor, daß du dich von Maria nach Hause fahren läßt." Er wandte sich an Maria: „Oder ist dat ein Umweg für dich?" Maria schüttelte den Kopf. Silber konnte ja nicht wissen, daß sie im wahrsten Sinne des Wortes gleich um die Ecke wohnte. „Schön." Silber drehte sich in Geros Richtung und kniff dabei ein Auge zu, um ihm zu signalisieren, daß der Augenblick gekommen war, den Kontakt zu Maria zu vertiefen. Er verabschiedete sich, stieg in den Wagen und fuhr los. Gero stieg in Marias Kleinwagen. Mit einer genauen Beschreibung, wie sie ihn am besten absetzen konnte, fuhr auch sie endlich los. Schiffer, der gerade über die Mauer klettern wollte, weil er Stimmen hörte, vernahm nur noch, wie ein Wagen wegfuhr. Er sprang an der Mauer hoch und sah eine Frau am Steuer sitzen. Schiffer lachte leise, als er sich das Nummernschild des PKW notierte.

An diesem Samstagmorgen war nicht nur die Zentrale des Bundesnachrichtendienstes in großer Sorge, weil ihre Agenten aus Mülheim sich nicht mehr meldeten. Nein, auch Nauermann befürchtete Schwierigkeiten, als Anna ihm mitteilte, daß ein Karton aus der Ladung fehlte, und er umgehend seinen Kontaktmann in Rußland davon in Kenntnis setzen mußte. Am härtesten traf es jedoch Silber, als er erfuhr, daß der kleine

Baumarkt in Duisburg-Meiderich keinen Verdünner für Farben mehr hatte. Die Zeit, andere Baumärkte in Duisburg abzuklappern, blieb nicht mehr, weil er wie immer zu lange schlief. Also beschloß er kurzerhand, die Farbe unverdünnt aufzutragen. Beim Streichen kam ihm der Farbton irgendwie bekannt vor. Er wußte nur noch nicht, woher. Nun glaubte er auch zu wissen, was Paul ihm am Freitag noch Dringendes erzählen wollte. Vielleicht, daß er endlos viel Verdünner brauchen würde, um die Farbe zu bändigen.

Wenn die Kotflügel trockneten, sollte er merken, daß sie dieselbe Farbe trugen wie die Außengeländer von *Blanka*. Ein kleiner Junge stand neben Silber und beobachtete ihn. „Mein Papa sagt, nur Idioten streichen über rostige Stellen, ohne den Rost vorher wegzumachen." „Dann hat dein Papa dir auch sicher gesagt, dat kleine Jungs mit gebrochenen Daumen ganz schlecht die Eistüte halten können. Oder?" Lachend schaute Silber dem Jungen nach, der sich hinter seinem reparaturwütigen Vater, der ebenfalls an seinem Pkw murkste, versteckt hielt. Silber gönnte sich eine Pause. Er schaute sich um, machte eine Dose Apfelschorle auf und fühlte sich gut. Er mochte seine Stadt. Manche sagten, andere Städte wären schöner, und rümpften die Nase, wenn er erzählte, woher er kam. Sie kannten Duisburg nur als Stadt mit der größten Arbeitslosenzahl, der schmutzigsten Luft, brachliegenden Fabrikgeländen und einer Fußballmannschaft, die ständig verlor. Dazu kam noch ein bekloppter „Tatort"-Fernsehkommissar, der ständig irgendwelche Türen einrannte und damit den Bürgern denselbigen Charakter aufdrückte. Silber sah das anders. Duisburg präsentierte einen riesigen Zoo, in dem es sogar Koalabärenbabys gab. In dieser Stadt gab es den größten Binnenhafen Europas und eine der modernsten Universitäten der Welt. Silber liebte seine Stadt, egal, was andere erzählten. Er selber kam schließlich aus Duisburg-Meiderich. Immerhin besaßen sie ihre eigene Einkaufsstraße.

Welcher Stadtteil hatte das schon? Hier rannten spielende Kinder noch einem außergewöhnlichen Wagen nach oder jagten mit ihren BMX-Rädern im Stadtpark imaginäre Büffel. Auf den Hinterhöfen wurden Grillfeste veranstaltet, zu der Jan und Mann kommen konnten. In der kleinen Bäckerei, die noch keinen Supermarktcharakter aufwies, konnte man noch ein kleines Pläuschchen halten, ohne gleich von einem Strom wartender Leute mitgerissen zu werden. Was wollte der Mensch mehr? Silber beschloß, noch eine Pizza zu holen, und wollte sich dann auf seinen Samstagmittagschlaf vorbereiten, der ein absolutes Muß war, wenn er fit für seinen Nebenjob sein wollte. Silbers Vater hatte immer gesagt, wenn er nebenbei viel Geld machen möchte, sollte er in einer Disco arbeiten. Das würde einen beliebt machen und Spaß bringen.

Silbers Vater sagte aber nicht, daß er jetzt vollkommen durchdrehen sollte und den Job als Türsteher annehmen müßte, der ihn nicht unbedingt bei allen beliebt machte und auch nicht gerade den ersehnten Geldsegen brachte. Das einzige, was er bestätigen konnte, war, daß er mit seinen Freunden eine Menge erlebte, wenn es darum ging, die Leute zu beobachten. Sein bosnischer Freund Azur sagte immer: „Eigentlich bezahlen die Leute immer nur dafür Eintritt, um die Leute zu sehen, die dafür Eintritt bezahlen, um gesehen zu werden." Silber dachte lange über den Satz nach und kam zu dem Schluß, daß er recht hatte. Er sah den Job aber eigentlich als Vorstufe zu seinem Traumberuf an. Wenn die Zeit gekommen war, wollte Silber Personenschützer werden, was von der Welt sehen, saubere Anzüge tragen und zwölfzylindrige Wagen durch die Gegend kutschieren. Den einzigen Erfolg, den sein Freund Dirk Meißler und er in dieser Richtung schon verbuchen konnten, war der Personenschutzauftrag für ein Roberto-Blanco-Double. Beide mußten sich zwar bald beömmeln vor Lachen, als die Schminke des Künstlers verlief und das Publikum alles warf, was es fand. Aber immerhin brachten sie den Imitator lebend aus dem Schußfeld der Bierflaschen.

Silber sprang von der Kofferraumhaube, sah sich sein farbiges Kunstwerk an und zerknüllte dabei nachdenklich die Dose. Irgendwoher kannte er den Farbton seiner Kotflügel, nur woher?

Schiffer und Nauermann saßen schweigend im Auto. Jeden Augenblick mußte sich ihr Auftraggeber melden. Gerade als Schiffer aussteigen wollte, um zu rauchen, klingelte das Handy. Sofort nahm die Gegensprechanlage das Gespräch entgegen. „Wie konnte Ihnen solch ein Fehler unterlaufen?", eröffnete eine verzerrte Stimme das Gespräch. „Wir sind aufgespürt worden. Einer der Bullen, der vermutlich auch den fehlenden Karton hat, will ein Treffen mit Anna." Die Stimme lachte. „Das kann ich mir vorstellen. Wie sind diese Leute einzuschätzen?" „Dieser Gero ist sehr intelligent, vermutlich auch der Einsatzleiter. Silber ist wohl eher der Mann fürs Grobe, schlecht einzuschätzen, macht immer einen auf lustig. Von der Frau haben wir bis jetzt nur das Nummernschild." „Wie gedenken Sie fortzufahren, ohne die Sache zu gefährden?" „Ich habe mir gedacht, daß wir die Bullen einfach hinhalten. Wenn Anna es schafft, Silber den Kopf zu verdrehen, gewinnen wir bestimmt einiges an Zeit." „Meinen Sie, diese Leute sind soweit gegangen, um sich nun hinhalten zu lassen?" „Versuchen wir es." „Versuche können scheitern." „Sollen wir sie etwa töten?", fragte Nauermann trotzig.

Stille.

Die Sprechpause seines Gesprächspartners schien so lange, daß Nauermann dachte, die Leitung wäre unterbrochen. Schiffer rutschte nervös auf dem Sitz hin und her.

Plötzlich der Befehl: „Tötet sie!" Schiffer lachte freudig auf. Nauermann schüttelte ungläubig den Kopf. „Wir haben schon zu viele beseitigt", widersprach er. „Es können keine Fehler mehr geduldet werden", setzte die Stimme energisch entgegen. „Gehorchen Sie und töten Sie gefälligst nun auch den Rest. Eigens dafür laß ich Ihnen fünf meiner besten Männer kommen, über die Sie frei verfügen können. Haben Sie verstanden?" „Ja, ich habe verstanden", antwortete Nauermann kleinlaut. Er stellte sich schon darauf ein, daß das Gespräch, wie immer, von seiten des Auftraggebers, nachdem er seine Anweisungen abgegeben hatte, abgebrochen wurde. „Noch eins", sagte die Stimme zögernd. „Was?" „Anna." „Was ist mit ihr?" „Tötet sie auch." „Bitte was?" Nauermann glaubte, sich verhört zu haben. „Wir können davon ausgehen, daß alle Aktivitäten Annas der Polizei bekannt sind. Sonst hätte man sie nicht direkt angesprochen. So leid es mir tut, aber Anna ist wertlos geworden, und bevor sie noch mehr Aufmerksamkeit auf uns lenkt, können wir sie lieber beseitigen. Haben Sie die letzte Anweisung verstanden?" „Ja", antwortete Nauermann widerwillig. Ein Knacken in der Leitung. Der Auftraggeber hatte abgebrochen. Schiffer nahm das zum Anlaß, um endlich seiner Freude freien Lauf zu lassen. „Silber!“ rief er, „Silber gehört mir.“ Schiffer warf den Kopf zurück und lachte lauthals los. Nauermann hoffte nur, daß er es schaffte, sich vor Anna nichts anmerken zu lassen. Um Silber und Gero tat es ihm auch leid. Beide hatten ihm persönlich nie Schaden zugefügt. Für die Frau, deren Nummernschild er nur kannte, empfand er nichts, weil sie ihm nicht bekannt war. Mit ihr würden sie beginnen. Begleitet von Schiffers irrem Gelächter, das an diesem Tage nicht abzubrechen schien, setzte er den Wagen in Bewegung. Die Jagd konnte beginnen.

Die Jagd

Wenn montags das Putzwasser vom Freitag unter den losen Fliesen anfing, faulig zu riechen, wußten alle Arbeiter und Arbeiterinnen, daß das Wochenende zu Ende war. Nach und nach gingen die Lichter in den Abteilungen an, Maschinen wurden in Betrieb gesetzt, und die ersten süßen Düfte drangen nach außen. Obwohl die Firma wieder dem gewohnten Alltagstrott verfiel, konnte man sagen: *Blanka* erwachte. Alle freuten sich schon auf ihre Frühstückspause, die schönsten fünfzehn Minuten des ganzen Arbeitstages. Jeder hatte seine eigene Methode, diese kurze Zeit erholsam zu nutzen. Einige ruhten sich auf den Kakaosäcken aus oder setzten sich draußen auf die Gartenbank, wenn das Wetter es zuließ. Die meisten jedoch wählten die Kantine, um zu frühstücken. Emil sagte immer, wenn er die Kantine betrat, fühlte er sich wie im Urlaub. Das lag aber nicht daran, daß es dort so aussah wie in einer Hotelanlage, sondern weil er kein Wort von dem verstand, was sich die ausländischen Arbeitskollegen so erzählten. Auf den Plätzen saßen nämlich überwiegend Vertreter ganz Europas und des restlichen Globusses. Jede Abteilung hatte ihren eigenen Tisch, so auch die Rohmasse, die es gewohnt war, in der Mitte der Kantine zu tafeln. Silber saß auf der Nichtraucherseite des Tisches und genoß es, die Gespräche seiner Kollegen mitzuhören. Dabei sah er sich die Wandmalereien aus den fünfziger Jahren an, die Arbeiter aller Sparten zeigten: Feldarbeiter, Hafenarbeiter, Metallarbeiter, Schreiner und Winzer. Er entdeckte immer wieder neue Sachen auf den Bildern und kam zu dem Schluß, daß die anderen Berufe auch nicht besser waren. Während Krämer eine seiner gern gehörten Ehegeschichten erzählte, öffnete Silber seine Brotdose, die sein Vater schon auf der Baustelle mit sich führte, als er selbst noch ein kleiner Junge war. Diese Brotdose war schon immer ein wahrer Blickfang gewesen. Weiß mit quietschorangem Deckel. Silbers Vater soll geschworen haben, diese Dose niemals gereinigt zu haben, weil sowieso immer dasselbe drin gewesen wäre. Silber beschloß natürlich, diese Familientradition nicht zu brechen. Zufrieden kaute er sein Vollkornbrot. Gerade als Emil ihm eine Brotschneidemaschine empfahl, nachdem er gesehen hatte, daß die Brotscheiben die Stärke eines Modekataloges aufwiesen, setzte Krämer zum Endspurt seiner Erzählung an, die damit begann, als er beim

Tapezieren von der Leiter rutschte und mit dem Rücken auf den Werkzeugkasten knallte. „Da kommt die Olga doch tatsächlich rein und sagt: „Jetzt guck dir mal an, wie du die Bahn geklebt hast.“ Der ganze Tisch grölte. Silber überlegte ernsthaft, die ganzen Geschichten, die Krämer in seiner Ehe erlebte, niederzuschreiben, damit er genug Argumente sammeln konnte, um nicht zu heiraten. Da Krämer jedoch jeden Tag eine neue Story erzählte, befürchtete er, daß das Buch dann schon bald dikker als die Bibel ausfallen dürfte. Nun hatte Michaela das Wort, die davon berichtete, wie sie mit einigen Freundinnen am Wochenende bei einer Menstrip-Show im Delta Musik Park, einem Discozelt in Duisburg, den Junggesellinnenabschied einer Gespielin feierte. Michaela beteuerte den anderen Frauen, daß die Männer, die dort ihre Körper präsentierten, einen Hintern hatten, der mindestens genau so stramm war wie ein Päckchen Tabak.

Abgelöst wurde der Wortwechsel von Brigitte, die verkündete, daß sie schon lange kein Interesse mehr an Männer, hätte und den ehelichen Akt am liebsten von hinten ausführte, um kein interessantes Gesicht machen zu müssen.

Die Männer am Tisch reichten, ungeachtet dieser Erzählung, der Reihe nach den Prospekt eines Baumarktes aus der Tageszeitung weiter. Bei Silber angekommen, entdeckte er ein günstiges Angebot für Motorenöl, worüber er sich erfreut äußerte. Daraufhin rissen die dummen Bemerkungen über Silbers Vorhaben, mit dem Wagen über den TÜV zu kommen, gar nicht mehr ab. Emil befürchtete, daß die Mängelkarte wohl länger sein würde als die Gästeliste beim Geburtstag des Bundeskanzlers. Josef meinte, wenn er vorher noch einen Ölwechsel machen wollte, wäre das sehr vernünftig. Er würde nämlich den Wert des Wagens verdoppeln. Krämer erklärte sich bereit, Wetten anzunehmen, ob die Trümmerbüchse den TÜV-Stempel nun erhält oder nicht. Zu Silbers Erlösung endete die Pause. Auf dem Weg zur Rohmasse legte er sich schon mal die Worte zurecht, die er brauchen würde, um seinen Urlaub für den TÜV-Besuch zu bekommen. Er war gespannt, welche Laune seine Vorgesetzte aufwies.

Maria Kaupt konnte ihre Tränen nicht verbergen, als die Mordkommission in ihrem Büro erschien und ihr mitteilen mußte, daß ihre Sekretärin mit aufgeschnittenen Pulsadern und zerschlagenem Gesicht in ihrem Wagen, an dessen Lenkrad sie mit Isolierband gefesselt war, aus der Ruhr gefischt werden mußte. Als die Beamten noch einige formelle Fragen stellten, die sie erschreckenderweise nur dürftig beantworten konnte, mußte sie sich eingestehen, wie wenig sie über die Menschen in ihrer Umgebung wußte. Trotzdem bedankten sich die Beamten, hinterließen ihr noch eine Telephonnummer für den Fall, daß ihr noch etwas Sachdienliches einfallen sollte, und verabschiedeten sich. Maria hatte eigentlich vor, alle Termine für diesen Tag abzusagen, doch leider lag noch eine Besprechung an, bei der sie nachhaken wollte, warum die ganze Belegschaft ab Donnerstag in ein verlängertes Wochenende geschickt werden sollte. Entweder waren Wartungsarbeiten oder mangelnde Auftragslage der Grund, etwas anderes konnte sie sich nicht vorstellen. Dann wollte ihr Vater noch anrufen und sich nach dem Vorankommen der Firma erkundigen. Obendrein mußte sich Maria noch nach dem Verbleib des Produktionsleiters erkundigen, der an diesem Tag der Arbeit ferngeblieben war, ohne sich krank zu melden. Sie wollte aus einer Handvoll Leuten eine Vertretung für Froßmann wählen, von der ihr aber keiner als geeignet erschien. Maria grinste. Wenn sie genau wüßte, daß man in dieser Woche noch die Firma abreißen wollte, würde sogar Silber als Vertretung in Frage kommen. Verschlimmern konnte selbst er nichts mehr. Maria schaute verträumt hinaus zu dem Springbrunnen. Sie sehnte sich danach, Silber zu sehen. Er wäre bestimmt der einzige an diesem Tage, der es schaffen würde, sie aufzumuntern. Und das konnte sie, weiß Gott, gut gebrauchen.

Anna Polowna zählte das Geld nach, das sie sich für ihren gefälschten Paß zurücklegen mußte. Hoffentlich war der hohe Preis für das unechte Dokument auch gerechtfertigt. Danach standen ihr nämlich nicht mehr viel an finanziellen Mitteln zur Verfügung.

Sie verstaute das Geldbündel in ihrer Handtasche und legte sich auf das Bett. In dieser Woche mußte noch viel erledigt werden.

Der Polizeispitzel namens Silber mußte noch ans Messer geliefert werden, die Transaktion der Ware stand bevor, und ein Flug in die Schweiz mußte organisiert werden. Alles Dinge, die ihre höchste Konzentration verlangen würden. Ein Fehler – und der Polizeispitzel würde sie verhaften, oder die Organisation würde sie beseitigen. Die große Wahl blieb ihr in dieser Sache also nicht. Wenn sie den Paß eher bekommen würde, hätte sie sicher einen anderen Plan geschmiedet. Indes glaubte sie aber, daß sie sich der Aufmerksamkeit aller nur entziehen konnte, wenn alles planmäßig ablief. Im Augenblick jedoch erschien es ihr, als ob Lauermanns Kontrollanrufe sich häuften. Er hatte wohl große Sorge, daß das Bevorstehende nicht nach seinen Vorstellungen ablaufen könnte. Sie ging zu ihrem Telephon und versuchte erst einmal mit dem Polizisten in Kontakt zu treten, um mit ihm ein Treffen zu vereinbaren. Eigentlich bedauerte sie, daß dieser Mann sterben sollte. Das einzige, was sie beruhigte, war, daß sein Ableben bestimmt kurz und schmerzlos inszeniert werden mußte. Die Ironie war jedoch, daß dieses von dem Treffpunkt abhing, den er selber wählen durfte. Also wünschte sie diesem Silber insgeheim viel Glück bei seiner Wahl.

Zur gleichen Zeit, als Maria Rolf Deleck als Vertretung für Gerd Froßmann wählte, Silber mit Händen und Füßen eine herzzerreißende Geschichte erzählte, damit der Urlaub genehmigt wurde, und Anna sich von der Qualität ihres Passes überzeugte, gelangte eine Information der Duisburger Polizei über einen im Rhein versunkenen Lastwagen direkt nach Pullach in die Zentrale des Bundesnachrichtendienstes. Dieser schickte sofort seine Spezialisten nach Duisburg, ließ alles großräumig abriegeln und erklärte der Duisburger Polizei, daß sie, aus Gründen der Sicherheit für die Bundesrepublik Deutschland, für diesen Fall nicht mehr zuständig wäre. Der Hobbyfischer, der den Kleinlastwagen entdeckt hatte, wurde sofort in Gewahrsam genommen und bis zu seiner Erschöpfung mit Fragen bombardiert, die ihm sogar Informationen über seine Kindheit entlockten. Leichen konnte die Polizei nicht finden. So hegte die Zentrale immerhin die Hoffnung, daß die verschwundenen Agenten noch lebten, obwohl die am Tatort gefundenen Blutspuren mit denen ihrer

Männer identisch waren. Die Projektile, die umgehend analysiert wurden, ergaben, daß die Kugeln aus einer gestohlenen Waffe stammen. Von den Videobändern konnte nicht mehr viel gerettet werden. Außer einem Band, das sich noch in einem der Geräte befand und weitestgehend von dem Wasser verschont geblieben war. Dieses nahmen die Spezialisten genauer unter die Lupe. Die Sequenz, in der drei Personen über die Mauer der Fabrik kletterten, bekam die größte Aufmerksamkeit der Bildtechniker. Das Ergebnis der hochqualifizierten Arbeit war ein Computerausdruck, der zwei Männer und eine Frau zeigte. Nach Eingabe in den Hauptcomputer spuckte er das Bild der Frau sofort wieder aus. Sie war unbekannt und nirgends negativ vermerkt. Ein Mann namens Gero Pallasch folgte dem Bild der Frau. Er verweigerte nachweislich den Wehrdienst und nahm ständig an Demonstrationen gegen Umweltsünder teil, war jedoch niemals in irgendeiner Form gewalttätig vermerkt worden.

Ehe die Informationen über einen Mann mit dem Namen René Silber entgegengenommen werden konnten, verging eine kleine Ewigkeit, da der Computer bei seinem Bild gar nicht mehr aufhörte, dem Drucker Impulse zu geben. Nachdem drei Seiten ausgedruckt waren, wußten die Agenten einiges mehr über diesen Mann. Er wurde in Duisburg schon in seiner Jugend mit hochkarätigen Banden in Verbindung gebracht. Außerdem war er einer der ersten Ausbilder für den philippinischen Waffenkampf namens Eskrima und der chinesischen Kampfkunst Yi Quan Dao gewesen. Die sieben Punkte, die in Flensburg vermerkt waren, bekam er wegen des Überfahrens einer roten Ampel und des Widerstandes bei der Verhaftung. Die damit endete, daß er sich mit einem nicht verkehrssicheren Auto eine Verfolgung mit der Polizei quer durch Duisburg lieferte und die Beamten dabei ihren Streifenwagen vor ein Schleusentor setzten. Später bildete die deutsche Bundeswehr ihn aufgrund seiner Fähigkeiten zum Scharfschützen aus. Er schoß nicht nur Gold und wurde als bester Schütze in seinem Jahrgang registriert, sondern hatte auch noch so viele Disziplinarverfahren am Hals, daß man damit die Duisburger Königstraße hätte pflastern können. Die Vorwürfe gingen von Befehlsverweigerung bis hin zur eigenmächtigen Abwesenheit.

Die Zentrale war sicher, ihren Mann gefunden zu haben. Sie ordnete an, seinen Wohnsitz zu observieren, sein Telephon anzuzapfen und ihn lückenlos zu beschatten. Sie forderte dafür ihre fähigsten Männer an. Denn wer es schaffte, zwei Agenten des BND außer Gefecht zu setzen, sollte unbedingt ernst genommen werden.

„Was da los da?“ rief Josef. „Ach du heilige Scheiße“, stimmte Emil mit ein, „laß dat ja nicht Silber hören, der tillt aus.“

„Wat soll ich nicht hören?“ fragte Silber, der gerade nach seiner broadwaymäßigen Vorstellung den benötigten Urlaub bekommen hatte und sich im Kühlraum erst mal ausruhte.

„Daß Deleck die Vertretung für Froßmann macht“, sagte Angelika.

„Wat? Der Quadratarsch mimt jetzt den Hilfssheriff? Ich glaub’, ich krieg’ die Tür nicht zu. Dat is genau dat, wat die Welt zum Untergang gebraucht hat.“ „Aber es gibt auch ’ne gute Nachricht“, verkündete Angelika. „Jetzt gib dir aber mal Mühe“, forderte Silber sie auf. „Es geht das Gerücht um, daß Mittwoch nach Feierabend für alle das Wochenende beginnt. Für die Rohmasse jedoch einen Tag früher, weil die anderen Abteilungen erst ihre alten Massen verarbeiten sollen, und somit müssen wir keine neue fertigen.“ „Ich werde zum Elch“, bemerkte Silber trocken. „Ich bin noch nicht fertig“, grinste Angelika.

„Wat noch?“ hakte Emil nach. „So wie dat aussieht, haben wir letzte Woche schon soviel produziert, dat wir heute mit der Wochenendreinigung beginnen können und uns morgen an den Füßen spielen können.“

„Dat ist ja ’n Knaller, und ich Arsch habe für morgen Urlaub genommen!“ rief Silber fassungslos. Emil stieß die Türen vom Kühlraum auf und rief in den Produktionsraum: „Laßt die Kessel überkochen!“ „Haha, morgens halb zehn in Deutschland“, freute sich Josef.

„Astrein“, lachte Silber, „ich muß hoch, Paule Bescheid sagen, der kriegt doch so wat nie mit.“

Silber lief aus der Abteilung. Dabei kam ihm Maria entgegen. Er faßte sie bei der Hand und lief mit ihr ins Treppenhaus.

„Was ist los?“ fragte sie erstaunt.

„Ich weiß wat, wat du nicht weißt“, Maria lächelte. Was sollte Silber schon mehr wissen als sie. „Was denn?“ „Ab morgen ist Feierabend. Wochenende. Auf die Kacke hauen mit allem Drum und Dran.“ Maria machte ihm die Freude und spielte die Erstaunte, obwohl sie es selbst war, die diese Anweisung mitbeschlossen hatte, damit wichtige Wartungsarbeiten an den elektrischen Leitungen durchgeführt werden konnten. „Echt?“

„Ja, da haben sich die Bürofuzzies bestimmt einen bei abgebrochen, als die dat beschlossen haben.“ „Und was hast du jetzt vor?“

Silber drückte die Türe zum Dach auf. „Paule besuchen. Der muß die gute Nachricht doch auch erfahren.“

Beim Betreten des Daches flog schon die erste Taube auf Silbers Schulter, die anderen belagerten die Dachlaube. „Wat ist denn mit denen los?“ „Sieht so aus, als ob die Tiere Futter möchten“, bemerkte Maria. „Kann gar nicht sein“, widersprach Silber sofort. „ Dat is dat erste, wat Paul morgens macht.“ „Gib ihnen etwas, du wirst sehen.“ Silber machte die Türe der Laube auf. Muffige Luft drang nach außen, und ihm kam es so vor, als wenn sich seit vergangenem Freitag nichts verändert hätte. Er nahm den Futtereimer mit nach draußen, öffnete das Gefäß, verstreute den Inhalt großflächig, wie Paul es machen würde, damit kein Futterkampf entstand, und wunderte sich über die Reaktion der Tauben, die in der Tat hungrig zu sein schienen. „Siehst du?“, sagte Maria. „Ja“, Silber nickte. „Da muß Paule wohl wirklich krank sein. Wenn er noch nicht mal kommt, um die Tauben zu füttern. Komisch, sonst ruft der mich für jeden Furz sofort an. Sogar, wenn er mal später kommt.“ Silber schaute sich um in der Hoffnung, Paul würde doch noch kommen. Maria bemerkte, daß Silber traurig war. Paul und er mußten wohl wirklich dicke Freunde sein, sonst würde er nicht so reagieren. Silber gab den Tauben noch frisches Wasser und verließ dann mit Maria das Dach. „Geht ihr diese Woche noch ins Kino?“ „Weiß nicht“, antwortete Silber lustlos. Ihn nervte es immer noch, daß er nicht wußte, wo Paul sein konnte. „Schade. Ich dachte, wir sehen uns.“ „Ach so.“ Silber glaubte, verstanden zu haben. „Wenn das so ist.“

„Ja?“ fragte Maria hoffnungsvoll. „Dann gebe ich dir mal Geros Telephonnummer.“ „Was für ein Idiot“, dachte Maria und nahm dankend die Telephonnummer an, die Silber ihr augenzwinkernd in die Hand drückte. Er gehörte sicher zu den Männern, denen man eine Einladung für ein Rendezvous auf den Hintern nageln konnte, ohne daß er es bemerkte. „Diese Woche werden wir uns bestimmt nicht mehr sehen. Morgen habe ich nämlich Urlaub und bringe mein Baby über den TÜV." „Schade." „Grüß Gero von mir. Sag ihm, daß ich Urlaub habe." Sie verabschiedeten sich und gingen ihrer Wege. Maria mußte zu einer weiteren Besprechung und Silber zu seinem Arbeitsplatz, wo er zusammen mit Emil gegen Krämer und Josef den Kochkessel verteidigen mußte. Doch Silber saß einem großen Irrtum auf, wenn er glaubte, Maria und Gero in dieser Woche nicht mehr zu sehen. Sie sollten auf eine bestimmte Art und Weise ihre Zeit miteinander verbringen, die andere Leute an den Rand des Wahnsinns treiben würde.

Gero Pallasch fuhr mit seinem Fahrrad vom *Blanka*-Parkplatz und erfreute sich an dem Gedanken, ein langes Wochenende zu genießen. Er malte sich schon aus, wie er die Zeit nutzen wollte. Vielleicht sollte er einen alten Kumpel aus Hamburg mal wieder mit einem Besuch seinerseits überraschen oder eine frühere Internatsbekanntschaft besuchen, die im Zentrum Berlins wohnte. Obwohl er ja eigentlich schon lange vor hatte, für ein paar Tage nach Paris zu fahren, um dort die Museen ausgiebig zu besichtigen. Solch eine freudige Qual der Wahl verlieh ihm gute Laune und ließ ihn kräftiger in die Pedale treten. Er steuerte noch eine Videothek an und gab einige Filme zurück. Dann fuhr er mit einem Lied auf den Lippen in Richtung seines Wohnortes, driftete jedoch aufgrund des angenehmen Wetters in einen Waldweg ab und beschloß, einen Umweg zu machen. Der frühe Nachmittag bescherte ihm den Genuß, den Wald sein eigen nennen zu dürfen.

Plötzlich wurde die Stille des Waldes durch ein aufheulendes Motorengeräusch und das Bersten von Ästen zerstört.

Vögel flogen aufgeregt aus den Baumwipfeln, und aufgescheuchte Hasen kreuzten seinen Weg. Gero bremste ab. Neben ihm hielt eine dunkle amerikanische Großraumlimousine. Gerade als er sich fragte, welcher Rowdy diesen Weg wohl irrtümlicherweise für eine Abkürzung hielt, rollte die Ladetüre zur Seite, und eine maskierte Person griff nach ihm. Gero stolperte entsetzt zurück, zusätzlich fiel er dabei noch über sein Fahrrad. Die Person sprang aus dem Wagen und baute sich vor ihm auf. „Gero Pallasch? fragte der Maskierte. Gero überlegte noch, ob er leugnen sollte, der Gesuchte zu sein, als unerwartet Hilfe kam. Ein Schuß fiel. Die Person wurde durch die Wucht der Kugel, die in ihren Brustkorb einschlug, zurück in den Wagen geschleudert. Nun stieg auch der Fahrer, der ebenfalls maskiert war, aus und hielt dabei ein Maschinengewehr in den Händen. Er schoß damit streuend in die Richtung, in der er den Schützen vermutete. Nachdem der ohrenbetäubende Lärm abklang, ging der Fahrer in die Hocke. Er wartete auf eine Reaktion aus dem Wald. „Sind Sie Gero Pallasch?“ fragte der Unbekannte.

„Ja“, hauchte Gero. Er wagte es kaum zu atmen.

„Wissen Sie, wer diese Leute sind?“ „Ich weiß ja noch nicht mal, wer Sie sind.“ Ein weiterer Schuß fiel. Gero hätte beschwören können, daß er das Zerbersten der Stirnplatte hörte, als die Kugel in den Kopf des Maskierten eindrang. Er dachte darüber nach, ob er liegenbleiben konnte oder sich langsam daranmachen sollte, die Flucht zu ergreifen. Die Entscheidung wurde ihm abgenommen. Nauermann beugte sich auf einmal über ihn und schlug ihn mit dem Gewehrkolben bewußtlos. „Ganz schön beliebt, unser Bulle“, bemerkte er knapp, winkte Schiffer zu sich heran und begann schon mal damit, die Spuren zu beseitigen.

Silber öffnete das Verdeck seines Kübelwagens und setzte die Sonnenbrille auf. Er stellte, so gut es ging, Radio Duisburg ein und fuhr vom *Blanka*-Parkplatz. Silber liebte solche Augenblicke. Zu wissen, die nächsten Tage diesen Drecksbunker nicht wiedersehen zu müssen, um endlich mal das zu machen, was er möchte. Nämlich nichts. Bei solch einem sonnigen Wetter machte er gerne mal einen kleinen Umweg und fuhr neben der Ruhr entlang nach Duisburg-Meiderich hinein. Er tat genau das, was er immer nach Feierabend machte. Er fuhr seine Vollkornbäckerei an und kaufte viel zuviel ein, weil seine Augen wieder mal größer waren als der Hunger. Danach ging er in den Supermarkt unter der Autobahnbrücke und holte dort seine tägliche Ration Bananen. Als er um die Ecke des Häuserblocks fuhr, in dem seine Wohnung lag, bemerkte er, daß schon jemand auf seinem Lieblingsparkplatz stand. Normalerweise kam bei ihm schlechte Laune auf, wenn er von seinem Fenster aus nicht auf seinen Wagen gucken konnte, aber es war bestimmt nur eine Mutti, die sich nach Meiderich verirrt hatte, um etwas einzukaufen. Man konnte den Wagen ja immer noch umsetzen, wenn der optische Entzug zu groß wurde. Ein Lächeln machte sich auf seinem Gesicht breit. Er wünschte dieser Mutter, den Wagen bald wegzufahren, wenn sie nicht wollte, daß sich tausend kleine Patschehändchen auf den getönten Scheiben verewigten. Die Kinder in dieser Umgebung bekamen nämlich selten eine amerikanische Großraumlimousine zu Gesicht.

Die BND-Agenten Matthias Reusch und Helmut Wenzel wurden mit der Anweisung betraut, sich um Silbers Beschattung zu kümmern. Ihre Zentrale wies sie darauf hin, diese Observation mit äußerster Sorgfalt durchzuführen und sich der Zielperson möglichst nicht zu nähern, da er als absoluter Profi galt, der mit großer Wahrscheinlichkeit schon zwei Agenten aufgespürt und eliminiert hatte. Für Agent Reusch war dies der erste Einsatz. Er fragte sich, ob es für ihn nicht mildere Aufgaben gab, die es zu lösen galt, anstatt sich mit einem Terroristen abzugeben. Agent Wenzel wiederum, der schon etwas länger dabei war, hielt diese Weisung für eine prickelnde Herausforderung. Er würde diesem Frischling Reusch schon zeigen, wie man mit den Leuten umzuspringen hatte, die sich einfach das Recht nahmen, der Bundesrepublik Deutschland auf der Nase herumzutanzen. Beide konnten aber kaum glauben, daß es sich um den Staatsfeind Nummer eins handelte, der in einem Auto um die Ecke schlich, das so aussah wie eine bereifte Kasperlebude.

Er stieg in einem Jogginganzug aus, dessen Tage schon gezählt schienen, eierte mit einem Haufen Lebensmitteln auf den Armen zu seiner Haustür, schloß diese mit den Schlüsseln zwischen den Zähnen auf, schaute rülpsend in den Briefkasten und trat die schwere Haustür mit der Hacke hinter sich zu.

„Das soll also der Profikiller René Silber sein, ja?“ fragte Reusch skeptisch. „Alles nur Tarnung, mein Junge“, sagte Wenzel verwegen.

„Wenn er wollte, wären wir schon lange weg vom Fenster. Solche Profis sind in Wirklichkeit höchst kultiviert, sehr intelligent und bewegen sich wie Chamäleons durch unsere Gesellschaft. Glaub mir."

Ein Poltern drang aus einem der kleinen Lautsprechern, die in Verbindung mit einer Wanze im Hausflur standen. „Verdammte Scheiße, jetzt sind mir die bekackten Bananen auch noch runtergesegelt", hörten die Agenten Silber aus dem Hausflur fluchen. Reusch zog skeptisch die Augenbrauen hoch. „Na, besonders kultiviert hört er sich aber nicht an."
„Alles Tarnung", versicherte Wenzel dem jungen Agenten.

Kein Licht, feuchte Luft, nur tropfende Geräusche, die aus einem anderen Raum herüberschallten, vermischt mit dem Fiepsen der am Boden laufenden Ratten, an einen Stuhl gefesselt, der ein faulig-feuchtes Sitzpolster hatte, und das Schlimmste: keine Zigarette – so mußte Gerd Froßmann seit 72 Stunden verharren.

Er befand sich in einem stillgelegten Kellerkomplex der Firma. Rufen hatte wenig Sinn, über ihm röchelte das Kesselhaus. Bewegen konnte er sich schon gar nicht. Schiffer ließ die Handschellen bis zum letzten Ritzel einrasten, als er ihn damit auf dem Stuhl fixierte. Froßmann wollte sich wundern, wenn ihm die Hände nicht abfielen, wenn er jemals wieder von hier wegkommen sollte. Schlimmer waren aber die Schläge ins Gesicht, die er jedesmal erhielt, wenn man ihn in unregelmäßigen Abständen besuchte, um nach irgendwelchen Dingen zu fragen, die er in keiner Weise beantworten konnte. Ständig wollten sie wissen, ob noch weitere Agenten unterwegs wären, ob er was über den Verbleib der Photos wüßte und wann er glaubte, daß die Polizei versuchen würde, ihn zu befreien. Alles Fragen, die ihn daran zweifeln ließen, ob die Entführer noch alle Sinne beisammen hatten. Eine junge Frau kam manchmal mit und flößte ihm dann etwas Wasser ein. Zu essen bekam er jedoch nichts. Insgeheim war er auch froh darüber, denn die Möglichkeit, mal die Toilette zu benutzen, würde er wohl kaum bekommen. Gedanken über das Wasserlassen machte er sich letztendlich nicht, weil er sofort wieder alles ausschwitzte, wenn Schiffer seine cholerischen Anfälle bekam. Auf einmal fingen die Neonröhren an zu flimmern. Jemand schaltete vom

Nebenraum aus das Licht an. Mehrere Personen kamen herein. Geblendet vom Licht, sah er nicht, wie viele.

Er vernahm das Rasseln von Handschellen, aber nicht das seiner eigenen. Wortlos verließen die Personen wieder den Raum und löschten das Licht. Froßmann spürte, daß noch jemand anders im Raum stand.

„Gehören Sie auch zu denen?“ fragte er. „Nein, ich gehöre nicht dazu“, antwortete ein Mann. „Aber eine Ahnung, was hier vor sich geht, haben Sie vielleicht?“ „Diese Frage muß ich zu meinem größtem Bedauern leider auch verneinen.“ „Das ist schade. Ich hatte gehofft, etwas an Informationen zu erhalten, ohne gleich körperliche Züchtigung zu erfahren.“ Resignation überkam Froßmann. „Dieses Erlebnis habe ich leider auch schon hinter mich gebracht“, sagte der Mann. „Haben Sie es denn geschafft, die Fragen zu aller Zufriedenheit zu beantworten?“ „Nun, es ist äußerst schwer für mich gewesen, mir unter gegebenen Umständen diese wirren Fragen zu vergegenwärtigen. Daher fielen meine Antworten verständlicherweise sehr bescheiden aus.“

Der Unbekannte atmete schwer „Das kann ich mir denken. Sie haben also keine dieser besagten Photos jemals zu Gesicht bekommen?“

„Die Frage nach den Photos ist mir noch nicht zu Ohren gekommen.“ „Mir zu meinem Leidwesen schon des öfteren.“ Froßmann schüttelte verständnislos den Kopf. „Ich bin mir jedoch sicher, daß bei so wenig Wissen unsere Peiniger schnell erkennen werden, daß sie einem Irrtum unterliegen, was unsere Person angeht.“ „Da bin ich mir nicht so sicher. Ich habe eher den Eindruck, daß diese Leute eine sehr festgefahrene Meinung vertreten, was unsere Identität angeht“, sagte Froßmann leise. „Was glauben die denn, wer wir sind?“ „Agenten.“

„Sind die übergeschnappt?“ Die Stimme hatte einen ungläubigen Klang. „Diesen Gedanken habe ich auch schon geäußert. Er ist aber auf keinen großen Anklang gestoßen.“ „Wenn ich die Ausbildung zu einem Agenten genossen hätte, würde ich mich bestimmt nicht in solch einer mißlichen Lage befinden.“ „Warum stehen Sie eigentlich?“ fragte Froßmann interessiert. „Weil man mich mit Stacheldraht um den Hals an der Regenrinne der Kellerwand festgezurrt hat.“ „Oh, das stelle ich mir sehr unangenehm vor.“ „Ich kann Ihnen bestätigen, daß es in der Tat so ist." Betroffene Stille trat ein. Doch Froßmann griff das Gespräch wieder auf. Er war froh, nach so langer Zeit mal wieder mit einem Menschen zu sprechen. Schon fast gut gelaunt sagte er: „Es ist wohl an der Zeit, daß ich mich mal vorstelle. Mein Name ist Gerd Froßmann. Ich bin Produktionsleiter in dieser Firma."

„Mein Name ist Gero Pallasch. Ich bin ein Mitarbeiter der Puderabteilung." Gero stieß seufzend seine Atemluft aus. Solch eine extreme Situation konnte er sicherlich nur meistern, wenn die geistige Verfassung in einem belastbaren Zustand war. Also konzentrierte er sich von vornherein auf das schlimmste, was er sich ausmalen konnte, um ja nicht geschockt zu sein, wenn es eintreten sollte. Doch schon bald würde die Realität so hart auf ihn niederprasseln, wie er sich das in seinen absurdesten Phantasien niemals hätte vorstellen können.

Nauermann und Schiffer machten sich daran, die amerikanische Großraumlimousine mit den beiden Toten verschwinden zu lassen. Schiffers Idee war es gewesen, den Wagen diesmal nicht in ein Gewässer zu schieben, sondern in eine der nicht genutzten Lagerhallen zu fahren. Sie rollten die beiden Leichen in schwarze Folie und setzten sie auf die hinteren Sitze der Limousine. „Wer die wohl sind?" fragte Schiffer sich nachdenklich. „Bullen haben viele Feinde. Vielleicht ist er noch ein paar Leuten aufs Dach gestiegen." „Bestimmt. Bullen sind eine echte Plage." „Das sag' ich dir. Ich bin froh, wenn die ganze Scheiße vorbei ist und ich am Samstag im Flugzeug nach Polen unterwegs bin." „Meinst du, daß wir uns die Kohle von der Anna auch noch einsacken können?"

„Bestimmt. Aber wenn nicht, haben wir ja immer noch genug."

„Wer ist denn jetzt der nächste?" Schiffer war nun richtig in Fahrt gekommen, nachdem er Marias Sekretärin verbluten ließ und die beiden BND-Agenten im Wald erschossen hatte. Nauermann hoffte nur, daß es nicht ausartete und Schiffer auf gut Glück irgendwelche Leute tötete, weil er glaubte, es würde der Sache dienlich sein. Doch eigentlich wußte Nauermann genau, worauf Schiffer anspielte. Er wollte Silber. Doch sie mußten abwarten, was Anna aus ihm herausbekam, damit sie einschätzen konnten, wieviel er wußte. Solange mußte Nauermann noch auf Schiffer achten und seine voreiligen Handlungen unterbinden. Danach sollte Schiffer, was Silber anging, freie Hand haben.

In Silbers Bauch explodierte ein kleines Feuerwerk, nachdem er die Nachrichten seines Anrufbeantworters abhört hatte. Anna Polowna beanspruchte nämlich einen Teil des Bandes, um ihm mitzuteilen, daß sie großes Interesse an einem Treffen mit ihm hätte. Silber nahm sich seinen großen Teddy, den er Bernie, dem Nachtwächter, versprochen hatte, und tanzte damit durch die Wohnung. So ein Gefühl hatte er schon lange nicht mehr gehabt. Seine letzte Beziehung lag schon ewig zurück und nahm ein so schlechtes Ende, daß man meinen könnte, solche Gefühle waren bei ihm abgestorben. Er erinnerte sich nur noch daran, daß sie sich damals bei jeder roten Ampel solange küßten, bis die Grünphase wieder eintrat, und alles endete, als ihr Jurastudium begann. Sie gewöhnte sich an, die Fragestellungen, wie sie im Gerichtsgebäude bei schweren Delikten verwendet wurden, auch in ihre Beziehung mit einzubauen. Im Klartext hieß das: Wenn er sich auch nur mit einer anderen Frau unterhielt, wurde ihm gleich der Prozeß gemacht, ohne im Zweifel für den Angeklagten zu entscheiden. Das nervte natürlich ungemein. Also beschloß er, einige Zeit verstreichen zu lassen, bevor er sich wieder ernsthaft dem weiblichen Geschlecht nähern wollte.

Erst der Nachrichtentext seines Hausvermieters, er solle sich mal wieder um die Reinigung des Treppenhauses kümmern, löschte das Feuerwerk. In der Hoffnung, es erneut zu entfachen, spulte er das Band zurück, um ihrer weichen, harmonischen Stimme mit dem leichten Akzent zu lauschen. Er ließ sich in den Sessel sinken und fragte sich, welchen Treffpunkt er der schönen Frau wohl anbieten sollte. Seine Wohnung konnte man getrost ausschließen. In der Küche stapelten sich leere Pizzaschachteln, im Badezimmer blätterte die Tapete vom x-ten Rohrbruch über ihm ab, und der Regen war der letzte gewesen, der die Fensterscheiben mit Wasser bedachte. Was nun? Es mußte etwas sein, was ruhig, aber nicht langweilig war. Sehenswürdig, jedoch nicht aufdringlich. Günstig, dennoch edel. Silber lächelte und legte einen Arm um den Teddy.

Er hatte eine großartige Idee. Anna würde den Landschaftspark Duisburg bestimmt toll finden.

Gemächlich landete an diesem Abend ein Sportflugzeug auf dem mit Tau überzogenen Rasen des kleinen Flughafens von Mülheim. Im dumpfen Licht der Signallampen stiegen fünf Männer ohne Gepäck aus.

Auf sie warteten zwei Limousinen, die sie auf direktem Wege zu einem Hotel brachten. In der Empfangshalle wurden sie von Nauermann begrüßt, der ihnen umgehend an der Hotelbar erklärte, was zu tun war. Er bat sie jedoch, bis auf weiteres auf ihren Zimmern zu bleiben und darauf zu warten, bis man ihre Fähigkeiten beanspruchen würde. Als die fünf Männer ihre Unterkünfte bezogen, fanden sie nicht nur, wie ihre Gewohnheit es verlangte, maßgeschneiderte Anzüge und automatische Handfeuerwaffen vor, sondern auch Bilder, die Anna Polowna und Silber zeigten. Lange mußten sie sich die Photographien nicht anschauen, um sich die Gesichter einzuprägen. Allesamt schienen sie verwundert, daß man sie für solch einen lächerlichen Spaziergang, wie sie es nannten, eigens aus Rußland kommen ließ. Andererseits mußte es schon dringend sein, denn die Spitze der Organisation hatte das Ganze ins Rollen gebracht, und die ließ sich für gewöhnlich nicht so leicht beeindrucken.

In dieser Nacht erhielt eine Handvoll BND-Agenten, mit der Anweisung, den darauffolgenden Tag dafür zu nutzen, Silber endlich dingfest zu machen, Pläne des Landschaftsparks Duisburg. Die Zentrale wollte nicht noch mehr Leute verlieren und begrüßte diesen abgelegenen Treffpunkt. Natürlich wurde Mißtrauen großgeschrieben, und die Dechiffrier-Spezialisten analysierten das abgehörte Gespräch zwischen Anna und Silber wieder und wieder, um versteckte Botschaften aufzudecken. Jedoch konnte aus einem Mix von Stotterei, die Silber zum einen präsentierte, und aus distanzierter Kälte, die Anna andererseits zum besten gab, kein befriedigendes Ergebnis erzielt werden. Also wurde angeordnet, sich Dienstag abend zwanzig Uhr in Stellung zu begeben und zu warten, bis der Zugriff erteilt wurde. Bis dahin schwärmten einige Agenten aus, um ihre Kollegen zu suchen, die ja offenbar vom Erdboden verschwunden waren.

Reusch und Wenzel hielten das Ganze für einen Scherz, als Silber mit einem nagelneuen Mercedes-Coupé neben seinem Kübelwagen parkte und obendrein auch noch in einem Anzug ausstieg, der aus einem edlen Stoff geschneidert war.

Nicht der glänzende Pkw und die Textilien irritierten sie, sondern wie er es geschafft hatte, das Haus unbemerkt zu verlassen, welches sie keinen Moment aus den Augen gelassen hatten. Während Wenzel wetterte, was für ein gerissener Hund dieser Silber doch sei, begann Reusch langsam den Ausführungen seines Kollegen Glauben zu schenken, was die Wandlungsfähigkeit eines Terroristen betraf. Wenn die Agenten geahnt hätten, wie einfach des Rätsels Lösung war, hätten sie wahrscheinlich freiwillig alle Toiletten des Bundesnachrichtendienstes geschrubbt, um Buße zu tun. Nachdem Silber beim TÜV die erhoffte Plakette nicht bekommen hatte, weil die Vorderachse angerostet war und der Motorraum kinderfaustgroße Löcher aufwies, beschloß er, sich etwas zu gönnen.

Er wollte mit seinem Drahtesel eine kleine Fahrradtour nach Duisburg-Baerl machen. Als er unten im Hof seine Reifen mit Luft versorgte, überredete ihn eine Horde kleiner Nachbarmädchen, sich doch um die kaputte Schaukel zu kümmern. Natürlich konnte er dem Charme der sechs jungen Damen nicht widerstehen und reparierte für einen Schokoladenriegel das Spielgerät. Da er sich jedoch nun an der entgegengesetzten Seite des Innenhofs befand, nutzte er einen anderen Kellerausgang, um auf die Straße zu gelangen. In Baerl besuchte er dann seinen Freund Azur, klagte ihm sein Leid wegen der verweigerten TÜV-Plakette und schwärmte von der bevorstehenden Verabredung. Da Azurs Vater zu dieser Zeit am Strand von Mallorca verweilte, lag der Gedanke nahe, sich den Mercedes und einen der besten Anzüge für dieses Rendezvous zu reservieren. Azurs Bedenken waren anfänglich groß, doch schließlich gab er nach in der Hoffnung, Silber bekäme endlich mal eine bessere Hälfte, die ihm den Kopf gerade rückte. Silber versicherte unter dem

Lärm der quietschenden Reifen, auch gut auf den Anzug achtzugeben, und fuhr mit ausbrechendem Heck vom Grundstück. Zu Hause angekommen, wollte er sich noch mal ein wenig ausruhen für den Fall, daß die Nacht länger als erwartet ausfallen sollte. Silber ahnte gar nicht, wie klug diese Entscheidung war.

Der Landschaftspark Duisburg war ein zweihundert Hektar großes Gebiet zwischen den Stadtteilen Meiderich und Hamborn. Inmitten der Fläche thronte ein um 1900 erbautes riesiges Hochofenwerk, das 1985 stillgelegt wurde. Ein englischer Künstler hauchte dem Koloß majestätisches Leben ein, indem er die Industriekulisse mit einer neonfarbigen Beleuchtung ausstattete. So glich das Hüttenwerk nachts einem glänzenden Märchenschloß. Das ganze Areal war mit hüfthohen Zäunen umgeben. Überall wiesen grüne Handläufe dem Besucher den Weg, den er zu begehen hatte. Jenseits dieser Zäune konnte jedoch nicht mehr für Sicherheit garantiert werden, da die Betreiber nicht genau wußten, wie weit der Verfall vorangeschritten war. Je weiter die Zeit an dem Park vorbeizog, um so mehr kamen verlorengegangene Pflanzen wieder zum Vorschein, die ein jedes Botanikerherz höherschlagen ließen. Wild ließ man diese Pflanzen wuchern, um das Gefühl zu verstärken, der Besucher wäre in einer anderen Welt. An jedem Element des Werkes fand sich eine genaue Beschreibung, was früher an dieser Stelle vor sich ging. So bekam der Besucher eine genaue Einführung in die Metallproduktion. Der Hochofen Nummer fünf belohnte jeden Gast nach seiner Besteigung mit einer unglaublichen Aussicht auf die ganze Stadt. Natürlich ließ sich von dort aus auch hervorragend auf die Herzstücke des Werkes schauen. Da waren z.B die zwei runden, sechs Meter tiefen Klärbecken, die sich ständig mit Regenwasser füllten. Oder die sogenannte Möllerbunkeranlage, in der früher die Rohstoffe lagerten, um einen kontinuierlichen Hochofenbetrieb zu gewährleisten.

Jetzt dienten die sieben Meter tiefen Bunkertaschen teilweise nur noch als Klettergarten für Bergsteigerfreunde und Abenteuerspielplatz für die Kinder des Reviers. Überall ragten noch Säulen, mittlerweile krumm wie die Zähne eines alten Dinosauriergebisses, aus dem Boden, die früher die Gleise der Hochbahn trugen. Der Betrachter konnte glauben, daß diese Metallstadt für die Ewigkeit gebaut worden war. Hier sollte in der Nacht die erste Schlacht zwischen Gut und Böse, zwischen Wissenden und Ahnungslosen geschlagen werden.

Anna Polowna bemühte sich, vor der Zeit an dem Treffpunkt zu erscheinen, um sich die Gegebenheit für eine eventuelle Flucht genauer anzuschauen. Es könnte ja durchaus sein, daß der Bulle noch ein As im Ärmel hatte, von dem die anderen nichts wußten und das die ganze Aktion doch noch entscheidend beeinflußte. Sie konnte sich nun mal nicht vorstellen, daß er hier ohne Vorsichtsmaßnahmen erschien. Anna wollte auf jeden Fall die Augen offenhalten, denn diesmal wurde anders gearbeitet als sonst. Erstmals wurden fremde Männer für die Beseitigung einer Person eingesetzt, und sie bekam diesmal kein Funkgerät mit. Das beunruhigte sie. Anna betrat das ehemalige Hüttenmagazin, welches als Café umgebaut worden war. Gitterrahmen trennten die Tische voneinander, alte Emailleschilder schmückten die Wände, und in den Vitrinen lag altes Arbeitswerkzeug aus. Die Atmosphäre war angenehm ruhig. Viele Tische wurden schon von Pärchen besetzt. Nur an einem Tisch saß ein einzelner Mann, der aufstand, als sie den Raum betrat, und ihr lächelnd den Stuhl zurechtrückte. Beim Laufen betrachtete Anna sich noch einmal in den spiegelblanken Vitrinentüren. Sie hoffte, daß ihr sportlicher Hosenanzug Silbers Zustimmung finden würde.

„Hallo, ich bin René Silber. Ich freue mich, dat du gekommen bist."

„Die Freude liegt ganz auf meiner Seite", antwortete sie. Anna nahm wie gewohnt ihre Arbeit auf.

Grelles Neonlicht erfüllte den Kellerraum. Froßmann und Gero hörten diesmal nur eine Person aus dem Nebenraum herüberkommen. Froßmann erkannte zuerst, wer es war, und schöpfte einen Augenblick Hoffnung. „Machen Sie uns los." Lautes Lachen erfüllte den Raum. Jetzt erkannte auch Gero, um wen es sich handelte, und ließ den Kopf, soweit es der Stacheldraht um seinen Hals zuließ, leicht sinken. „Glauben Sie ernsthaft, ich bin gekommen, um Sie zu befreien?" kicherte Fliesenwinkel.

„Was soll das Ganze?“ brüllte Froßmann ihn an, immer noch im Glauben, Fliesenwinkel wäre einer seiner Untergebenen. Ein Schlag mit der flachen Hand ins Gesicht stellte klar, daß Fliesenwinkel sich nicht mehr zu den Arbeitern zählen ließ.

„Die Fragen stelle ich“, sagte er drohend und wandte sich umgehend an den neuen Gefangenen. „Gero“, sagte er mit gespielter Freundlichkeit, „ich habe dir ein glänzendes Geschäft vorzuschlagen.“ Gero hob den Kopf und schaute ihn skeptisch an. „Du sagst mir jetzt alles, was ich wissen möchte, und der Stacheldraht um deine Kehle verschwindet. Wenn nicht, werde ich versuchen, ihn noch ein bißchen strammer zu ziehen.“ „Das dürfte schwierig werden. Ich kann bestätigen, daß der Spielraum des Stacheldrahtes vollständig ausgenutzt ist.“

Ein feiger Schlag in den Magen ließ Gero leicht zusammensacken, der Stacheldraht bohrte sich dabei in seinen Hals. Er rang nach Luft. „Noch eine wichtige Regel: Die Witze mache ich hier.“

„Lassen Sie den Jungen in Ruhe, der weiß genau so wenig wie ich“, versuchte Froßmann Gero beizustehen. Fliesenwinkel ließ sich durch diesen Zwischenruf nicht beirren. Er genoß seine Macht und wollte sie auch befriedigend ausschöpfen, bevor Nauermann wiederkam. „Gero“, begann er erneut, „du kannst mir doch sicher sagen, wo die Photos sind.“ „Tut mir leid, ich fürchte leider nicht.“ „Denk mal einen Moment nach, es ist wichtig für uns. Wir möchten gerne den Ort ohne irgendeine Spur verlassen, wenn du verstehst, was ich meine.“ „Gehören wir auch zu euren Spuren, die beseitigt werden sollen?“ Wieder ein Schlag in den Magen. „Gewöhne dir an, keine meiner Fragen mit einer Gegenfrage zu beantworten. Klar?“ Noch ehe Gero eine Antwort geben konnte, bekam er den nächsten Schlag. „Gut“, lobte Fliesenwinkel, ohne eine Antwort bekommen zu haben. „Also, was ist mit den Photos?“ Gero bemerkte, was die begehrten Photographien anging, konnte er wirklich nur schwer eine vernünftige Diskussion führen. Also beschloß er mitzuspielen, um wenigstens einen kleinen Einblick in das Geschehen zu bekommen. „Welche Photos werden denn gesucht? Wir haben ein großes Repertoire zu bieten.“ „Die mit Anna und dem Betriebsratsvorsitzenden natürlich“, sagte Fliesenwinkel genervt. Gero mußte nun blitzschnell diese Information verarbeiten, um eine halbwegs plausible Antwort zu geben. „Ach so, diese Photos …“ sagte er langgezogen, als kleinen Vorschuß für Fliesenwinkel. Anna, so hieß die Frau, die die Telephonnummer von Silber erhielt. Aber was sollte diese Frau mit dem Betriebsratsvorsitzenden zu schaffen gehabt haben? Silber besaß wohl ein Photo von ihr, von dem er sagte, daß er dieses von Paul hatte. Jedoch kannte Gero Pauls Quelle nicht. Ein Schlag ins Gesicht holte ihn wieder zurück in die Realität. „Ja, diese Photos. Wo sind sie?“ „Sie sind nicht mehr in meinem Besitz“, antwortete er reflexartig und fügte schnell hinzu: „Ich müßte einige Telephonate führen, dann könnte ich mehr über den Verbleib der Photos berichten.“ Ein erneuter Schlag ins Gesicht honorierte diese Antwort.

„Na klar, und schon haben wir die Hütte voller Bullen.“ „Verhandeln müßt ihr doch sowieso, also kann ich doch schon jetzt ein Lebenszeichen von mir geben.“ „Du glaubst, sie holen euch dann schneller hier raus. Womöglich noch Silber höchstpersönlich. Nicht wahr?“ zischte Fliesenwinkel. „Warum nicht“, antwortete Gero provokativ, sich dessen bewußt, gleich wieder einen Schlag einzustecken. „Hahaha, daraus wird wohl nichts“, Fliesenwinkel schaute gelassen auf seine Uhr. „Silber ist nämlich gleich tot.“

Maria saß auf ihrem Schreibtisch und massierte sich die Schläfen. Den Tag, den sie hinter sich ließ, wünschte sie keinem anderen. Auf der letzten Besprechung wurde das Thema „Zwangsentlassungen„ angeschnitten. Händeringend dachte sie über einen Ausweg nach, doch so wie die Auftragslage aussah, konnte sie sich dieser Maßnahme nicht mehr länger verschließen.

Ihr Vater nahm diese Nachricht nicht gerade erfreut auf und forderte sie auf, endlich mal zielstrebiger zu handeln. Maria weinte. Sie wollte immer so sein wie ihr Vater. Doch erst jetzt bemerkte sie, daß wohl mehr als nur Freundlichkeit und ein hoher Universitätsabschluß dazu gehörten, um eine Firma zu leiten. Heute war es angebracht, Ellbogen und Kalkül einzusetzen. Ihr gelang in letzter Zeit aber auch nichts. Maria wischte sich die Tränen aus dem Gesicht. Sie schaffte es noch nicht einmal, einen einfachen Arbeiter für sich zu gewinnen. Vielleicht sollte sie es doch lieber einmal mit der Brechstangenmethode versuchen und ihn mit der Nase darauf stoßen, wer sie in Wirklichkeit war. Entweder ergriff er die Flucht oder er zeigte sich in der Tat ausnahmsweise mal beeindruckt. Eventuell sollte sie doch lieber mal Gero um Rat fragen. Er kannte Silber schließlich besser und konnte ihr bestimmt einen guten Vorschlag machen. Schließlich kam noch hinzu, daß Maria befürchtete, sich an den freien Tagen zu Tode zu langweilen. Also kam ihr der Gedanke, mal was Aufregendes zu machen. Sie hatte auch schon eine gute Idee.

„Du hast bestimmt großen Erfolg bei Frauen, nicht wahr?" Silber bemühte sich, seinen Kakao nicht über den ganzen Tisch zu speien, und bekam einen Hustenanfall. „Doch bestimmt. Du hast eine Wahnsinns-Ausstrahlung", schmeichelte sie weiter. „Dat würde ich nicht sagen. Wenn ich eine Frau anspreche, bekomme ich noch nicht mal eine Vorwahl raus", sagte er und bemühte sich, ihr nicht in die Augen zu schauen. Anna lachte. Silber guckte verlegen aus dem Fenster. „Dat Gasometer sieht echt cool aus, wenn dat so erleuchtet ist", sagte Silber, um das Gespräch auf ein anderes Thema zu lenken. „Was ist ein Gasometer?", fragte Anna interessiert. „Ein Gasometer", begann Silber, „dient als Puffer für nicht sofort verbrauchtes Gas zwischen Hochofen und Verbraucher.

Dat Gasometer, das du da siehst, ist aus dem Jahre 1915 und wird bald zu einem Tauchzentrum umgebaut. Dat ist jetzt schon bis oben hin voll Wasser." Anna zeigte sich sichtlich beeindruckt über die prompte Antwort. „Du weißt ja eine Menge über diesen Park", stellte sie fest. „Nö, eigentlich weniger. Dat stand alles auf der Serviette geschrieben", gestand Silber. Nun mußten sie beide lachen. Anna vergaß sogar für einen Moment ihre eigentliche Aufgabe, als sie sich die Tränen aus den Augen wischte, um ihre Serviette zu studieren. Unglücklicherweise kippte dabei die Tasse. Sie sprang auf, um zu verhindern, daß der Inhalt sich über ihre Hose ergoß, doch zu spät. Der Kakao lief träge an ihrem Hosenbein hinunter. Amüsiert beobachtete Silber, wie sie in ihrer Muttersprache fluchend versuchte, das Geschehene wieder rückgängig zu machen, indem sie wie wild mit der Serviette an ihrer Hose rieb. Schon nach kurzer Zeit gab sie auf. Es machte keinen Sinn, sich noch weiter zu bemühen. Mißmutig setzte sie sich wieder. „Du findest das wohl komisch", maulte sie Silber an, der immer noch grinste. „Dat ist doch nicht schlimm." „Sagst du, sieh dir doch mal an, wie ich jetzt aussehe." „Die Kleidung ist nur der Rahmen für dat Bild. Also wat macht es schon, wenn der Rahmen häßlich ist und das Bild wunderschön bleibt." Silber stockte. Er mußte sich über das, was er gerade von sich gegeben hatte, selber wundern. Anna sah ihn einen Moment lang verzaubert an. Silber wirkte in diesem Augenblick nicht wie die anderen, die sie immer abfertigen sollte. Er protzte nicht mit seinem Können, erzählte nichts von Reichtum und machte keine anzüglichen Bemerkungen ihr gegenüber. Es konnte aber auch seine Masche sein Darum beschloß sie, das Gespräch auf den fehlenden Karton zu lenken.

„Wo sind die Schokoladenhasen?" „Müssen wir jetzt über die Arbeit reden, jetzt, wo es so gemütlich ist?" Anna verzog das Gesicht. Hatte sie es sich doch gedacht. Silber wollte das, was alle wollten – sie erst ins Bett lotsen und dann das Beste aus dem Geschäft rausholen. Nur blieb diesmal keine Zeit für solche Spielchen. Sie mußte deutlicher werden. „Es könnten Probleme auf dich zukommen."

Silber verstand nun überhaupt nichts mehr. „Ist dir nicht gut? Oder haben die dir etwas in den Kakao gemixt?" Zwei Männer traten an den Tisch heran und streckten Silber ihre Dienstausweise entgegen. „Guten Abend, Herr Silber. Wir sind vom Bundesnachrichtendienst. Wir haben einige Fragen an Sie und würden Ihnen raten, sich der Befragung nicht zu entziehen. Lassen Sie Ihre Hände auf dem Tisch und bewegen Sie sich so wenig wie möglich, denn zur Zeit sind Waffen auf Ihre Person gerichtet. Wenn Sie uns verstanden haben, nicken Sie, damit die Scharfschützen sich zurückziehen können." Weder nickte Silber, noch begriff er, was die Männer wollten. Anna war die einzige, die sofort reagierte. Sie zog ihre Automatik und setzte sie Silber an die Schläfe. „Tut mir leid, meine Herren, das kann ich nicht zulassen, weil ich meine Fragen zuerst stellen möchte." „Machen Sie keinen Unsinn, draußen wimmelt es von unseren Leuten." „Los, steh auf!" forderte Anna Silber auf. Gefolgt von den beiden Agenten, setzten sie sich in Bewegung. Draußen angekommen, überlegte Anna, wie es weitergehen würde, wenn nicht gleich Unterstützung von ihrer Seite kam.

Kaum hatte sie diesen Gedanken vollendet, da flammte auch schon ein Mündungsfeuer aus einem der zahlreichen Gebüsche auf, und das nervige Geplapper der Störenfriede wurde von dem ohrenbetäubenden Lärm der Maschinenpistolen unterbrochen. Kugeln schlugen in den Putz der Mauer ein und zwangen die Agenten, sich wieder zurück in das Café zu begeben. Silber bemerkte, daß der Kugelhagel langsam zu ihnen rüberschwenkte. Er faßte Anna am Handgelenk und riß sie runter, um sich mit ihr hinter einem Mauervorsprung zu verschanzen. Währenddessen erwiderten die Agenten das Feuer.

Ein Zischen, untermalt von einem Lichtkegel, unterbrach das Feuergefecht. Silber kannte dieses Geräusch nur zu gut. Anna auch, denn sie war es, die seinen Kopf runterdrückte, als die Panzerfaust in das Gebäude einschlug. Eine ohrenbetäubende Explosion hallte durch die angebrochene Nacht. Nachdem ein Feuerball über sie hinweggefegt war, prasselten Scherben, vermischt mit Holzteilen, auf sie nieder.

Schreie drangen aus dem Inneren des Cafés. Leute aus den hinteren Räumen versuchten rauszulaufen. Silber wollte die Verwirrung für einen Rückzug nutzen, doch bei der Gegenpartei waren sie noch lange nicht in Vergessenheit geraten. Die nächste Salve ließ nicht lange auf sich warten. Die Geschosse schlugen mit solcher Härte in ihr Versteck ein, daß er davon ausging, dieses würde nicht mehr lange halten. Silber versuchte, gegen die Lärmkulisse anzugehen, indem er brüllte.

„Wir müssen hier weg!" „Wie denn?" Anna war noch vollkommen durcheinander. Sie konnte sich keinen Reim darauf machen, warum ihre eigenen Leute auf sie schossen. Sie wollte es ihnen nicht gleich tun und die Waffe erheben, es konnte sich ja immerhin noch um ein Mißverständnis handeln. Vielleicht mußte sie sich auch nur von Silber distanzieren, damit man von ihr abließ. „Vielleicht solltest du mal damit anfangen, zurückzuschießen, oder kannst du mit der Scheißknarre nicht umgehen?" brüllte Silber. Nach der nächsten Salve sah Anna ein, daß es keinen Sinn mehr machte, sich ruhig zu verhalten. Sie stieß sich von der

Mauer ab, legte an und schoß das ganze Magazin leer. Die Antwort war ein noch massiverer Feuerstoß, der jetzt aus allen Richtungen zu kommen schien. Silber und Anna kauerten eng nebeneinander.

„O.k. vielleicht hast du ja einen anderen Vorschlag“, hoffte Silber. Anna rief auf russisch etwas zu den Kontrahenten rüber, wurde jedoch von einer Stimme aus dem Megaphon übertönt. „Hier spricht der BND. Legen Sie unverzüglich Ihre Waffen nieder und kommen Sie mit erhobenen Händen aus Ihren Verstecken.“ Wieder eröffnete eine Partei das Feuer. Diesmal aber nicht in Silbers Richtung. Er riskierte einen Blick über den Mauervorsprung und sah, daß die Auseinandersetzung sich auf einen anderen Teil des Landschaftsparks ausbreitete.

„Los, weg hier!“ kommandierte Silber.

„Wohin?“, rief Anna verzweifelt.

„Wir müssen uns zum Parkplatz durchschlagen.“

„Kennst du dich hier gut aus?“ „Geht so, wah. Aber für einen Rückzug wird es noch gerade eben reichen.“ Er stand auf und zog Anna mit sich. Im Schutze des Chaos, das aus brennenden Gebäuden und hilfesuchenden Menschen bestand, die wirr durcheinanderliefen, wählte Silber den Weg an den Möllerbunkern entlang. Er hielt es deshalb für eine kluge Entscheidung, weil dort viele Bereiche nicht ausgeleuchtet waren und sie bestimmt so kampflos im Schutze der Dunkelheit entkommen konnten. Nur bemerkten sie nicht die zwei Männer, die ihnen folgten.

Nauermann und Schiffer bemühten sich, den Scharfschützen, der sie schon zwei Leute gekostet hatte und sie am Weiterkommen hinderte, ausfindig zu machen. Nauermann hätte sich ohrfeigen können, diese Aktion so auf die leichte Schulter genommen zu haben, ohne dabei zu bedenken, daß Silber sich Rückendeckung verschaffen würde. Abgesehen davon, daß der ganze Platz jetzt von Agenten übersät war und die Flucht sich wohl schwierig gestalten würde, konnte er nur von einem Mißerfolg sprechen. Silber hatte Anna zur Flucht verholfen, und über den Verbleib des fehlenden Kartons wußte er noch immer nichts. So wie es aussah, würde Anna auch nicht mehr lange dichthalten, wenn Silber ihr erst einmal Straffreiheit versprechen würde. Die noch verbliebenen

Männer vergeudeten ihre Zeit lieber damit, wild in der Gegend herumzuballern. Dabei wäre es nun besser, kühlen Kopf zu behalten, denn er hatte nur noch ein Geschoß für die Panzerfaust. Und das wollte Nauermann dem Heckenschützen zukommen lassen, damit sie sich wieder etwas sorgenfreier bewegen konnten. Vereinzelt schlugen die Projektile in ihre provisorische Festung, die nur aus ein paar Holzpaletten bestand. „Da oben!“ rief Schiffer und deutete auf das Gasometer.

Auf halber Höhe der Außentreppe erkannte Nauermann einen knienden Schützen, der erneut Schüsse auf sie abgab, die wieder nur knapp neben ihm einschlugen. Er riß die Panzerfaust hoch, legte an und feuerte. Das Geschoß zerriß den Mann und schlug in das Gasometer ein. Die Terroristen jubelten. Mit den restlichen Gegnern würden sie im Handumdrehen fertig werden und konnten wieder abziehen. Die Freude hielt aber nicht lange an, als sie sahen, wie eine riesige Wasserfontäne aus dem Krater des Gasometers sich den Weg in die Freiheit bahnte und nun auf sie zuraste.

Reusch und Wenzel saßen im Dienstwagen, als die Hölle im Landschaftspark losbrach. Der junge Agent mußte die philosophischen Ausführungen Wenzels über sich ergehen lassen. Der erzählte stolz, daß der Geheimdienst das zweitälteste Gewerbe auf der Welt war und sogar die Bibel davon erzählte, wie Moses Späher ausschickte, um das gelobte Land zu finden. Erst ein Funkspruch der Einsatzleitung, die um Verstärkung bat, stoppte Wenzels Rede. Als sie eintrafen, wurde gerade die erste Leuchtrakete gezündet. Sie konnten vor lauter Erstaunen über das unerwartete Chaos erst gar nicht reagieren. Erst nachdem sie sahen, wie Silber und Anna den Rückzug antraten, handelten sie selbständig und folgten dem Terroristen, der jetzt anscheinend auch noch eine Geisel mit sich führte. Reusch und Wenzel hatten zu Beginn der Aktion zwar Pläne des Landschaftsparks erhalten, diese aber doch eher oberflächlich überflogen, weil sie nicht damit rechneten, sie ernsthaft zu benötigen. Das rächte sich nun, denn sie hatten keine Ahnung, wohin der Killer lief. Selbst wenn sie daran gedacht hätten, Unterstützung anzufordern, hätten sie nicht gewußt, wohin diese zu bestellen gewesen wäre.

Je tiefer sie also in den Park liefen, um so vorsichtiger bewegten sie sich aus Angst, in einen Hinterhalt gelockt zu werden. Vielleicht hatte dieser Silber seine Männer flächendeckend über das Gelände verteilt und erwartete bereits unliebsame Verfolger. „Da sind sie“, flüsterte Wenzel und zog hektisch seine Waffe. Reusch hatte ein unbehagliches Gefühl. „Wir sollten nicht sofort zugreifen.“ „Ach Quatsch, mach dir keine Sorgen. Ich hab’ alles im Griff, mein Junge“, prahlte Wenzel. „Wir kennen die Gegebenheiten hier nicht“, flüsterte Reusch besorgt zurück, ohne dabei die beiden Schemen vor sich aus den Augen zu lassen. „O.k., Junge, wenn du die Hosen voll hast, verstehe ich das, aber wir müssen Silber heute nacht festnageln. Also reiß dich zusammen. Was meinst du, was wir dafür für eine Belobigung kassieren werden“, lockte Wenzel. Er bemerkte die Skepsis seines jungen Kollegen und beschloß, alleine vorzustürmen, um die Lorbeeren zu ernten. So ganz alleine wollte Reusch nun auch nicht im dunklen Park stehen und lief wie ein kleiner Dackel hinterher. Dabei entging den beiden, daß die Beute, die ihnen große Ehren bescheren sollte, auf einmal verschwunden war. Schon nach wenigen Minuten liefen sie ohne Ziel vor Augen durch die dunkle Metallstadt und mußten trotz hervorragender Agentenausbildung mit den besten Waffen der Welt in den Händen zugeben, sich wohl blöderweise verlaufen zu haben.

Gero war sichtlich geschockt über Fliesenwinkels letzten Satz und hatte Mühe, es zu verbergen. „Ja, da staunst du“, sagte Fliesenwinkel erfreut, als er Geros Unbehagen sah. „Staunen ist wohl nicht das treffende Wort. Verwundert würde der Sache näher kommen“, sagte Gero gefaßt. „Wieso wundern? Ihr Bullen müßt doch immer damit rechnen, aufzufliegen.“ „Woher stammt eigentlich die verworrene Version, wir seien einer Polizeieinheit zugehörig?“ Fliesenwinkel holte wieder zu einem seiner gewohnten Schläge aus. Als er sah, daß Gero angewidert die Augen verdrehte, senkte er erstaunt die Hand. „Wäre es eigentlich möglich, eine informative Antwort zu erhalten, ohne gleich einen Schlag ins Gesicht zu bekommen?“ fragte Gero verärgert. Fliesenwinkel wich erstaunt einen Schritt zurück. Jetzt erkannte Gero, daß er die Überhand in diesem Gespräch hatte, und baute diesen Vorteil sofort aus.

„Ich will ja nur wissen, mit welch intelligentem Trick du die Sache durchschaut hast“, schmeichelte Gero hinterhältig. „Das ist ja nicht schwer gewesen", begann Fliesenwinkel stolz. „Ihr taucht hier kurz vor der Transaktion auf und gebt einer Mitarbeiterin den gutgemeinten Rat, sich mit Silber zu unterhalten. Und um sicher zu gehen, daß sie den Rat auch befolgt, haltet ihr der jungen Dame auch noch eines von den Photos unter die Nase, die wir suchen. Was gibt es da zu durchschauen? Fazit ist doch letztendlich, daß ihr Bullen seid, die wir beseitigen müssen. Dafür haben wir sogar die Genehmigung aus Rußland bekommen. Anfangs war es schwierig, weil wir nicht wußten, wie wir euch kriegen sollten. Kennst das ja, aller Anfang ist schwer. Also haben wir mit der Frau, die Anna ansprach, angefangen?"

„Was soll das heißen: Ihr habt mit ihr angefangen?"

„Na, was schon?" antwortete Fliesenwinkel und fuhr sich grinsend mit seinem Zeigefinger längs über den Hals. „Du willst doch nicht sagen, daß ihr Maria umgebracht habt?" fragte Gero fassungslos. „Mit einem von euch mußten wir ja anfangen, und wie gesagt, Silber ist der nächste. Dich heben wir uns bis zum Schluß auf, weil Nauermann glaubt, du hättest noch viele interessante Sachen zu berichten. Außerdem haben Polizisten bei Geiselnahmen einen hohen Stellenwert." Gero lachte auf. „Da müßt ihr aber eine Riesenjagd veranstalten, wenn ihr Silber fassen wollt." „Dem geht schon irgendwann die Puste aus, verlaß dich drauf." „Darauf würde ich mich nicht versteifen. Silber hat, was solche Sachen angeht, eine hervorragende Kondition."

„Warte mal, ich glaub' ich muß gleich kotzen", stöhnte Silber. Anna nickte verständnisvoll und japste dabei selber nach Luft. Beide hatten den Möllerbunkern entlang einen mörderischen Spurt hingelegt und dabei verständlicherweise einen großen Teil ihrer Ernergie verbraucht. Sie vernahmen noch immer Schüsse. „Ist es noch weit bis zu deinem Auto?" fragte Anna. Silber wog schätzend den Kopf. „Nein, wir sind gleich da."

„Gut, wir sollten uns ab hier ein bißchen vorsichtiger bewegen. Nauermann hat sicherlich noch einige Posten aufgestellt." „Nauermann?" fragte Silber und verzog dabei ungläubig das Gesicht, „Mann, Mädchen, schalte mal einen Gang runter. Dat hält ja keiner im Kopf aus, wat hier abgeht." Anna wollte gerade zum Reden ansetzen, als sie das Klicken eines Waffenverschlusses hörten. Aus dem Schatten einer offenen Bunkertasche trat ein Mann mit einer Maschinenpistole heraus.

„Hallo Genossin, dein Auftrag lautete doch, den Kartoffelfresser umzulegen. Warum lebt er noch?“ Anna kannte diesen Mann nicht, jedoch schien er sie zu kennen, und das war schon ein Grund, ihm nicht zu trauen. „Von wem kommst du?“ fragte Anna vorsichtig. Der Mann kam lächelnd auf sie zu. Beim Näherkommen sah sein Gesicht jedoch alles andere als freundlich aus. Narben durchliefen sein Gesicht, und seine geschorenen Haare betonten seinen offenbar brutalen Charakter. „Man hat mich aus unserem fernen Vaterland kommen lassen, um euch zu unterstützen.“ „Warum ist auch auf mich geschossen worden?“ fragte Anna mißtrauisch. „Oh, hat man das?“ fragte der Mann mit gespielter Ungläubigkeit. „Ja.“ „Na, dann wird es schon seine Richtigkeit haben.“ Noch bevor er die Waffe anlegen konnte, sprang Silber nach vorne und lenkte sie mit einem Tritt in eine andere Richtung. Schüsse lösten sich. Silber setzte einen Schlag in das narbige Gesicht nach. Der Russe ließ die Waffe fallen und hielt sich seinen Kiefer. Er erholte sich aber so rasch, daß Silber keine Gelegenheit bekam, die Waffe an sich zu nehmen.

Der Russe versuchte Silber seinen Ellbogen ins Gesicht zu rammen. Silber riß seinen Kopf nach hinten – und der Angriff ging ins Leere. Nun lag die Waffe zwischen den beiden. Für kurze Zeit standen beide bewegungslos da. „Der Kartoffelfresser kämpft nicht schlecht“, lobte der Russe und zog ein riesiges Jagdmesser aus seiner Kampfweste. Jetzt begriff Silber endlich, daß es sich hierbei nicht um eine gewöhnliche Schlägerei handelte, bei der der Sieger sich damit begnügte, dem Gegner nur eine sichtbare Blessur beizubringen. Silber hatte schon oft und – seiner Meinung nach – auch hart gekämpft. Aber er konnte seine Bundeswehrschlägereien in den Bars der Rotlichtbezirke und die fairen Wettkämpfe der Vereine nicht mit dieser Auseinandersetzung vergleichen. Er trug keinen frisch gebügelten schneeweißen Kampfanzug.

Es gab keine jubelnden Zuschauer, keine Photographen und keine eindeutigen Regeln. Momentan stand sein Anzug vor Dreck, es war dunkel, arschkalt, und die Regeln waren die, daß es keine gab. Der Russe eröffnete den Kampf mit wild schneidenden Bewegungen.

Silber ließ sich davon nicht provozieren, weil er erkannte, daß die Distanz keinen Grund zur Sorge bot. Das bemerkte der Russe auch und schickte sich nun an, die jetzt nur noch kurze Entfernung mit einem Schritt zu überbrücken. Dieses Vorhaben nutzte Silber sofort aus und sprintete im 45-Grad-Winkel nach vorne, ergriff die Hand, die das Messer führte, und schlug gleichzeitig erneut auf die Stelle im Gesicht, die er schon einmal getroffen hatte. Der Russe wankte. Silber trat ihm, immer noch die Waffenhand kontrollierend, mit aller Wucht in den Unterleib. Jetzt ließ der Russe das Messer fallen und brach röchelnd zusammen. Silber nahm das Messer an sich und überlegte kurz, was nun mit dem am Boden Liegenden zu tun war. Zum Fesseln hatte er nichts zur Hand. Töten wäre ein bißchen überzogen gewesen. Obwohl, hätte sein Gegenüber ihn verschont? Wohl kaum. Silber holte mit dem Messer aus, drehte es kurz vor dem Ziel in seiner Hand und schlug dem Gegner den Knauf des Griffstücks vor die Stirn. Der Russe stöhnte noch einmal auf und sackte bewußtlos in sich zusammen. „Also, unseren ersten Abend hatte ich mir ein bißchen romantischer vorgestellt“, bemerkte Silber. Er drehte sich um und suchte den Boden nach der Maschinenpistole ab. Er wandte sich an Anna.

„Wo ist dat Scheißding denn jetzt …?“ Anna hielt die Waffe im Anschlag auf seinen Kopf gerichtet. Silber ließ das Messer fallen. „Bist du wirklich gekommen, um mich zu töten?“ fragte Silber leise. Anna senkte die Waffe und lächelte müde. Schließlich nahm sie seine Hand.

„Komm, wir müssen weiter.“

Die Wasserfontäne spülte Nauermann und seine Männer förmlich aus dem Versteck. Von lautlosem Rückzug konnte keine Rede sein. Sich gegenseitig Warnungen zurufend, bemühten sie sich, nicht auseinandergerissen zu werden. Die Zusammengehörigkeit war nun der wichtigste Punkt, um dem Hexenkessel unbeschadet zu entkommen.

BND-Agenten kamen wie Heuschrecken aus ihren Verstecken in der Hoffnung, den Abzug der Terroristen zu stoppen. Wild schossen Nauermanns Männer um sich, denn eins stand von vornherein für sie fest: Sie machten keine Gefangenen und wollten auch nicht als solche enden. Erschrocken von der Hartnäckigkeit der Terroristen, zogen sich viele der Agenten wieder zurück. Der harte Kern, der zurückblieb, konnte sich jedoch nicht lange gegen die Feuerkraft der Terroristen, die viel schwerere Waffen hatten, wehren. Als nun von weitem die ersten Polizeisirenen ertönten, rief Nauermann zum Rückzug auf. Silber und Anna waren entkommen, also hatten sie hier nichts mehr zu suchen. Außerdem fehlte ihm die Zeit, sich auch noch mit der ganzen Polizei anzulegen.

Reusch und Wenzel beschlossen, diese Peinlichkeit zu verschweigen, um sich nicht den Spott der Kollegen aufzuladen. Dennoch wollten sie getrennt weitersuchen, damit sie sich wenigstens für guten Willen verbürgen konnten, während sich die lieben Kollegen mit den anderen Terroristen herumschlagen mußten. Wenzel übernahm die Begehung des restlichen Parks in der Hoffnung, doch noch auf die Fliehenden zu stoßen. Reusch wählte bewußt den Parkplatz. Sein Bestreben war es eher, einer eventuellen Konfrontation aus dem Weg zu gehen, denn was sollte auf einem Parkplatz schon Außergewöhnliches geschehen? Dort angekommen, setzte sich Reusch auf eine Besucherbank, legte seinen Kopf in die Hände und dachte erst mal nach. War es das gewesen, was er sich immer vorgestellt hatte, bevor er in den Dienst des BND eingetreten war? Er wußte es selbst nicht mehr. Er hatte sich natürlich immer gewünscht, in ferne Länder zu reisen, verwegen in verborgene Büros einzudringen, um dort Informationen zu entwenden, die seinem Land nützlich sein würden. Aber nun, wo ihm hier im Landschaftspark die Brocken um die Ohren flogen, ging ihm, ehrlich gesagt, der Hintern ganz schön auf Glatteis. Aus der Traum vom coolen Agentenleben. Wenn das hier vorbei sein würde, wollte er die Versetzung in eine andere Abteilung beantragen. Vielleicht in einen Bereich, wo er mit Sprachen zu tun hatte. Lieber Zeitungsberichte übersetzen, als sich den Hintern wegbomben zu lassen. Dann würde er sich auch seinen Traumwagen mal leisten und bräuchte nicht immer in einem Dienstwagen mit getönten Scheiben herumzugurken. Sein Blick blieb an einem Mercedes-Coupé haften. So einen zum Beispiel. Er stand auf, um ihn näher zu betrachten. Gerade als er sich anschickte, die Polster genauer in Augenschein zu nehmen, fühlte er kalten Waffenstahl in seinem Nacken. „Einen Kratzer – und ich rotz' dir den Schädel runter. Kapiert?" drohte Silber, der mittlerweile keinen Nerv mehr auf weiteren Streß hatte. Reusch hob langsam die Hände und nickte steif. „Zu welcher Truppe gehörst du?" wollte Silber wissen. „Ich bin Agent des Bundesnachrichtendienstes." „Wat soll der ganze Zirkus, den ihr hier veranstaltet?"

Reusch drehte sich langsam um, erkannte Silber und trat erschrocken einen Schritt zurück „Wir haben den Auftrag erhalten, Sie festzunehmen."

„Mich?" schnauzte Silber.

„Ja", sagte Reusch kleinlaut, „Sie sind doch René Silber. Oder?"

„Natürlich", sagte Silber genervt. „Was habe ich denn getan? Habe ich meinen letzten Strafzettel nicht bezahlt, oder hat der TÜV euch geschickt?" „Nein. Sie stehen im Verdacht, einige Agenten getötet zu haben, um ihre Interessen voranzutreiben." „Habt ihr 'nen Schatten?" fragte Silber fassungslos. Er wandte sich an Anna. „Weißt du, wat der meint?" Anna sah Silber zweifelnd an. „Wir haben geglaubt, du bist der Agent." „Wer ist denn jetzt wir?" So langsam glaubte Silber, daß ihn die ganze Welt an der Nase herumführen wollte. In solchen Momenten wünschte er sich dann, es seinem Freund Dirk Meißler gleichzutun, der sich zum Überlegen von schwierigen Situationen gelegentlich in den Kleiderschrank zurückzog. Einmal verweilte er sogar solange in dem Möbelstück, daß ihn noch nicht einmal sein eigener Hund finden konnte. Anna setzte gerade zum Reden an, als Reusch flehte: „Bitte erzählen Sie nichts in meiner Gegenwart. Bis jetzt weiß ich noch überhaupt nichts und will auch nicht mit meinem Leben dafür bezahlen, nur weil ich etwas gehört habe, was Ihre Pläne betrifft." . Silber nickte Anna zu. „O.k„ er hat recht. Wat immer du mir zu sagen hast, kannst du auch im Auto erzählen." „In Ordnung", stimmte sie zu. „Aber was machen wir jetzt mit ihm?"

„Hast du Handschellen?" fragte Silber. Reusch tastete suchend seinen Anzug ab. „Nein, tut mir leid, die hab' ich im Wagen liegenlassen", entschuldigte er sich. „Wat bist du denn für ein Agent?" motzte Silber. „Ohne Handschellen, ich faß' es nicht." „Soll ich sie rasch holen?" schlug

Reusch vor. Silber wandte sich an Anna. „Wat mach' ich denn jetzt mit dem Vogel?

„Ich könnte mich ja auf den Boden legen und mich bewußtlos stellen." „O ja", stimmte Silber sarkastisch zu. „Klasse Idee. Lernt man dat so auf eurer Agentenschule?" Reusch senkte beschämt den Kopf. Anna hob hilflos die Schultern. „O.k.", begann Silber, als er merkte, daß keine guten Vorschläge mehr kamen. „Ich hau' dir jetzt wat vor den Appell, und du erzählst allen, du hättest einen mörderischen Kampf hinter dir, bei dem ich mein linkes Bein verloren habe. In Ordnung?" Reusch ahnte, daß die nächsten Vorschläge nicht besser ausfallen würden, und stimmte zu. Silber holte mit der Maschinenpistole aus. „Und nächstes Mal bringst du die Handschellen mit?"

Noch bevor Reusch antworten konnte, schlug der Stutzen vor seinen Kopf. Silber schnellte nach vorn, damit Reusch nicht auf den Boden schlug. Sanft ließ er ihn zu Boden gleiten.

Anna beobachtete Silber dabei.

„Können wir?", erkundigte sich Silber. „Du bist wirklich kein Agent", stellte sie fest. „Dat stimmt. Aber so wie dat aussieht, könnte ich dat auch dem Papst erzählen, und selbst der würde mir nicht glauben", beschwerte sich Silber. Beide stiegen in den Wagen und fuhren auf direktem Wege auf die Autobahn. Hier und da flammte ein Licht auf, das der Morgenröte glich. Selbst die weniger anschaulichen Industriestätten, die man von der Autobahn quer durch Duisburg mit ansehen mußte, erschienen nun sanft in dem warmen Lichtermeer. Anna verdrehte interessiert den Kopf. „Du willst bestimmt wissen, wat dat ist", stellte Silber lächelnd fest. Anna nickte schüchtern. Sie schämte sich immer noch dafür, Silber so verkannt zu haben. „Dat ist die Schlacke, die vom Hochofen aus zum Abkühlen nach draußen fließt. Die ist schweineheiß, deswegen leuchtet dat auch so. Mein Vater hat mir früher immer erzählt, dat die Engel hier Plätzchen backen." Anna lachte. „Du hast ihm das natürlich abgekauft." „Na, immerhin hab' ich danach auch welche bekommen, da habe ich ja keine Gelegenheit gehabt, daran zu zweifeln."

„Stimmt", sagte Anna verträumt. Ihr Vater hatte ihr auch immer solche Märchen erzählt, die sie einfach glaubte, weil sie ihm vertraute. Nur wem konnte sie diesmal, nach den ganzen Enttäuschungen, die sie erlebt hatte, noch trauen. Doch sie durfte jetzt den Kopf nicht hängen lassen. Bald ging ihr Flug in die Freiheit, und dann konnte sie sich mit den Leuten umgeben, die ihr paßten.

Rettet Blanka

An diesem Mittwoch fragten sich die Führungsspitzen der russischen Mafia und des Bundesnachrichtendienstes, ob ihre Untergebenen nicht etwas zuviel Aufwand betrieben hatten, um eine Person aus dem Verkehr zu ziehen. Dem BND war es letztendlich zu verdanken gewesen, daß die Medien diese erfolglose Mission als Gasexplosion im Café darstellten. Die Einsatzleiter fragten sich natürlich, woher diese unvorhergesehene professionelle Rückendeckung gekommen war, bei der so eine extreme Gewaltbereitschaft gezeigt wurde, daß sieben Agenten ihr Leben lassen mußten. Die zwei Leichen der Gegenseite, die gefunden worden waren, ließen keine Rückschlüsse auf ihre Herkunft zu. Auch der fünf Seiten lange Bericht eines jungen Agenten, der es nur seiner hervorragenden Nahkampfausbildung verdankte, daß er noch lebte, konnte nicht zur Aufklärung beitragen. Natürlich wußten einige beim BND schon, woher der Wind wehte. Jedoch konnte man, schon aus diplomatischer Sicht, nicht die Regierung eines Land aufgrund eines Verdachtes anhalten, besser auf die beheimatete Mafia achtzugeben. Also beschloß der BND, sich an das zu halten, was Erfolg versprach. In Rußland wiederum sah die Führung die ganze Geschichte weniger diszipliniert und rotierte bei der Vorstellung, daß Anna jetzt für die Gegenseite arbeitete. Auch in diesem Falle setzte die Spitze alle Mittel ein, das zu Ende zu führen, was sie begonnen hatte. Vielleicht hätten beide Seiten gut daran getan, zusammenzuarbeiten, denn so wie es aussah, verfolgten sie unabhängig voneinander dasselbe Ziel. Sie wollten Silber.

Anna und Silber begannen ihren Tag am Frühstückstisch von Mario Brand, einem guten Freund aus Oberhausen, der ihnen alles zur Verfügung stellte, was sie benötigten, und keine überflüssigen Fragen stellte. Silber zog diesen Unterschlupf vor, weil er vermutete, daß man vor seiner Haustür schon auf ihn wartete. Er versuchte, seinen verspannten Rücken in eine angenehme Position zu bringen, während Anna erzählte, was sich bis zu diesem Moment zugetragen hatte. „Also“, Silber atmete tief durch. „Ich wiederhole dat Ganze jetzt mal für extrem Doofe. Du behauptest also, dat der Betriebsratsvorsitzende, den ihr immer durch deine Anwesenheit bei Laune gehalten habt, Nachtschichten genehmigt hat, die nur dazu dienten, reklamierte Ware, bevorzugt Hohlfiguren, ungestört auszupacken. Diese Hohlfiguren sind gefüllt mit Schmuggelware."

„Dat ist ja ganz schön, aber wat hab' ich damit zu tun?" „Am Ende wollte euer Betriebsrat nicht mehr mitarbeiten, also haben wir ihn mit Photos, die ihn mit mir zeigten, erpreßt. Als man ihn dann umbrachte ..." „Moment", unterbrach Silber. „Der hat doch Selbstmord gemacht." „Würdest du dich umbringen, wenn du wüßtest, daß 2 Millionen auf dich warten?" Silber zog die Augenbrauen hoch und gab ihr mit der Hand eine Geste, die sie zum Weitererzählen aufforderte. „Auf jeden Fall waren danach die Photos verschwunden." „Vielleicht haben die Bullen sie eingesackt?" „Nein", Anna schüttelte den Kopf, „der Mörder muß die Photos haben. Die Polizei hätte Ermittlungen angestellt, wer auf den Photos zu sehen ist." „Stimmt", gab Silber zu. „Kommen wir zu der Frage zurück, wat ich damit zu tun habe." „Am Abend der letzten Lieferung hast du jemanden geschickt, der mir eines der verschwundenen Photos gab mit der Empfehlung, Kontakt mit dir aufzunehmen." „Meine Fresse!" stöhnte Silber, „ich wollte dich ins Kino einladen."

„Mag ja sein, aber in dieser Nacht verschwand auch noch einer der Kartons, der wichtiger Bestandteil der Lieferung war."

„Na und?" Silber hob zum Zeichen seiner Unschuld die Hände.

„Ich hab' keinen Karton." „Fliesenwinkel behauptet, du hast ihm in dieser Nacht einen der Hasen, die in dem Karton waren, unter die Nase gehalten." „Fliesenwinkel, der kleine Wichser, gehört auch zu euch?", fragte er ungläubig. „Ja", erwiderte sie bedauernd.

„Dat gibt es doch wohl nicht."

„Der Hase", erinnerte Anna eindringlich.

„Häh?" „Woher hattest du den Hasen?", fragte sie noch einmal geduldig. „Ach so, den hab' ich aus Frostis Büro gemopst". „Frosti?"

„Ja, der", einen Moment stockte er.

„Hey, dann ist Froßmann der, den ihr sucht." „Den haben wir schon. Der hält dicht." „Den haben wir schon?", wiederholte Silber lachend.

„Sagt mal, habt ihr noch alle auf'm Zaun? Ich kann dir sagen, warum der dicht hält", bot Silber an. „Weil der wahrscheinlich genausoviel weiß wie ich. Nämlich nichts." „Warum hatte er dann den fehlenden Karton?" „Wat weiß ich? Der bekommt ständig irgendwelche Waren in sein Büro gestellt. Kommen wir aber wieder mal zu meiner alten Frage zurück. Wat will der Geheimdienst von mir?" „Das kann ich dir nicht sagen." „Gut, fragen wir anders." Silber überlegte kurz. „Vielleicht sind die ja über dich auf meine Wenigkeit gekommen. Was schmuggelt ihr denn so?" „Rauschgift, Waffen oder Plutonium." Sie zuckte mit den Schultern, weil ihr im Augenblick nicht mehr einfiel. „Das bedeutet, ihr schmuggelt noch andere Sachen?" „Ja, natürlich." „Was ist es denn diesmal?", fragte Silber. Er ahnte nichts Gutes.

„Komponenten für eine Bombe." „Bitte was?" Silber stand auf, stützte seine Hände auf den Tisch und beugte sich zu ihr hinüber. „Wiederhole das." „Wir haben Komponenten für eine Bombe kommen lassen. Die muß nur noch hier zusammengesetzt werden und wird dann wahrscheinlich an den Meistbietenden verkauft." „Wahrscheinlich?", fragte Silber mißtrauisch. „Aber sicher bist du dir da auch nicht?" Das Klingeln ihres Handys ersparte ihr die Antwort. Anna ging zu ihrer Jacke und nahm das Gespräch an. Sie redete aufgebracht in ihrer Muttersprache, schließlich drückte sie Silber das Handy in die Hand. „Hallo", sagte Silber vorsichtig, weil er nicht wußte, was ihn erwartete.

„Hier spricht Nauermann." „Nauermann", stellte Silber fest. „Sag' mal, bist du bescheuert? Ich hab' mit der ganzen Scheiße überhaupt nichts zu tun. Dat mußt du mir glauben." „Ich mag dich, Silber, deswegen gebe ich dir eine Chance. Gib mir das, was uns gehört, und du bekommst deinen Freund wieder." Silber überdachte kurz, ob Froßmann sich neuerdings zu seinem Freundeskreis zählen ließ. „Mann, entspann dich, Nauermann. Ich sag' dir, wo der Scheißkarton ist, und du läßt Froßmann gehen." „Froßmann?", fragte Nauermann spöttisch. „Wer redet denn von Froßmann? Ich denke da eher an deinen Kinofreund." Das verschlug Silber erst einmal die Sprache. Wie krank, zum Teufel, waren diese Idioten, wenn sie sich sogar damit brüsteten, Gero als Geisel zu haben. „Gero?" vergewisserte sich Silber. „Ja, genau. Gero Pallasch, euer Superagent, ist in meiner Gewalt." „Nauermann", flehte Silber, „hör doch mal mit deiner Geheimagentenkacke auf. Weder Gero noch ich oder sonst irgend jemand ist Agent."

„Ja, natürlich. Deswegen sind jetzt auch zwei meiner besten Männer tot, und einer hat 'ne Beule so groß wie ein Rathaus."

„Glaub mir doch ..." „Ich hab' jetzt wenig Zeit für Diskussionen", unterbrach Nauermann ihn. „Sei um 15.00 Uhr, mit dem Karton, an den Kühlteichen. Sonst wird sich dein neu gewonnener Freund Victor mit Gero die Zeit vertreiben." Ein Knacken auf der anderen Seite beendete das Gespräch und nahm Silber die Möglichkeit, sich zu erklären.

„Scheiße!" Er warf das Handy vor sich auf den Tisch. „Was wollte er?" fragte Anna leise.

„Die haben Gero." „Ach, der andere Agent", sagte sie wissend.

Jetzt reichte es Silber. Er fuhr förmlich aus der Haut.

„Verdammte Scheiße noch mal. Bist du so blöd oder tust du nur so? Gero Pallasch ist keiner von euren bekackten Agenten. Ich weiß auch gar nicht, wie ihr auf den kommt. Da sieht man mal, wie hohl ihr bescheuerten Terroristen seid. Aber eins sag' ich euch, wenn Gero etwas passiert, rotte ich euch Vollidioten alle aus."

„Tut mir leid", sagte Anna bedauernd. „Ist er nicht so gut ausgebildet wie du?" Silber wollte nach dieser Frage wieder zum Ausrasten ansetzten, beherrschte sich aber mühsam. „Gero Pallasch", Silber wiederholte den Namen noch einmal mit Nachdruck, „ist, abgesehen davon, daß er euch alle mit seiner Intelligenz in die Tonne haut, so abgezockt wie ein Gänseblümchen. Wenn der nur vergessen würde, seine Fahrkarte zu stempeln, könnte er die ganze Nacht nicht schlafen. Hast du dir das jetzt in deine dumme Terroristenmurmel eingemeißelt?" Anna spürte die vernichtende Verachtung, die Silber ihr entgegenbrachte. Zum ersten Mal bekam sie mit, welches Leid die Aktionen bei den Betroffenen auslösten, und schämte sich dafür. „Entschuldige", Silber merkte, daß er zu grob war. „Ist schon gut", wehrte sie ab. Silber zögerte, bevor er seinen nächsten Satz aussprach. „Anna? Würdest du mir helfen, Gero da rauszuholen?" Anna überlegte nicht lange. Sie wollte sich zwar bis zu ihrem Flug verstecken, jedoch konnte sie die Zeit ja sinnvoll nutzen, indem sie etwas dazu beitrug, die Organisation blaß aussehen zu lassen. „Ja, gerne." „Gut. Du fährst jetzt zu meiner Wohnung und holst den Hasen aus dem Kühlschrank. Vergreif dich aber nicht an meinen Kindermilchschnitten. Die sind abgezählt.“ Anna lächelte wieder auf die Weise, die Silber so mochte. Zuviel davon – und er hätte wieder vergessen, was er sagen wollte. Deswegen schaute er weg, als er weiterredete. „Ich werde versuchen, solange mit dem unvollständigen Karton zu bluffen. Sollte das Ganze dann eine linke Tour sein und Nauermann läßt niemanden frei, kann ich ihn immer noch mit dem fehlenden Hasen unter Druck setzen.“ „Hört sich vernünftig an“, nickte Anna. Silber gab ihr die Schlüssel des Mercedes und der Wohnung, nahm einige Anziehsachen aus Marios Schrank und wollte sich schon mal auf den Weg machen. Bevor er die Tür hinter sich zuzog, wandte er sich noch einmal an Anna. „Ich kann mich auf dich verlassen?“, vergewisserte sich Silber. „Ja, natürlich“, sie nickte bekräftigend. Auf der Kommode im Flur entdeckte Silber den Tankdeckel seines Wagens. Mario sollte die Dichtung erneuern. Geistesabwesend steckte er ihn in seine Hemdtasche. „Ach, noch eine Sache“, bemerkte Silber. „Was?“

„Keine Beule in den Mercedes fahren“, grinste er.

„Klar“, lächelte Anna. „Ähem, eine Frage geht mir da trotzdem noch durch den Kopf“, stellte Silber fest. „Warum sollte sich jemand eine Bombe aus Rußland kommen lassen? Sind unsere Terroristen zu blöd, so ’n Ding zu basteln?“ „Das nicht. Aber eure Terroristen haben kein qualifiziertes Fachwissen zu bieten, wenn es um Giftgas geht.“ Für einen schier endlos langen Augenblick blieb er wie angewurzelt im Türrahmen stehen. „Ach du heilige Scheiße“, flüsterte er schließlich und zog die Tür hinter sich zu. Silber mußte sich beeilen. Er wollte Nauermann nämlich eine List bieten, die ziemlich einfach, aber kaum zu glauben war. Silber wollte pünktlich sein.

Wohlwollend beobachtete Maria, wie gutgelaunt die Beschäftigten der Firma ihr langes Wochenende begannen. Fröhlich plauschend schlenderten die Arbeiterinnen zum Parkplatz, während die Arbeiter es vorzogen, gemächlich zum Auto zu laufen. Gerne wäre sie an diesem Tage in der Rohmasse gewesen, um zu erleben, wie die Leute sich dort auf die freien Tage freuten. Aber die gesamte Abteilung hatte ja schon frei. Erstaunlicherweise ließ sich Gero nicht finden. Beantragter Urlaub war nirgends registriert. Silber, dieser Verbrecher, hatte ihn bestimmt zum Blaumachen angestiftet. Sie spielte mit dem Gedanken, sich gegen Abend mal bei Gero zu melden.

Vielleicht konnte sie wenigstens ihn zu einem Kinoabend breitschlagen und bei der Gelegenheit mal rauskriegen, wo Silber es immer krachen ließ.

Sie packte einige Dinge in ihre Sporttasche, denn zuvor wollte sie erst einmal ihre neue Taucherausrüstung in den Kühlteichen hinter der Firma ausprobieren.

„Ich bin zutiefst enttäuscht über Ihre Unfähigkeit, die Dinge anzugehen“, ertönte es aus dem Lautsprecher der Gegensprechanlage in Nauermanns Auto. „Er war nicht allein“, verteidigte sich Nauermann. „Das hat damit wenig zu tun. Eine bessere Planung wäre an diesem Abend wohl vonnöten gewesen.“ „Sie waren einfach in der Überzahl …“

„Wer ist von meinen Männern noch übriggeblieben?“

„Sergej, Juri und Victor“, sagte Nauermann kleinlaut.

„Ich sehe schon, Sie sind nicht in der Lage, eine Führungsposition zu besetzen. Ich muß mich wohl gezwungenermaßen dazu herablassen, den Rest der Mission selber zu leiten. Stellen Sie sich darauf ein, daß ich in den nächsten Stunden bei Ihnen erscheinen werde.“ „Ja, natürlich.“ Nauermann schüttelte den Kopf über diese Erniedrigung. „Ich hoffe, daß bis dahin die vollständigen Komponenten an ihrem Platz sind, um die Sache vollenden zu können.“ „Sie werden vollständig sein“, versprach Nauermann. „Werde ich noch mit anderen überraschenden Gegebenheiten konfrontiert, wenn ich zugegen bin?“ fragte die Stimme gelangweilt. „Nein“, log Nauermann. Er wollte sich gar nicht ausmalen, was für Beleidigungen fallen würden, wenn er berichten müßte, welche die Probleme hier wirklich vor Ort anlagen. Als erstes mußte er sich darum kümmern, daß die Geiseln verschwanden. Er hoffte, daß Silber den fehlenden Karton mitbringen würde. Gleichzeitig betete er dafür, daß Anna nicht auch noch überflüssigerweise bei *Blanka* auftauchte. „Gut“, lobte die andere Seite. „Sind Sie denn in der Lage, die Stellung zu halten, bis ich eintreffe?“ „Ja, aber natürlich. Wann darf ich denn mit

Ihrer Ankunft rechnen?", fragte Nauermann, um rauszukriegen, wieviel Zeit ihm noch blieb. „Ich weiß nicht, ich weiß nicht", wog die Stimme genervt ab. „Doch ich möchte Sie nicht im Ungewissen lassen. Gehen Sie davon aus, daß ich in den frühen Abendstunden die noch Verbliebenen mit meiner Ankunft beglücken werde."

„Gut, ich werde alles für Sie bereithalten", versicherte Nauermann ergeben. „Bis dahin." Als wenn das Klicken in der Leitung mit einem Startschuß beim Marathon zu vergleichen gewesen wäre, schaute Nauermann hektisch auf seine Uhr. Ihm blieben nur wenige Stunden, um alles glattzubügeln.

Anna schlug die Tür des Sportcoupés zu, das sie einige Blocks von Silbers Wohnung entfernt geparkt hatte. Sie zog sich ihre Mütze, die ihre langen Haare verbarg, noch tiefer ins Gesicht, als sie sich Silbers Wohnung näherte. Aus den Augenwinkeln suchte sie die Gegend nach eventuellen Observierern ab. Sie konnte jedoch nur ein paar kleine Mädchen sehen, die auf der Kofferraumhaube eines alten häßlichen Armeefahrzeuges mit blauen Kotflügeln ihre Babypuppen neu frisierten. Selbstbewußt steuerte sie auf die Haustür zu, öffnete sie mit den Schlüsseln, die Silber ihr überlassen hatte, und betrat das Haus. Vor Silbers Wohnung saßen zwei Jungen und ein Mädchen.

Sie plazierten dort ihre Murmeln, um diese dann wieder mit viel Getöse die Treppe hinunterzustupsen.

Anna sammelte einige der Glaskugeln auf und lieferte sie ordnungsgemäß bei den Radaumachern ab.

Die Kinder bedankten sich schüchtern und zeigten sich erstaunt darüber, daß sie sich Zugang zu der Wohnung verschaffte.

„Bist du Silbers Frau?", fragte einer der Jungen prompt.

Noch bevor Anna antworten konnte, fuhr das Mädchen ärgerlich dazwischen. „Mann, bist du doof. Die Jenny heiratet den Silber doch.

„Ach", sagten die zwei Jungs und Anna gleichzeitig verblüfft.

„Wer ist denn Jenny?" fragte Anna interessiert.

Silber hatte wohl doch eine Freundin. „Die Jenny ist in meiner Nachbarklasse und ist total blöd", sagte einer der Jungen schließlich. „Gar nicht wahr“, konterte das Mädchen patzig. „Ist sie wohl. Die hat nämlich blonde Haare“, wandte er sich erklärend an Anna, um ihr Mut zuzusprechen. Sie lachte amüsiert auf.

„Tschüß“, verabschiedete sich Anna und schloß die Tür hinter sich.

Erst lief sie ein wenig orientierungslos durch die Wohnung, bis sie schließlich die Küche fand. Der Schokoladenhase war nicht schwer zu finden. Er verbarg sich hinter Silbers heißgeliebten Kindermilchschnitten, die die einzigen Lebensmittel waren, die der Kühlschrank in seiner kühlenden Obhut beherbergte. Anna nahm den Hasen, verstaute ihn in ihrem Rucksack und schmunzelte kurz. Die Kinder würden sich bestimmt über eine Gabe aus Silbers Besitz freuen. Sie holte sich einige Milchschnitten heraus. Beiläufig schaute sie dabei aus dem Fenster und sah, wie zwei Männer die Straße überquerten. Beim zweiten Blick erkannte sie den jungen Agenten von der gestrigen Nacht. Anna griff instinktiv in ihre Tasche und holte die Waffe heraus. Sie wußte nicht, daß sie einen der Bewegungsmelder auslöste, als sie die Küche betrat. Nun lief sie erst mal im Wohnzimmer auf und ab. Draußen spielten Kinder. Einen Schußwechsel zu provozieren wäre der helle Wahnsinn. Sie steckte ihre Waffe wieder weg. Anna beschloß, sich erst einmal festnehmen zu lassen. Später konnte sie sich immer noch Gedanken über eine Flucht machen. Sie öffnete die Tür. Auf dem Treppenansatz stand schon der ältere Agent. „Bundesnachrichtendienst, keiner bewegt sich!“

„Mein Papa liest immer den Wochenanzeiger. Ich glaub' nicht, daß wir noch eine andere Zeitung brauchen“, sagte das Mädchen.

„Eigentlich kann er ja mal bei Oma Fricke fragen. Die braucht immer Zeitungen“, warf einer der Jungen ein. „Quatsch!“ sagte der andere. „Die holt sich die doch immer aus dem Altpapiercontainer. Hab' ich selber gesehen.“ „Jetzt reicht es“, sagte der Agent genervt.

„Nehmen Sie die Hände hoch.“

Anna und die Kinder erhoben ihre Hände.

„Ihr nicht“, motzte er ungeduldig. Beim Betreten der letzten Stufen, die zur ersten Etage führten, rutschte er auf einer der Glasmurmeln aus. Noch bevor er die Hände wieder aus den Taschen bekam, in der er gerade die Handschellen suchte, schlug er ungebremst mit dem Kopf auf eine der Treppenstufen. Kindergelächter erfüllte den Flur. Anna ließ die Milchschnitten fallen, spurtete los und sprang über den sich wieder regenden Agenten. Während die Kinder Danksagungen für die Milchschnitten hinter ihr herriefen, fragte sie sich, wo bloß der zweite Mann abgeblieben war. Nachdem sie die Haustür geöffnet hatte, mußte sie feststellen, daß er zur Sicherung abgestellt worden war. Der junge Agent erkannte Anna wieder und wollte sie gerade freundlich grüßen, als sie ihm einen Kopfstoß gab' der ihn zusammensacken ließ.

Aus dem Hausflur hörte sie, wie der ältere Agent Anweisungen rief, die für den jungen Kollegen bestimmt waren. Anna rannte in Richtung des abgestellten Wagens. Sie hatte noch ein ganzes Stück vor sich, als sie das Aufheulen eines Motors hinter sich vernahm.

Die Angst war ein Gefühl, das sich explosionsartig in Geros Körper ausbreitete. Er gehörte nicht zu den Leuten, die behaupteten, ihr Leben wäre noch einmal an ihnen vorübergezogen, während sie sich in großer Gefahr befanden. Das mußte katholische Propaganda gewesen sein, anders konnte er sich diese Aussagen nicht erklären. Er wußte nur, daß Nauermann ihn in einem der Kühlbecken ankettete und er sich nun mehr Gedanken über die Zukunft machte anstatt über den Tod. Die zwei Wasserbecken, die *Blanka* hatte, versorgten den Betrieb mit Kühlwasser für die Maschinen. Ein Becken war immer für kurze Zeit leer, während das Wasser sich gerade im Umlauf befand.

Wenn das Wasser wieder zurückgeflossen war, wurde das andere Becken geleert. So wechselten sich die beiden sechs Meter tiefen Bassins mit der Kühlwasserversorgung ab und garantierten so einen kontinuierlichen Ablauf des ganzen Vorgangs. Gero befand sich in dem noch leeren Becken. „Wollen wir mal hoffen, daß dein Kollege pünktlich ist“, höhnte Nauermann und schaute dabei auf seine Uhr. „Zwanzig Minuten bleiben ihm, um deinen Kadaver hier rauszuholen.“ „Was ist, wenn unvorhergesehene Probleme auftauchen, die ein pünktliches Erscheinen unmöglich machen?“ fragte Gero. „Dann gibt es einen unvorhergesehenen Toten“, antwortete Nauermann knapp und ging. Gero zog mit letzter Willenskraft an den Ketten, die an der letzten Sprosse einer in der

Beckenwand verankerten Leiter befestigt waren. „Ja, versuch es. Zeig, daß du jemand bist, der kämpft.“ Gero schaute auf. Er sah den Mann, den sie Sergej nannten. „Das gehört leider nicht zu meinen Fähigkeiten“, bedauerte Gero. Der Russe lachte spöttisch. Gero ließ den Kopf sinken.

Plötzlich hörte das Lachen abrupt auf. Dafür ertönte ein anderes Lachen, das er nur zu gut kannte. Gero sah nur noch, wie der Russe zur Seite fiel. Silber stand jetzt an seiner Stelle und hielt sich die Faust. „Meine Fresse, haben die alle einen harten Schädel“, stöhnte er. „René!“ rief Gero erleichtert. „Hallo, Gero. Kannst du mir einen Gefallen tun und meinen Namen noch lauter durch die Gegend grölen? Vielleicht habe ich dann die einmalige Gelegenheit, den Rest der Vollidioten auch noch kennenzulernen.“ „Entschuldige, René.“ „Schon gut. Wie geht es dir?“ „Den Umständen entsprechend“, er schluckte schwer. „Sie haben Maria umgebracht.“ „Maria?“ fragte Silber noch einmal ungläubig nach.

„Ja. Weil sie in der einen Nacht bei uns war.“ Silber mußte sich erst einmal an den Beckenrand setzen. Nur wegen eines dummen Streichs, den er inszeniert hatte, mußte jemand sterben. Er fühlte eine große Schuld in sich aufsteigen. Plötzlich ließ ein blubberndes Geräusch die beiden aufhorchen. „Wat ist dat?“ fragte Silber. „Das zurückkommende Kühlwasser, das dieses Becken flutet.“ Kaum hatte er das ausgesprochen, als auch schon eine Wasserfontäne heranschoß, die Gero umriß. Silber sprang in das Becken und versuchte, ihn zu befreien. „Das hat keinen Sinn, René. Laß mich zurück und ruf die Polizei.“ Silber riß Gero an den Schultern hoch und schrie ihm ins Gesicht, während das Wasser schon ihren Hals umspülte. „Bist du vollkommen bekloppt? Ich hole dich hier raus – und wenn es das letzte ist, was ich an diesem gottverdammten Scheißtag mache. Kapiert?“ „Hör doch einmal auf mich!“ brüllte Gero zurück. Silber kraxelte die Leiter hinauf. Die nasse Hose, die an den Beinen klebte, ließ keine schnellen Bewegungen zu. Er mußte so rasch wie möglich an Werkzeug kommen, um die Ketten oder das Schloß zu zerstören. Ihm fiel sofort die Werkstatt ein. Silber spurtete 300 Meter zur Werkstatt und rüttelte an der Tür, die selbstverständlich zu Wochenendbeginn abgeschlossen war. Er warf sich gegen die stabile Tür, die dem Gewalteinfluß natürlich standhielt. Silber überlegte, wieviel Zeit Gero wohl noch blieb, und warf sich erneut dagegen. Nichts passierte. Er schaute sich um. Schließlich setzte er sich in einen der Gabelstapler und fuhr in die Tür, die sofort wie ein altes Knäckebrot einknickte. Er lief hinein, nahm sich einen riesigen Seitenschneider von der Wand und rannte zurück. Schon völlig außer Atem, entdeckte er, daß Gero schon unter den Fluten des noch einfließenden Wassers versunken war. Ohne groß Luft zu holen, wollte Silber ins Wasser springen, als er kraftvoll herumgerissen wurde. „Ich habe auf dich gewartet." Silber schaute in das Gesicht seines messerschwingenden Freundes Victor. Reflexartig schlug Silber ihm den riesigen Seitenschneider ins Gesicht und sprang, ohne den Verlauf des weiteren Kampfes abzuwarten, ins Wasser. Er hatte Schwierigkeiten bei der Strömung, die das einfließende Wasser verursachte, an Gero heranzukommen, der jetzt mittlerweile leblos im Wasser schwebte.

Silber setzte den Schneider an und versuchte, die Kette durchzuknipsen. Mehrmals rutschte er ab. Seine Konzentration ließ nach, weil er nun nicht mehr genug Luft hatte. Dennoch mobilisierte er seine letzten Kräfte und bemühte sich weiter. Mit Erfolg – die Kette fiel auseinander. Er faßte Gero unter den Armen und schwamm mit ihm dem Licht entgegen. Oben angekommen, kroch er aufs Trockene und zog Gero hinterher. Nach Luft ringend und vollkommen erschöpft blieb Silber liegen. Ein Tritt in die Seite machte ihm wieder bewußt, daß noch jemand auf ihn wartete. „Silber, du bist zu früh", sagte Nauermann vorwurfsvoll. Silber versuchte, sich zu erheben. Ein weiterer Tritt hinderte ihn daran. „Aber so wie es aussieht, hat dein Freund nicht viel von deinen Bemühungen gehabt." Silber schaute rüber zu Gero. Gerade als er die Hand nach ihm ausstrecken wollte, traf ihn der nächste Tritt. „Bemüh dich nicht, du hast versagt", lachte Nauermann. Silber ließ den Kopf sinken. Alles, was er in seinem Leben begonnen hatte, hatte bis jetzt noch nie große Früchte getragen. Warum sollte es diesmal anders sein? „Schafft ihn rein", befahl Nauermann seinen Leuten. Mit Tritten und Schlägen trieben sie den völlig entmutigten Silber in das Innere der Firma und ließen Gero zurück.

Der Prinz, wie er von allen in der Organisation hinter vorgehaltener Hand genannt wurde, weil er seiner Kaltblütigkeit wegen als geeignetster Nachfolger der Führungsspitze galt, fragte sich, während das Flugzeug auf dem Mülheimer Flughafen landete, wie man einen so genialen Plan durch seine Unfähigkeit beinahe zum Kippen bringen konnte. Am meisten störte ihn jedoch, daß er nun sein Gesicht preisgeben mußte. Bis zu diesem Augenblick hatte er es nämlich erfolgreich vermieden, seine Person in den Mittelpunkt der Aktion zu stellen. Wenn diese Mission aber erfolgreich beendet werden sollte, mußte er auf dieses luxuriöse Spielchen verzichten und aus dem mächtigen Schatten seiner Legende heraustreten. Der Prinz war gespannt, wie weit die Arbeiten vorangeschritten waren. Er traute diesem Nauermann nicht. Gerade jetzt, wo der deutsche Geheimdienst von der Sache Wind bekam und jeden versuchte, auf seine Seite zu ziehen, vertraute er überhaupt niemandem mehr. Anna war für ihn das beste Beispiel. Das einzige, was ihn wirklich interessiert hätte, wäre dieser Superagent Silber gewesen. Der Mann, der es schaffte, seine Pläne zu durchkreuzen, ohne auch nur einen Hauch Respekt zu zeigen, und dabei noch seine besten Männer ausschaltete. Der Prinz lachte leise und schaute zu seinem treuen Untergebenen Kolia. Ein ehemaliger KGB-Mann, den man für verrückt erklärt hatte, weil er sich vor einem CIA-Verhör selber die Zunge herausgeschnitten hatte, um seiner Verschwiegenheit Nachdruck zu verleihen. Kolia war froh, wenn er endlich aus dem für ihn viel zu engen Flugzeug aussteigen konnte, und hoffte, diesen Mann namens Silber, dessen Name sogar schon bis nach Rußland reichte, endlich kennenzulernen.

Anna rannte so schnell durch die Straßen Meiderichs, daß sie glaubte, ihre Lungen müßten platzen. Sie erkannte schnell, daß es keinen Sinn machte, dem geraden Straßenverlauf zu folgen, solange der Wagen, der sie verfolgte, hinter ihr blieb. Sie scherte aus und lief einfach über die Motorhauben der parkenden Autos in eine Einbahnstraße hinein.

Die Agenten versuchten, ihr zu folgen. Reifen quietschten. Autos hupten. Die Verfolger blockierten die Straße und hinderten die entgegenkommenden PKW an der Weiterfahrt. Diesen kleinen Teilerfolg wollte

Anna sofort ausbauen und lief sofort in die nächste Querstraße. Das rächte sich, denn sie verlor die Orientierung und wußte nun gar nicht mehr, wo der Wagen stand.

Sie kannte zwar den Straßennamen, doch Gelegenheit, sich nach dem Weg zu erkundigen, blieb ihr nicht, da die Agenten nicht lange auf sich warten ließen und ihr schon wieder entgegenkamen, als sie eine andere Straße wählte. Anna hatte keinen Atem mehr. Schließlich stellte sie sich zu allem entschlossen auf die Straße, zog ihre Waffe und schoß so lange auf die Reifen, bis der Wagen gegen eine Litfaßsäule schlitterte. Sie überlegte noch kurz, den Tank in tausend Fetzen zu schießen, damit eine Explosion das lästige Problem löste. Sie ließ jedoch von dem Gedanken ab, als sie sah, daß niemand versuchte, den Wagen zu verlassen. Lässig senkte sie die Waffe. Wo, zum Teufel, stand denn nun der Wagen?

Stille trat im Firmenpark ein, nachdem das eine Becken gefüllt war und nun das andere leerlief. Plötzlich bäumte sich Gero auf, spie hektisch Wasser aus und schnappte nach Luft. Im Unterbewußtsein bekam er mit, wie sie Silber verschleppten. Nun war er allein. Er rappelte sich auf und lief – von Angst getrieben – davon. In der Mitte des Firmenhofes blieb er ausgelaugt stehen und versteckte sich hinter einem Müllcontainer, um seine Sinne zu ordnen. Hatte Silber ihn im Stich gelassen? Nein, hatte er nicht. Im Gegenteil. Er setzte alle erdenklichen Hebel in Bewegung, um ihm das Leben zu retten, ohne danach zu fragen, was mit seinem eigenen geschieht. Wut über sich selbst flammte in Gero auf. Wie konnte er nur mit dem Gedanken spielen zu fliehen, ohne danach zu fragen, was mit Silber passieren könnte. Er atmete tief durch und lief zurück. Mit erhobenem Kopf und Stolz in seinem Herzen.

Er mußte Silber da rausholen. Er lächelte kurz. Und wenn es das letzte war, was er an diesem gottverdammten Scheißtag machen würde.

Maria schulterte die Sauerstoffflasche, nachdem sie ihre Bürotüre hinter sich zugezogen hatte. Den Taucheranzug trug sie schon, ihre Schwimmflossen baumelten am Gürtel. Stolz betrachtete sie das Zifferblatt ihrer neuen Taucheruhr, während sie über den Hof zum Kühlbecken lief. Sie schaute in die Bassins, um zu sehen, welches gerade mit Wasser gefüllt war, und entdeckte dabei zu ihrem Ärger, daß die Handwerker ihr Werkzeug liegengelassen hatten.

Irgendwo anders benötigte man diesen Seitenschneider sicher, würde ihn aber nicht finden können, weil er hier in einem leeren Kühlbecken lag.

„Tolle Zusammenarbeit", dachte sie. Maria beschloß, sich darüber nicht weiter aufzuregen, und ließ sich am Rand des gefüllten Beckens nieder.

Gemütlich zog sie sich die Schwimmflossen an, befeuchtete das Glas der Taucherbrille, setzte diese auf und kaute probeweise auf dem Mundstück des Sauerstoffgeräts. Langsam ließ sie sich ins Wasser sinken. Erst tauchte Maria nahe der Oberfläche einige Bahnen, dann versank sie, um den Boden zu berühren. Am Grund des Beckens angekommen, erweckte eine Truhe ihre Aufmerksamkeit. Sie begrüßte diesen spannenden Fund. Ihr Abenteuersinn war geweckt. Verschlossen war die Truhe nicht, so konnte Maria den Deckel ungehindert öffnen. Allerdings war der Inhalt enttäuschend, da er ihr total unspektakulär schien. Kleine schwarz-metallene Behältnisse, die so groß wie Getränkedosen waren, lagen ordentlich gestapelt nebeneinander und sahen alles andere als spannend aus. Ihr fiel ein, daß Süßwaren oft in alle möglichen Behälter gefüllt und jeder erdenklichen klimatischen Situation ausgesetzt wurden, um zu prüfen, ob das Produkt den Erwartungen standhielt. Maria nahm sich ein Behältnis heraus und tauchte wieder auf. Sie legte das Atemgerät ab und versuchte den kleinen Behälter zu öffnen. Ohne Erfolg. Nun wurde ihr Ehrgeiz geweckt. Sie wollte unbedingt wissen, an was die Entwicklungsabteilung herumdokterte. Die zukünftige Chefin haßte es, wenn die Geschäftsführung ihr etwas verheimlichte, nur weil sie Angst hatte, Maria könnte zuviel wissen. Aber den Zahn würde sie ihnen schon ziehen.

Nauermann wies seine Leute an, Froßmann und Silber in den Kühlraum der Rohmasse zu schaffen, damit er dort das Verhör beenden konnte. Schiffer ließ es sich nicht nehmen, diese Anweisung höchstpersönlich auszuführen. Er fesselte beide mit dem Rücken an ein Metallregal und versorgte Silber solange, bis die anderen eintrafen, mit Schlägen in den Unterleib.

Froßmann bemerkte, wie Silber seine Bauchmuskeln spielen ließ, was Schiffer noch aggressiver machte, weil er keine Wirkung erzielen konnte. Er befürchtete, die Situation würde jeden Augenblick eskalieren, deshalb beschloß er, die Aufmerksamkeit auf sich zu lenken.

„Was versprechen Sie sich davon?“ fragte Froßmann.

„Halt die Schnauze!“ grunzte Schiffer. „Wenn Sie uns weiter so malträtieren, wird Nauermann wenig Gelegenheit haben, fundierte Informationen zu erhalten.“ „Sie dürfen nicht so viele Fremdwörter gebrauchen“, mischte sich Silber ein, „sonst verwirren Sie den Legastheniker noch.“ Ein Schlag ins Gesicht ließ Silber auflachen. Froßmann schüttelte den Kopf. Silber erreichte mal wieder genau das, was er vermeiden wollte. „Ich glaube, wir haben jetzt alle genug gelacht“, verkündete Nauermann, der mit seinen russischen Gefolgsleuten den Raum betrat. „Geht so, wah?“ bemerkte Silber trocken. „Dafür, daß dein Partner gerade gestorben ist, hast du wieder eine ganz schön große Klappe.“

„Herr Pallasch ist tot?“ fragte Froßmann ungläubig.

„Ja“, begann Nauermann. „Silber hat ihn verrecken lassen, seinen guten Freund, und wenn er nicht die Fragen beantwortet, die wir ihm stellen werden, sind Sie wohl der nächste.“ „Haben Sie die ganzen Vollidioten eingestellt?“ erkundigte sich Silber bei Froßmann. Victor stürmte nach vorne und schlug ihm mit aller Kraft die Faust ins Gesicht. „Silber, Silber“, sagte Nauermann vorwurfsvoll. „Sag uns doch einfach, wo der Karton ist.“ „Laß Froßmann gehen, und ich sag es dir“, entgegnete Silber bestimmt. Gerade als Schiffer zum nächsten Schlag ausholen wollte, stoppte ihn Nauermann. „Gut“, stimmte er zu. „Macht ihn schon mal los“, forderte Silber ihn auf. Nauermann zeigte auf Froßmann, um seinen Leuten zu signalisieren, daß sie ihn von seinen Fesseln befreien sollten. „Also?“ fragte Nauermann gespannt. „In seinem Büro steht der Karton. Ganz einfach. Und hätte Fliesenwinkel auch nur ein bißchen Grütze in der Birne, wäre er selber drauf gekommen.“ Alle schauten sich verdutzt an. Fliesenwinkel machte sich auf den Weg in Froßmanns Büro. „Der Karton war die ganze Zeit in Ihrem Büro?“ brüllte Nauermann den Produktionsleiter an. „Sie haben mich nie nach einem Karton gefragt“, verteidigte Froßmann sich. „Immer nur nach irgendwelchen Photos.“ Nauermann zog seine Waffe und setzte sie Froßmann an die Stirn. „Hey!“ rief Silber dazwischen, „das war nicht unsere Abmachung.“ „Wir haben unseren Karton, Silber. Ich pfeif’ auf die Abmachung.“ Silber lachte auf. Nauermann ließ die Waffe verwundert sinken. Er erwartete Gnadengesuche für Froßmann und kein Lachen.

„Siehst du“, lachte Silber, „du kleines Arschgesicht. Genau das habe ich mir gedacht.“ Die Tür schwang auf. Fliesenwinkel kehrte mit einem Karton in den Händen zurück. „Es fehlt einer“, verkündete er. Nauermann schwenkte die Waffe rüber auf Silbers Kopf. Silber grinste ihn an. „Ja, wo ist denn der kleine Hasi?“ fragte Silber, so als würde er mit einem kleinen Hund sprechen, der seinen Spielzeugknochen sucht. Victor schlug ihm in den Magen. Der Schlag kam unerwartet und ließ Silber keine Gelegenheit, irgend etwas anzuspannen.

Er japste nach Luft. Nauermann schlug ihm mit dem Waffenlauf ins Gesicht.

„Wo ist der Rest?“ fragte Nauermann, der schon am Ende seiner Geduld angekommen war. Silber schaute mit seinem mittlerweile blutüberströmten Gesicht auf. „Könntest du mir bitte noch mal deine Knarre durch die Fresse ziehen? Vielleicht fällt es mir dann wieder ein.“ Nun stürmte Schiffer nach vorne und schlug Silber mit aller Kraft in die Rippen. Silber rang nach Luft. „Wo?“ fragte Nauermann.

„Warte, laß mich überlegen“, sagte Silber atemlos.

Alle schauten ihn wie gebannt an. „Ich weiß es wieder“, sagte er schließlich mühsam. Die Terroristen atmeten innerlich auf. Endlich konnten sie mit der Arbeit beginnen. „Ich glaube, Hasi ist wieder zurückgegangen ins Osterhasenland. Er konnte sich eure Visagen nicht mehr geben.“

Silber warf den Kopf zurück und lachte laut. Nun konnte er sich vor Schlägen und Tritten nicht mehr retten. Froßmann senkte den Kopf. Er konnte sich das nicht mehr anschauen.

Silber röchelte und sackte in sich zusammen.

Anna steckte den Schlüssel ins Zündschloß. Sie hatte den Wagen gefunden, nachdem sie schier endlos lange durch die Straßen geirrt war. Von weitem erklangen Polizeisirenen. Sie setzte den Wagen zurück. Im Rückspiegel sah sie, wie der ältere Agent wild gestikulierend auf der Straße stand, um den herannahenden Streifenwagen zu zeigen, wohin sie zu fahren hatten. Anna begrüßte das Automatikgetriebe des Wagens.

So blieb genügend Gelegenheit, ihre Waffe mit einem neuen Magazin zu versorgen, während sie rückwärts die Straße entlangfuhr. Zwei der Polizeiwagen fuhren vor ihrer Motorhaube her und versuchten, sie am Wenden zu hindern. Anna ließ ihre Scheibe herunter, lehnte sich aus dem Wagen und feuerte ihr gesamtes Magazin auf die beiden Streifenwagen ab. Glas splitterte, Sirenen verstummten und Blaulicht erlosch. Die Fahrer der Wagen erschreckten so sehr, daß jeder reflexartig versuchte, aus dem Windschatten des Fluchtwagens zu kommen. Dabei rammten sie sich gegenseitig und verkeilten sich ineinander. Anna zog die Handbremse, kurbelte gleichzeitig mit einer Hand an dem Lenkrad und überließ den Rest der Zentrifugalkraft. Das Auto wurde unter dem Quietschen der Reifen wieder in Fahrtrichtung geschleudert. Zwei weitere Einsatzwagen bahnten sich rücksichtslos über den Bürgersteig einen Weg zur Straße und setzten sich auch schon kurze Zeit später hinter das Sportcoupé. Anna gelangte, ohne es zu wissen, über eine Hauptstraße in das Meidericher Hafengebiet, das von breiten, langen Straßen durchzogen war, die eigentlich dazu dienten, die riesigen LKW-Convois problemlos an ihre Verladestellen kommen zu lassen. Der Lärm der Polizeisirenen animierte die Lastwagenfahrer, sich äußerst rechts zu halten, und gab Anna die Möglichkeit, das Sportcoupé vollends an seine Belastungsgrenze zu bringen.

Die Polizeiwagen hatten große Schwierigkeiten, sich der rasanten Geschwindigkeit anzupassen, zumal Anna jetzt noch eins draufsetzte und begann, die Seitenstraßen anzusteuern. Gefühlvoll ließ sie ihren Wagen, ohne großartig abzubremsen, in eine Kurve gleiten. Der Fahrer des ersten Streifenwagens, der es ihr gleichtun wollte, schrieb später in seinem Schadensbericht, den er noch in der Unfallaufnahme des Hamborner Johannes-Hospitals verfassen mußte, daß sein Wagen aufgrund der zu weichen Federung aus der Kurve getragen wurde und sich um eine Laterne wickelte. Der Lenker des zweiten Polizeiwagens hielt sich bis zu dem Augenblick, wo ihm der Reifen in der Kurve von der Felge sprang, laut Bericht des dritten Fahrers eigentlich nicht schlecht. Bevor dieser wiederum überschlagenderweise in ihn reinrauschte und damit dem vierten Einsatzfahrzeug endgültig die Chance nahm, die Verfolgungsjagd zu vollenden.

Anna verschwendete keinen Blick an dieses unvorstellbare Chaos, sondern versuchte nunmehr, auf bequemsten Wege nach Mülheim zu gelangen. Nachdem sie bemerkt hatte, daß die Meidericher Polizei ihren gesamten Dienstwagenvorrat wohl in der Kurve verschrottet haben mußte, beschloß sie, sich von einem Taxifahrer den Weg weisen zu lassen. Problemlos gelangte sie so nach Mülheim. Während sie den Fahrer bei der Ankunft großzügig entlohnte, fuhr eine schwarze Limousine vor. Zwei Männer stiegen aus. Beim näheren Betrachten zuckte Anna förmlich zusammen.

Sie erkannte die beiden Männer, die sie zu dem machten, was sie nun für alle verkörperte, eine seelenlose Terroristin.

Sie tauchte hinter einem Auto ab und überlegte ernsthaft, das Feld zu räumen. Denn wo der Prinz und Kolia gemeinsam auftraten, war keine Hilfe mehr zu erwarten.

Wenzel ließ sich fassungslos auf der Bahre des Notarztwagens seine Prellung verarzten.

Reusch inspizierte fasziniert den Airbag, der sich auf seiner Seite entfaltete, und rätselte, warum wohl Wenzels Luftkissen sich nicht geöffnet hatte. Über Funk erfuhren sie, daß sechs Einsatzwagen nicht mehr als fahrtüchtig galten und neun Polizeibeamte auf dem Weg ins Krankenhaus waren. „Was hat diese Hexe nur angerichtet?“ fragte Wenzel kopfschüttelnd. „Wir haben sie in die Enge gedrängt. Daß sie so reagiert, war vorprogrammiert.“ „Willst du sie nun auch noch in Schutz nehmen?“ „Ich möchte nur darauf aufmerksam machen, daß wir die Sache vielleicht falsch angegangen sind. Es könnte ja sein, daß es alles ganz anders ist, als wir vermuten“, sagte Reuschel aufgeregt. Wenzel horchte auf. „Ach ja? Was denn zum Beispiel?“

„Silber ist kein Terrorist." „Bist du nicht ganz dicht?" schnauzte Wenzel, „er hat dich heute nacht beinahe umgebracht."

„Er hat es nicht getan, weil er es nicht wollte."

„Sag mal, Junge, haben die dir gestern noch eine Gehirnwäsche verpaßt oder was ist auf einmal los?" „Ich habe in dem Bericht gelogen", gestand Reusch. „Silber hat nicht mit mir gekämpft." „Das hört sich nach Schwierigkeiten an", bemerkte Wenzel. „Er hat in dieser Nacht wirklich nicht gewußt, was wir von ihm wollten." „Hast du mal daran gedacht, daß er vielleicht versuchen könnte, dich auf eine falsche Spur zu bringen, um damit alles in Frage zu stellen, was du machst?" fragte Wenzel seinen jungen Kollegen besorgt. „Das glaube ich nicht", antwortete Reusch fest. „Warum?" Es wäre nicht das erste Mal, daß junge Agenten von der Gegenseite überzeugt werden, daß das, was sie tun, anscheinend nicht das Richtige ist." „Er hat nicht versucht, mich zu überzeugen", wehrte Reusch ab. „Er war viel mehr damit beschäftigt, eine Lösung zu finden, wie er mich verschonen konnte."

Wenzel raufte sich die Haare. „Wir müssen zurück zur Zentrale, die sollen dich mal durchchecken. Ich vermute, die haben dir gestern irgend etwas eingeflößt." „Nein", sagte Reusch ernst, „wir fahren nach Mülheim."

„Ach? Gibst du jetzt die Befehle?" fragte Wenzel zickig.

„Ich vermute, daß da im Augenblick was im Gange ist."

„Ach ja?" „Ja. Sie sind doch scharf auf Auszeichnungen", lockte Reusch listig. „Ich bin sicher, daß sich da was machen läßt, wenn wir erst einmal dort sind." Wenzel stand auf. „Wir müssen die Zentrale informieren", sagte er eifrig. „Damit wieder so ein Chaos entsteht? Sie haben doch sicherlich genug Erfahrung, die Sache allein durchzuführen", schmeichelte Reusch. „Na ja", brüstete sich Wenzel, „ich habe früher schon des öfteren solche Aktionen erfolgreich geleitet." Noch bevor Reusch fragen konnte, warum er es zu diesem Zeitpunkt nicht mehr machte, stürmte Wenzel auch schon voller Tatendrang zu einem PKW, um ihn zu beschlagnahmen.

Der Prinz schritt zielsicher mit Kolia durch das Firmengebäude. Vom Hof aus nahm er in der Rohmasse Bewegungen wahr und vermutete, daß sich dort seine Leute zur Zeit aufhielten. Im Produktionsraum angekommen, vernahm er aus dem Kühlraum Laute, die darauf schließen ließen, daß nicht alles planmäßig ablief. Kolia hielt dem Prinz die Tür auf. Beim Betreten des Raumes glaubte er, daß nun alles verrückt spielte. Sechs seiner Männer standen nämlich vor einem gefesselten Mann und prügelten auf diesen ein. „Nauermann!!“ brüllte der Prinz aufgebracht, um dem Wahnsinn ein Ende zu bereiten. Alles erstarrte. Jeder wußte sofort, wer im Raum stand. „Ich dachte nicht, daß Sie so früh …“, stotterte Nauermann.

„So früh da sind, um zu sehen, wie weit Ihre Unfähigkeit noch reicht?“ vollendete der Prinz den Satz fragend. „Wir haben nur noch ein kleines Problem …“ „Das gedenken Sie zu lösen, indem Sie sich Ihre Zeit damit vertreiben, einen Wehrlosen zusammenzuschlagen?“ „Es ist dieser Silber“, versuchte sich Nauermann zu rechtfertigen. „Oh, es ist nur dieser Silber“, wiederholte der Prinz mit gespieltem Verständnis. „Das zeugt natürlich von hoher Intelligenz, einen hochdekorierten Agenten des deutschen Geheimdienstes auf diese Weise zu befragen.“ Alle im Kühlraum senkten den Kopf. „Befreit ihn von seinen Fesseln“, befahl der Prinz. Sofort eilten Sergej und Juri zum Metallregal, um seinem Befehl Folge zu leisten. Sie stützten Silber und setzten ihn auf einen Stapel Holzpaletten. Der Prinz trat an ihn heran. „Ich kann mich nur aufrichtig für das Verhalten meiner Männer entschuldigen“, bedauerte er. „Heißt das, wir können gehen?“ warf Froßmann ein. Erstaunt wandte sich der Prinz an Froßmann. „Man hat uns noch nicht vorgestellt“, erwiderte er. „Darf ich fragen, wer Sie sind?“

„Mein Name ist Gerd Froßmann. Ich bin der Produktionsleiter in dieser Firma. Man hält mich“, er nickte zu Silber rüber, „und meinen Mitarbeiter hier zu Unrecht fest.“ Der Prinz nickte müde. „Glauben Sie mir, Herr Froßmann, ich bedauere zutiefst, daß Sie, wie ich glaube, vollkommen unbegründet in diese Situation geraten sind.“ Er drehte sich suchend nach Nauermann um. „Sie können mir doch sicher erklären, mit welcher Begründung Sie die halbe Belegschaft hier festhalten.“

„Die haben einen Teil der Lieferung versteckt“, platzte es aus Nauermann heraus. „Um welchen Teil handelt es sich?“

„Wissen wir nicht, wir haben noch nichts geöffnet.“

„Dann würde ich vorschlagen anzufangen, damit wir sehen, was fehlt, um unsere Befragung etwas detaillierter zu gestalten“, sagte der Prinz leise. Nauermann verließ schleunigst zusammen mit Schiffer und Fliesenwinkel den Raum, um den Anweisungen des Prinzen Genüge zu tun. „Setzen Sie sich doch bitte neben Ihren, wie Sie es nennen, Mitarbeiter und ruhen sich ein wenig aus“, forderte der Prinz höflich auf. Silber, der sich mittlerweile etwas erholt hatte, betrachtete den Prinzen mißtrauisch. Er wurde das Gefühl nicht los, diesen Mann irgendwoher zu kennen. „Sind Sie der Boß von dem Affenzirkus hier?“ wollte Silber wissen. „Nun ja, es ist ein wenig salopp formuliert.“ Der Prinz lächelte kurz. „Aber bedauerlicherweise sehr treffend. Ja, ich leite von nun an diese Mission hier, die leider nur sehr schleppend vorankommt.“ „Mein Vater sagt immer: 'Nur wer langsam ist, ist schnell‘.“ Der Prinz nickte anerkennend. „Ihr Herr Vater scheint ein sehr weiser Mann zu sein.“ „Nö, der ist Hausmeister bei der Stadt“, plauderte Silber locker. Der Prinz lachte lauthals los, sogar Kolia mußte lächeln. „Sie haben Humor, Herr Silber, das gefällt mir. Was sind Sie für ein Sternzeichen?“ „Erbse, Sie Nasenbär“, sagte Silber provozierend, „Sie sind doch nicht etwa so ein Esoterikspinner?“ „Sagen wir so, ich habe mich ein wenig intensiver mit dieser Materie befaßt. Es ist bewiesen, daß Charaktere aufgrund ihres Sternzeichens entschlüsselt werden können.“ „Ach ja“, bemerkte Silber gelangweilt, „ist ja ein echter Brüller. Damit sind Sie bestimmt auf jeder Tupperparty der Schwarm aller Frauen, die stehen ja auf so einen Schrott.“

„Das hält sich in Grenzen.“ „In meinem Bekanntenkreis ist es momentan Mode, sich mit dem Mond zu beschäftigen. Genauso ein nerviger Schwachsinn“, sagte Silber. „Das würde ich nicht so sehen“, erwiderte der Prinz. „Sogar Napoleon soll seine Schlachten nach dem Mondverlauf geführt haben.“ „Ja, war eine klasse Idee von dem Zwerg“, grinste Silber. „Deswegen haben seine Kollegen ihm auch eine Insel geschenkt. Nicht wahr?“ „Sie sind nicht besonders offen, was manche Dinge angeht“, stellte der Prinz fest. „Sie sind wohl noch nicht lange Agent.“ Silber verdrehte die Augen.

„Jetzt geht die Kacke wieder los.“ „Ich verstehe schon, daß Sie von Haus aus leugnen müssen, wer Sie sind“, erklärte der Prinz verständnisvoll. „Doch daß es zu den Aufgaben eines Agenten gehört, sich absichtlich dumm zu stellen, war mir bis jetzt entgangen. Aber vielleicht ist das die Passion des deutschen Geheimdienstes.“ „Wat weiß ich“, antwortete Silber genervt. „Sie verschwenden Ihr Talent bei der falschen Institution.“ Silber lünkerte zu Froßmann rüber. „Wem sagen Sie dat?“ „Das ist mein Ernst. Der deutsche Geheimdienst hat noch nicht mal einen eigenen Aufklärungssatelliten. Er ist darauf angewiesen, sich das aus dem Abfalleimer zu fischen, was die CIA hineinwirft.“ „Kann ich nicht beurteilen, ich hab' noch nicht mal Kabelfernsehen.“ „Ich habe das Gefühl, daß Sie dem Gespräch nicht den nötigen Ernst entgegenbringen.“ „Dat liegt vielleicht daran, dat hier keine Sau weiß, wovon Sie überhaupt reden.“ „Sie sind wirklich sehr unnachgiebig“, stellte der Prinz fest.

Silber musterte den Prinzen erneut.

„Wie heißen Sie eigentlich?“ fragte er schließlich. „Ah“, triumphierte der Prinz, „da kommt doch wieder der Ehrgeiz eines Agenten durch.“ „Sie sind auf gar keinen Fall ein Russe. Hab' ich recht?“

„Ich bin hier aufgewachsen“, erklärte er bereitwillig, „doch später ödete mich hier alles an. Das triste Ruhrgebiet und die Menschen mit ihrer primitiven Sprache, die sich führen lassen wie willenlose Schafe. Ich fühlte mich zu Höherem berufen und suchte nach Herausforderungen.“ „Primitive Sprache“, wiederholte Silber verächtlich. „Nur weil wir mit einem 'appen Bein durch die auff'e Tür rennen, sind wir noch lange keine willenlose Schafe, Sie Schwachmat.“

„Jetzt nehmen Sie das mal nicht persönlich, Herr Silber“, versuchte der Prinz ihn zu beruhigen.

„Tue ich aber, ich komme nämlich aus Duisburg.“ „Kommen Sie gebürtigerweise aus Duisburg oder bleiben Sie Ihrer Legende treu, die Ihnen der Nachrichtendienst geschaffen hat?“

Silber legte seinen Kopf in beide Hände.

„Meine Fresse, sind die alle bescheuert hier.“ „Ich möchte Ihnen auf jeden Fall nicht wünschen, daß Sie aus Duisburg kommen.“ Langsam schaute Silber auf. „Was soll das heißen?“ fragte er lauernd. „Ich glaube, ich kann es mir leisten, Ihnen meinen genialen Plan zu offenbaren. Weil Sie sich nämlich danach entscheiden werden, für welche Seite Sie arbeiten möchten.“ „O ja, danke, dat gibt mir Kraft“, bemerkte Silber sarkastisch. „Wir werden heute eine Bombe zusammensetzten“, fuhr der Prinz fort, „die am Wochenende in Duisburg gezündet wird, wenn der Ministerpräsident von Nordrhein-Westfalen seine Rede zum Stadtfest hält.“ „Welchen Zweck soll das Ganze haben?“ fragte Froßmann bestürzt, während Silber den Prinzen fassungslos anstarrte.

„Die Regierung soll sich das Ausmaß dieser Katastrophe vergegenwärtigen und sich wohlwollend überlegen, ob sie dasselbe Desaster in der zukünftigen Weltstadt Berlin erleben möchte, während dort alle Staatsoberhäupter zugegen sind.“

Der Prinz atmete tief durch und breitete verständnisheischend seine Arme aus. „Ich bin natürlich kein Unmensch und hoffe deshalb insgeheim, daß die Regierung das verhindern möchte, indem sie mir einen kleinen Betrag zur Verfügung stellt, der mich besänftigt.“

„Glauben Sie, die Regierung läßt sich so ohne weiteres erpressen?“ fragte Froßmann.

„Mein lieber Herr Froßmann, wissen Sie, was eine chemische Bombe anrichten kann?“ Der Prinz wartete die Antwort nicht ab.

„Erst nehmen die Menschen einen angenehmen Duft wahr, den sie instinktiv noch tiefer inhalieren möchten. Wenn sie dann das erste Kratzen im Hals verspüren, ist es zu spät. Die Atemwege werden systematisch durch den Wirkstoff verätzt.“ Der Prinz lächelte wissend. „Nachdem sie niedergekniet sind, um sich den Unterleib vor Schmerzen zu halten, weil die Innereien beginnen, sich aufzulösen, quellen ihnen langsam die Augen aus den Köpfen. Es dauert relativ lange, weil der Körper eher stirbt als der Geist. Das Bild, das sich dann der Welt bieten wird, wenn Hunderte von Menschen verendet wie Vieh am Boden verstreut liegen, veranlaßt die Regierung, meinen Bitten nachzukommen. Verlassen Sie sich darauf.“ „Würde es nicht genügen, wenn Sie der Regierung Ihre Vorstellungen mitteilen, anstatt Hunderte von unschuldigen Menschen zu töten?“ fragte Froßmann.

„Bedauerlicherweise nimmt die Regierung aber niemanden ernst, bevor er nicht seine Drohungen verwirklicht hat.“

„Das ist doch Wahnsinn!“ entsetzte sich Froßmann.

„Das sehe ich genauso“, bestätigte der Prinz, „und alle anderen hoffentlich auch.“

Die betroffene Stille, die nach dem Gespräch eintrat, wurde durch das Öffnen der Schwingtüre unterbrochen. Nauermann trug mit Schiffer eine Truhe in den Kühlraum und setzte sie sanft ab.

„Und?“ fragte der Prinz gespannt.

„Ein Behältnis für die Zusammensetzung fehlt“, Nauermann schluckte. „Und der Zünder fehlt.“

„Gut.“ Der Prinz behielt trotz der Nachricht einen kühlen Kopf, wandte sich an Silber, der immer noch kopfschüttelnd auf den Boden starrte, und holte überraschenderweise eine Rosenschere heraus. „Gehe ich richtig in der Annahme, daß Sie die fehlenden Teile haben?“

„Könnte sein. Ich weiß ja nicht, wat alles in so einem Hasen steckt.“

Nun kam Fliesenwinkel mit einer kleineren, aber für ihn viel zu schweren Truhe hineingestolpert und setzte sie polternd auf dem harten Fliesenboden ab.

„Herr Nauermann?“ fragte der Prinz drohend. „Können Sie Ihre Männer freundlicherweise darauf aufmerksam machen, daß sie etwas sorgfältiger mit den Komponenten umgehen sollen, bevor uns alle das Zeitliche segnet, weil etwas von dem Gas ausgetreten ist?“ Er wandte sich nun direkt an Fliesenwinke:. „Es reicht normalerweise eine geringe Erschütterung, um das Gehäuse zu beschädigen. Sie sollten das bedenken, wenn Sie weiter für uns arbeiten möchten.“

Maria legte das Behältnis, das sie im Kühlteich gefunden hatte, auf den Küchentisch und schlug kraftvoll mit dem Nudelholz darauf ein. Es verformte sich zwar, aber wies keine wesentlichen Schäden auf. Ärgerlich schaute sie sich nach einem anderen Gegenstand um, den sie als Werkzeug mißbrauchen konnte. Schließlich nahm sie sich eine riesige Schere von der Wand, die sie mit voller Wucht auf das Behältnis niederfahren ließ.

Dabei rutschte die Spitze an der glatten Oberfläche ab und bohrte sich in ihre Hand, die das Gefäß festhielt. Spontan setzte sie den unglaublichen Schmerz in produktive Gewalt um und warf das Gefäß im hohen Bogen an die Wand. Ein Geschirrhandtuch vor die Wunde pressend, betrachtete sie das Ding, das sich nicht öffnen ließ, und gab ihm die Schuld an ihrer Dummheit. Jetzt wurde ihr Ehrgeiz geweckt und sie beschloß, in der Werkstatt nach geeigneterer Gerätschaft zu suchen. Auf dem Weg dorthin mußte Maria mittlerweile über sich selber lachen. Wenn ihr Vater sehen könnte, wie sie mit einer Kettensäge an einem Gefäß hantierte, um einem Kaubonbon die Möglichkeit zu geben, die Gegenwart zu begrüßen, würde er ihr bestimmt alle Hilfe zukommen lassen, die man sich für einen psychisch gestörten Menschen nur wünschen konnte.

Anna näherte sich nur zögernd der Firma. Bei jedem Schritt überlegte sie, ob es nicht besser wäre, wieder umzukehren. Doch letztendlich dachte sie an das Versprechen, das sie Silber gegeben hatte, und versuchte, ihre Angst zu bekämpfen. Anna verdrängte die Bilder, die noch in ihrem Kopf herumgeisterten. Sie wußte nur zu gut, mit welch souveräner Gelassenheit sich der Prinz und Kolia daranmachten, auf ihre Weise an Wissenswertes heranzukommen. Sie erinnerte sich zum Beispiel noch gut daran, wie beide einmal einer Sekretärin mit einer Rosenschere die Fingerkuppen abschnitten, weil sie vermuteten, daß diese heimlich wichtige Gespräche mithörte. Bei der sechsten Fingerkuppe beteuerte die Sekretärin immer noch, von nichts eine Ahnung zu haben.

Währenddessen bedeckte der Prinz die abgetrennten Körperteile mit Eis. Großzügig unterbreitete er ihr das Angebot, sie würde die Gelegenheit bekommen, mit ihren eigenen Fingerkuppen zum Krankenhaus zu fahren, um sie dort wieder annähen zu lassen, sobald er eine plausible Erklärung vernommen hätte.

Bei der achten Fingerkuppe gab sie zu bedenken, daß die Möglichkeit bestand, daß – als sie ihren kleinen Sohn anrufen wollte, um ihm zu erklären, daß vielleicht länger gearbeitet werden müßte – sie wohl versehentlich an die Taste für die Konferenzschaltung gekommen sein könnte. Aus Gründen der Fairneß, wie der Prinz es nannte, inspizierte er das Telephon der Sekretärin näher und entdeckte, daß die Tasten in der Tat nahe beieinanderlagen, und konnte es sich durchaus vorstellen, daß es sich so zugetragen haben konnte. Er ordnete aber trotzdem aus Liebe zur Gründlichkeit an, die restlichen Fingerkuppen auch noch zu entfernen, und ließ der Sekretärin freies Geleit. Im Aufzug starb sie, den Champagnerkübel fest umklammert, an den Folgen eines Schocks. Das Quietschen einer Tür riß Anna aus den Gedanken der Vergangenheit und veranlaßte sie, sich seitwärts in die Grünanlagen zu schlagen.

Eine Frau im Taucheranzug lief in Richtung der Schlosserei über den Hof. Sie konnte die Gestalt nur von hinten sehen und daher nicht erkennen, um wen es sich handelte. Einen Augenblick verharrte sie noch, dann lief sie entschlossen in die Firma.

Reusch und Wenzel fuhren in einem knüppelhart gefederten Opel Manta, der so tief lag, daß sie direkt auf das Nummernschild des Vordermannes guckten, in Richtung Mülheim. Der junge Mann, dem sie den Wagen entzogen hatten, wies sie noch darauf hin, daß die viel zu laute Auspuffanlage nicht im Fahrzeugschein eingetragen war. „Hätte man nicht auf ein anderes Fahrzeug zurückgreifen können?“ fragte Reusch skeptisch. „Ich finde ihn ideal. Jetzt haben wir bei Verfolgungsjagden wenigstens eine Chance“, sagte Wenzel begeistert. „Ja, aber auch nur, wenn die Polizei diesen Wagen vorher nicht stillegt.“ „Was für einen Wagen hättest du denn gewählt?“ fragte Wenzel eingeschnappt. „Vielleicht einen etwas Unauffälligeren. Denn bevor wir zur Verfolgung ansetzen, sieht man uns wahrscheinlich schon aus Köln mit dem phosphorgelben Wagen ankommen, und wir haben obendrein noch die Feuerwehr im Schlepptau, die glaubt, diesen Wagen löschen zu müssen, weil der Farbton einem die Augen ausbrennt.“

„Du wirst schon sehen, mein Junge, dies war eine richtig gute Entscheidung“, versicherte Wenzel. Der Opel fuhr auf den *Blanka*-Parkplatz, und die beiden Agenten stiegen aus. „Du bleibst hier bei dem Wagen und beobachtest alles aufmerksam, bis ich zurückkomme.“ „Einen Alleingang halte ich für sehr gefährlich“, gab Reusch zu bedenken. „Einen Alleingang will ich ja auch nicht starten“, erklärte Wenzel. „Ich möchte nur die Gegend erkunden, damit uns nicht dasselbe passiert wie in Duisburg.“ Reusch nickte und setzte sich in den Wagen. Gerade als Wenzel seine Waffe überprüfte, sah er eine Person aus dem Gebüsch laufen, die sich wohl das Ziel gesetzt hatte, die Firma unerkannt zu erreichen. Den Vorsatz, nur die Gegend zu erkunden, vergaß er schnell wieder, denn er glaubte, die Terroristin erkannt zu haben, und wollte sich ihr schleunigst an die Fersen heften.

„Wissen Sie, was das hier ist, Herr Silber?“ fragte der Prinz und hielt dabei die Rosenschere hoch. Silber grinste. „Sieht nach Strafarbeit im Garten aus, wie?“

Der Prinz lächelte. „So einfach kann ich es Ihnen leider nicht machen.“ „Schade, ein bißchen frische Luft könnte jetzt nicht schaden.“ Der Prinz reichte die Schere wortlos an Kolia weiter. „Herr Froßmann wird für jede negative Antwort, die ich von Ihnen vernehme, eine Fingerkuppe verlieren.“ „O Mann, ich kann Ihnen nur sagen, dat ich der falsche Mann für Ihre Fragen bin“, beteuerte Silber. „Bitte glauben Sie mir dat.“ „Das kann ich nicht. Zu viele Dinge sprechen dagegen.“ „Knipsen Sie doch diesen Idioten die Finger ab“, Silber nickte rüber zu Fliesenwinkel und Nauermann. „Die sollten doch auf Ihre Ersatzteile aufpassen.“ „Der Gedanke ist äußerst verlockend, Herr Silber“, der Prinz betrachtete die beiden aus den Augenwinkeln. „Ich werde sicherlich zu gegebener Zeit darüber nachdenken. Doch im Augenblick muß ich mich leider an Sie wenden.“ „Diesmal kann ich wirklich nichts dafür“, sagte Silber zu Froßmann. „Ich weiß“, gab Froßmann leise zurück. Kolia ging langsam auf Froßmann zu. Der Prinz wandte sich an Sergej und Juri. „Beginnt mit eurer Arbeit.“

Beide liefen sofort aus dem Raum. „Herr Silber, ich habe verständlicherweise nicht mehr viel Zeit und noch weniger Geduld. Deswegen möchte ich Sie ersuchen, meine Fragen kurz und knapp zu beantworten.“ „Zeit haben wir doch wohl massig“, stellte Silber fest.

„Das würde ich nicht so sehen. Sergej und Juri aktivieren gerade in diesem Augenblick drei Sprengkörper, die den Zweck haben werden, diese Firma bis auf ihre Grundmauern zu zerstören.“

„Na, dat ist doch mal eine gute Idee“, freute sich Silber.

„Da würde ich Ihren Jungs gerne bei zur Hand gehen. Ich glaube, ich würde dat sogar besser machen als die Schnarchnasen." „Das glaube ich Ihnen aufs Wort", lächelte der Prinz. „Wo plazieren Sie denn die Bomben?" fragte Silber neugierig. „Ich möchte Sie nicht mit so unwichtigen Details konfrontieren." „Och bitte, bitte", bettelte Silber wie ein kleiner Junge, der wissen wollte, was er denn Weihnachten zu erwarten hatte. „Ist es für Sie denn wirklich so wichtig?" „Wichtig?", wiederholte Silber, „Mann, da warte ich schon seit Jahren drauf, und ich kann Ihnen unendlich viele Personen nennen, die auf den Auslöser drücken würden, wenn sie die Gelegenheit dazu hätten." „Das hört sich ja so an, als sei ich dabei, eine Wohltat zu vollbringen", sagte der Prinz geschmeichelt. „Ich würde Ihnen sogar jedes Jahr zu Ostern eine Karte schicken." „Das ist überaus großzügig von Ihnen, aber im Augenblick würden Sie mich eher mit der Auskunft erfreuen, wo die fehlenden Materialien sind." „Wie gesagt, da muß ich passen. Ich habe nicht die geringste Ahnung, auch wenn Sie meinem Chef noch die Zehnägel dafür ziehen würden." „Sie bringen mich auf neue Ideen, Herr Silber." „Entspannen Sie sich mal. Dat war ein Scherz." „Sehen Sie, das ist Ihr Problem, Sie nehmen die Sache nicht ernst genug." Er nickte Kolia zu. Dieser griff sich Froßmanns Hand und setzte die Schere an. Silber ließ den Kopf sinken. Anna ließ sich ganz schön Zeit. Wiederum, wenn sie kam, konnte der Wahnsinnige sein Werk vollenden, und Hunderte von Menschen würden sterben. „Also?" fragte der Prinz. Silber hob beide Hände und ließ sie kopfschüttelnd auf seine Schenkel klatschen. Ein knirschendes Schnippen war das Resultat. Froßmann schrie auf und krümmte sich vor Schmerzen. Eine Fingerkuppe rollte seitlich auf Silbers Fuß zu. „Jetzt hört die Belustigung Ihrerseits wohl auf?" erkundigte sich der Prinz. Plötzlich ging die Schwingtür auf – und Anna kam herein. Alle drehten sich erstaunt zu ihr um. Kolia ging sofort auf sie zu und riß ihr den Hasen aus der Hand. „Ihr habt, was ihr wollt. Nun verschwindet von hier", sagte sie mit zitternder Stimme. Kolia holte aus und schlug ihr mit dem Handrücken ins Gesicht. Silber sprang voller Zorn auf. Sie hob abwehrend die Hand, um ihm zu signalisieren, daß er sich beruhigen sollte. „Ach, wie rührend. Die Jungfrau von Orleans ist gekommen, um ihren Knappen zu befreien", sagte der Prinz belustigt und zerbrach den Schokoladenhasen, den Kolia ihm überreichte. Zufrieden wog er das Behältnis in seiner Hand. „Wie sollen wir dich jetzt anreden, Anna?", fragte der Prinz schließlich spöttisch, „Spezialagentin Polowna?" „Niemand ist hier ein Agent", sagte sie leise. „Oh, das hast du aber schnell gelernt", lobte er sarkastisch. „Dasselbe gibt dein neuer Kollege auch ständig von sich." Silber erhob sich. „Jetzt reicht es." „Genau", sagte der Prinz und zog seine Waffe, die er auf Silber richtete. „Gedenken Sie nun, für mich zu arbeiten?" Silber wollte gerade zur Antwort ansetzen. Doch mit einem Male flog die Tür des Kühlraums so hart auf, daß sie sich bald aus den Angeln hob, und eine tiefe, grollende Stimme ertönte: „Was da los da?"

Die Legionäre waren gekommen. Angeführt von Gero, standen sie im Raum. Schulter an Schulter mit dem Rücken zur Wand, und sie sahen nicht so aus, als ob sie sofort wieder gehen wollten. Zumindest nicht ohne Silber.

Als Wenzel sah, wie zwei Männer das Gebäude verließen, nachdem Anna es durch eine andere Türe betreten hatte, ärgerte er sich darüber, daß er nicht an das Funkgerät gedacht hatte, um Reusch Anweisung zu geben, die Verfolgung der beiden aufzunehmen. Für einen kurzen Augenblick wog er die Dringlichkeit der ihm neu gestellten Möglichkeit ab. Entweder setzte er sich der Frau an die Fersen oder er prüfte nach, wohin die Männer mit den beiden Metallkoffern gingen. Letztendlich entschloß er sich dazu, den Männern zu folgen. Er konnte später immer noch in der Firma nach der Terroristin suchen. Zu seiner Verwunderung gingen die Männer durch ein Metalltor diesmal in einen anderen Trakt der Fabrik. Wenzel wartete einen Moment ab, dann ging er ihnen nach. Als er den dunklen Bereich betrat, waren die Männer schon verschwunden. Nur an einer nach unten wandernden Kontrollampe auf der Lichtleiste des Lastenaufzuges konnte er sehen, daß sie sich nun im unteren Bereich aufhielten. Da Wenzel keinen anderen Weg fand, um ihnen zu folgen, zog er sich zurück in eine dunkle Nische. Er wollte warten, bis sie zurückkamen. Einige Minuten vergingen, bis die Kontrollampe sich wieder nach oben arbeitete. Die Türen des Aufzuges schwangen auf, und Wenzel bemerkte, daß die Männer nur noch einen Koffer mit sich führten. Er hoffte nun, die beiden würden sich über den weiteren Verlauf ihrer Aufgaben unterhalten, um ihm die Observierung zu erleichtern. Doch wurde seine Hoffnung zunichte gemacht, als er vernahm, daß die Männer russisch sprachen. Sie verließen den Trakt, liefen über den Hof und steuerten auf den nächsten Bereich zu. Sich dicht an die Wand pressend, folgte er ihnen.

In diesem Trakt gab es keinen Aufzug, und Wenzel hatte die Gelegenheit, zeitversetzt mit den Terroristen gemeinsam das Treppenhaus zu benutzen. In der zweiten Etage öffneten sie eine Tür und betraten die Hohlfigurenabteilung. Wenzel hielt einen Augenblick inne und öffnete dann vorsichtig die Tür. Wieder waren die Männer verschwunden. Von weitem hörte er schwere Stiefel über den Fliesenboden laufen. Wenzel nahm die Richtung, in der er die Männer vermutete. Doch je weiter er lief, desto mehr entfernten sich die Geräusche. Er blieb stehen, orientierte sich neu und lief zurück. Schließlich sah er die beiden vor den Wickelmaschinen knien.

Sie waren so nahe beieinander, daß sie dem Beobachter die Sicht auf ihr Tun versperrten. Plötzlich standen sie auf und liefen zügig dem Treppenhaus entgegen. Er überlegte, sich ihnen mit gezückter Waffe in den Weg zu stellen, befand es aber letztendlich für klüger nachzusehen, was ihr nächstes Ziel sein würde.

Nachdem er gesehen hatte, daß sie nun gar nichts mehr bei sich trugen, siegte seine Neugier und er wollte erst einmal nachschauen, was es mit den Koffern auf sich hatte, die sie offenbar beliebig irgendwo abstellten. Er wartete ab, bis die beiden die Abteilung verließen, und ging auf die Packmaschinen zu. Als er sah, was der geöffnete Koffer beherbergte, wußte er für einen Moment nicht, was er lieber tun wollte – weglaufen oder sich daranmachen, die Bombe zu entschärfen. Die laut Digitaluhr so eingestellt war, daß sie nur noch 45 Minuten bis zur Detonation brauchte.

„Herr Nauermann“, beklagte sich der Prinz genervt, „es wird langsam ein wenig unübersichtlich hier. Finden Sie nicht auch?“ Nauermann stand da und sah die Legionäre fassungslos an, die Gero zusammengetrommelt hatte. Der Prinz merkte, daß keine Antwort zu erwarten war. „Wie dem auch sei“, fuhr er fort, „so kann ich nicht arbeiten. Würden Sie bitte dafür Sorge tragen, daß diese Individuen sich leise verhalten und möglichst nicht bewegen, bis ich hier fertig bin?“

„Meint der uns?“ fragte Emil Gero.

„Ich denke schon“, antwortete der. „Äh“, protestierte Emil. „Wir sind keine Indi... äh“, er sah Gero hilfesuchend an. „Individuen“, half Gero ihm. „Genau“, bestätigte Emil, „und jetzt laßt Silber frei“, er schaute sich kurz um. „Öhm, Froßmann natürlich auch.“ Jetzt zogen Schiffer, Nauermann, Fliesenwinkel und Victor ihre Waffen und richteten sie auf die Legionäre. „O.k.“, bemerkte Emil versöhnlich, „wir geben uns auch erst einmal mit Silber zufrieden.“ „Sie haben hier gar keine Forderungen zu stellen“, stellte der Prinz kühl fest. Gero erkannte, daß der Prinz der Kopf der Bande sein mußte, und wandte sich direkt an ihn. Während er sprach, überkam ihn das Gefühl, daß dieser Mann jemandem ähnlich sah, den er kannte. „Hören Sie, das Ganze unterliegt einem riesigen Mißverständnis“, beteuerte Gero. „Glauben Sie mir, ich mußte mir schon jede erdenkliche Version von Mißverständnissen zu diesem Thema anhören, und ich bitte Sie jetzt, mir Ihre Theorie zu ersparen.“

Sergej und Juri kehrten von ihrer Aktion zurück und nickten dem Prinzen zu. Dieser wandte sich wieder an Silber.

„Wie ich Ihnen gegenüber schon erwähnt hatte, bleibt nicht mehr viel Zeit. Wie haben Sie sich entschieden?“ „Mein Vater hat mir immer geraten, mich bei so wichtigen Entscheidungen nicht drängen zu lassen.“ Der Prinz entsicherte seine Automatik und legte sie auf Silber an. „Hat Ihr Herr Vater dafür auch eine ergreifende Philosophie?“

„Ja“, sagte Silber langsam. „Er sagt immer: ’Man sieht jeden Menschen zweimal.‘“ „Sie wohl kaum“, erwiderte der Prinz und schoß.

Maria stand vor der zerstörten Tür der Schlosserei und fand kaum Worte dafür, daß jemand den Gabelstapler dazu benutzte, sich Zugang zu einem verschlossenen Raum zu verschaffen. Erst als sie darüber nachdachte, einen Pförtner darüber in Kenntnis zu setzen, fiel ihr auf, wie gespenstisch ruhig es auf dem Hof war. Keine Putzkolonne kam aus den

Büroräumen, keine Lastwagen lieferten Rohstoffe an, und vor allem konnte sie keinen der angekündigten Elektriker sehen.

Anna beschloß, erst das Gefäß zu öffnen und dann der Sache mit den Elektrikern auf den Grund zu gehen. Sie stieg über die Trümmer der Holztür hinweg und suchte im Inneren der Schlosserei nach passendem Werkzeug. Letztendlich spannte sie das Gefäß in eine Schraubzwinge ein und wollte es mit einem Fuchsschwanz ansägen. Ein Poltern hinter ihr ließ sie zusammenzucken. Als sie sich umdrehte, sah sie, wie sich ein junger Mann den Weg in die Werkstatt bahnte. Er hielt eine Waffe in der einen und einen Ausweis in der anderen Hand. „Bundesnachrichtendienst, bleiben Sie stehen, wo Sie sind, und rühren Sie sich nicht.“ Maria sah ihn äußerst skeptisch an. „Können Sie mir sagen, was mir vorgeworfen wird?“ „Sie stehen momentan im Verdacht, die Komplizin von René Silber zu sein. Bis Sie das Gegenteil beweisen können, muß ich Sie in Gewahrsam nehmen.“

Maria lächelte. Sie wäre liebend gern die Komplizin von Silber gewesen, nur hätte Sie gerne gewußt, in welchem Zusammenhang.

„Hören Sie“, Maria hob beruhigend beide Hände, „können Sie mir ein wenig mehr über meine Machenschaften mit Silber erzählen? Ich weiß nämlich im Augenblick wirklich nicht, was Sie von mir möchten, und seien Sie bitte so freundlich und nehmen Sie ihre Waffe weg.“ Der junge Mann zögerte kurz, schließlich senkte er die Waffe. „Danke“, sagte Maria. „Wenn Sie mir jetzt noch sagen, wie Sie heißen, können wir uns auch vernünftig unterhalten.“ „Ich bin Agent Matthias Reusch – und Sie?“ Maria sah ihn verwundert an.

„Sie verdächtigen mich und wissen noch nicht einmal meinen Namen?“ „Ich kenne Ihr Gesicht von einer Videoaufzeichnung. Alle Ermittlungen in bezug auf Ihre Person verliefen bis jetzt ergebnislos.“

„Was für eine Aufzeichnung?“

„Sie sind dabei gefilmt worden, wie Sie mit Silber und einem anderen Mann namens Gero Pallasch in diese Firma eingedrungen sind.“ Maria lachte erleichtert auf. Dann waren die Sicherheitsvorkehrungen in dieser Firma doch nicht so träge, wie sie annahm. Aber daß man gleich Waffengewalt anwandte und den Geheimdienst einsetzte, um die Schuldigen zu überführen, paßte zu den maroden Methoden in diesem Betrieb. Lachend senkte sie die Arme. Reusch nahm das zum Anlaß, die Waffe wieder zu heben. „Beruhigen Sie sich“, redete Maria auf ihn ein. „Ich kann alles erklären.“ Reusch hob die Augenbrauen. „Mein Name ist Maria Kaupt, und meinem Vater gehört diese Firma. In dieser erwähnten Nacht haben wir uns lediglich einen Scherz erlaubt, weil Silber behauptete, man könnte unerkannt in die Firma gelangen. Aber wie wir sehen, kann man das nicht. Und Sie sind schwuppdiwupp da, um mich festzunehmen. Finde ich echt klasse, obwohl ich das mit den Waffen und dem Agentengehabe ein bißchen übertrieben finde. Wollen Sie Silber auch so einen Schrecken einjagen? Verdient hätte er es nämlich – bei seiner großen Klappe.“ „Ich bin leider nicht gekommen, um Silber einen Schrecken einzujagen“, sagte Reusch ernst. „Vier meiner Kollegen werden vermißt, und Silber wird verdächtigt, dafür verantwortlich zu sein.“ Maria schwieg. „Kennen Sie sich hier aus?“ wollte Reusch wissen „Wie ich Ihnen schon gesagt habe, meinem Vater gehört diese Firma.“ „Gut. Ich suche meinen Kollegen. Eigentlich wollte er sich nur kurz umschauen und mich dann nachholen. Bis jetzt ist er aber leider nicht wieder aufgetaucht.“ „Sie machen keine Witze?“ fragte Maria ernst. „Und Sie sind wirklich ein Agent?“ „Beide Fragen muß ich bedauerlicherweise bejahen.“ „Der Betrieb ist groß. Wo sollen wir mit der Suche anfangen?“ Reusch zuckte mit den Achseln. „Wir fangen unten bei den Büros …“ Ein dumpf klingender Schuß unterbrach ihren Satz und ließ beide kreidebleich werden. Langsam gingen Reusch und Maria zurück auf den Hof. Sie wollten wissen, woher der Schuß kam.

Das Projektil schlug wuchtig in Silbers Oberkörper ein und hob ihn im hohen Bogen über den Stapel Paletten, auf denen er zuvor noch gesessen hatte. Regungslos blieb er liegen. Zunächst waren alle fassungslos. Dann brach der Widerstand los. Anna und Emil versuchten als erste nach vorne zu stürmen, um nach Silber zu schauen. Anna erhielt von Victor einen Tritt in den Unterleib, der sie zu Boden schleuderte.

Emil tauchte unter den ausholenden Waffenlauf von Sergej und sprang über die Paletten. Kniend landete er neben Silber und umklammerte seinen Oberkörper. „Ey, Silber. Mach keinen Quatsch. Komm, steh auf“, bettelte Emil weinerlich. Während er weiter auf den leblosen Körper einredete, versuchten die anderen Legionäre, einen Kampf gegen die Terroristen zu führen. Leider erfolglos.

Einige Schüsse aus der Pistole des Prinzen riefen sie wieder zur Besinnung. Sie hatten keine Chance. Niedergeschlagen senkten sie die Köpfe. „Meine Herrschaften, ich darf Sie bitten, sich jetzt ruhig zu verhalten, damit Sie nicht dasselbe Schicksal ereilt wie Ihrem werten Kollegen, der sich nicht gerade kooperativ gezeigt hat."

„Wat sollte dat?", protestierte Krämer. Der Prinz schaute auf die Uhr.

„Mir verbleibt leider nicht mehr genug Zeit, Ihnen das ausführlich zu erzählen." Aus der Ecke hörte man Emil verzweifelt Versprechungen verkünden, die Silber dazu bringen sollten, sich doch wieder zu bewegen. „Fesselt alle", wies der Prinz seine Leute an. Juri drängte die Legionäre an das riesige Metallregal. Sergej schleifte Anna an den Haaren dorthin. Victor und Schiffer machten sich daran, sie mit einem langen Seil miteinander zu verknüpfen. Nauermann ging in die Ecke, löste Emil von dem leblosen Körper und führte ihn zu den anderen. „Eigentlich müßte ich Ihnen allen meinen Dank aussprechen", sagte der Prinz. „Denn so wie es aussieht, wird der Katastrophenschutz sich hier wohl etwas länger als gewöhnlich aufhalten, wenn er erfahren wird, daß sich noch einige fleißige Mitarbeiter in dem zerstörten Gemäuer befinden – während in Duisburg die sprühende Überraschung eröffnet wird."

Der Prinz warf lachend den Kopf zurück.

„Sergej und Juri, ihr beide bleibt bis zuletzt hier, um mir von dem Geschehnis zu berichten, wenn es mich danach gelüstet." Beide nickten ergeben." „Wir kriegen euch!" rief Emil zornig.

„Ja, gewiß", sagte der Prinz gelangweilt.

Nauermann, Fliesenwinkel, Schiffer und Victor nahmen die beiden Truhen und verließen mit Kolia und dem Prinzen den Kühlraum.

Horchend standen Maria und Reusch auf dem Hof. Kurze Zeit später fielen die nächsten Schüsse. Beide hoben den Kopf in Richtung der Produktionräume. „Woher kommen die Schüsse?" fragte Reusch. „Ich glaube, aus der Rohmasse", antwortete Maria vorsichtig.

„Los!“ trieb Reusch, „laufen Sie vor.“ Maria lief in Richtung des Treppenhauses. Reusch folgte ihr. Sie liefen bis zur dritten Etage und öffneten die Tür.

Stimmen waren aus dem Kühlraum zu vernehmen. Gerade als sie darauf zusteuern wollten, wurde die Tür aufgestoßen – und mehrere Männer kamen heraus. Noch bevor die beiden entdeckt werden konnten, zog Reusch Maria hinter einen Pralinenmischer.

Beim Anblick des Prinzen krallte sich Maria so fest in Reuschs Arm, daß er noch Tage später die Abdrücke sehen sollte. Die Männer verließen nun die Abteilung und alles schien ruhig.

„Wer könnte das gewesen sein?“ fragte Reusch. Maria zuckte nur mit den Schultern und schaute Reusch unsicher an. Aus dem Kühlraum waren wieder Stimmen zu hören. „Ein paar von denen sind noch da“, bemerkte Reusch. Langsam erhob er sich und pirschte sich an den Kühlraum heran.

Durch die transparente Schwingtür konnte er nur eine Person sehen, die auf und ab lief. Reusch zog die Waffe, wartete einen Moment und betrat dann den Raum. „Bundesnachrichtendienst! Bewegen Sie sich nicht!“ Der Mann hob lächelnd die Arme. Verwundert betrachtete Reusch die Menschen, die an ein Metallregal gefesselt waren.

„Vorsicht!“ rief einer von ihnen. Zu spät. Jemand näherte sich von hinten und riß den Agenten nieder. Der andere Terrorist hechtete nach vorne und trat ihm ins Gesicht. Seine Waffe fiel zu Boden. Reusch wollte sich wieder aufrappeln und erhielt dafür prompt einen Schlag ins Kreuz. Er merkte, daß es bei diesem Kampf um sein Leben ging, und rollte sich zur Seite, um sich Raum zu verschaffen. Einer der Terroristen folgte ihm und gab ihm noch einen Tritt in die Seite. Erst als Maria durch die Schwingtür tapperte, ließen sie von ihm ab. Starr vor Schreck blieb sie bei dem Anblick der gefesselten Legionäre stehen. Sofort schlug Sergej ihr ins Gesicht. Sie stolperte auf den Palettenstapel zu. Als sie sich dort abstützte, sah sie Silbers leblosen Körper und fing an zu kreischen. Juri wollte gerade nach seiner an die Wand gelehnten Waffe greifen, als Reusch versuchte, seine eigene aufzuheben. Juri war schneller und schoß ihm, ohne zu zielen, wahllos in die Schulter. Sergej hatte inzwischen damit begonnen, Maria von hinten zu würgen. Sie röchelte hilflos und fuchtelte, immer schwächer werdend, mit ihren Armen umher. Sergej lachte schon siegesgewiß und schaute rüber zu Juri, um sich von ihm die Bestätigung für sein Handeln abzuholen. Mit ihrem letzten Lebenswillen faßte sich Maria an ihr Fußgelenk, zog das Tauchermesser aus dem Schaft und rammte es ihm in den Oberschenkel. Sergej heulte vor Schmerz auf und ließ von ihr ab. Nun schwenkte Juri die Waffe auf Maria, aber noch bevor er abdrücken konnte, versuchte Reusch, schwankend vor Schmerz, ihn umzurennen. Juri trat belustigt zur Seite und ließ den Agenten, mit seiner verwundeten Schulter voran, vor die Wand laufen. Plötzlich fiel ein Schuß – und Juri wurde an die Wand geworfen. Fassungslos schaute er auf seine Brust und fiel zur Seite. Alle schauten erstaunt in die Richtung, aus der der Schuß kam.

„So, Jungs, jetzt habe ich die Faxen dick." Silber stand oben auf den Paletten und lehnte den Lauf einer Maschinenpistole auf seine Schulter.

Wenzel kniete vor dem aufgeklappten Koffer nieder und rieb seine Handflächen so stark aufeinander, daß man meinen konnte, er würde frieren. Danach bewegte er seine Finger so schnell, wie es Pianisten vor großen Konzerten taten, um sich warm zu machen.

„So, dann schauen wir uns das Baby mal näher an" kommentierte Wenzel für den unsichtbaren Zuschauer. Aus einem bunten Wirrwarr von Kabeln lugte ihn die zurücklaufende Digitaluhr an, die daran erinnerte, daß er nur noch 39 Minuten hatte, um der Welt zu beweisen, daß er der beste Agent war. Er holte sein Taschenmesser hervor und frimmelte die Schere raus. Wenzel war schon oft bei Bombenentschärfungen dabeigewesen und wußte, daß er nur eines der Kabel durchschneiden mußte, damit alles wieder seinen gewohnten Gang gehen konnte.

Die einzige Schwierigkeit lag jedoch darin, das richtige Kabel zu finden. Schweißperlen liefen ihm bei dem Gedanken, was passieren würde, wenn er das falsche Kabel kappte, über die Stirn. Warum konnte er nicht wie viele andere Familienväter mit einer Bierflasche vor dem Fernseher sitzen und sich über Politik und verlorene Fußballspiele aufregen? Anstatt hier bei einer Sache den Helden zu spielen, von der die Öffentlichkeit sowieso keine Notiz nehmen durfte. Wenn aber die Bombe hochging, würden die Medien das Versagen eines Agenten, der nicht belastbar war, in drei Fernsehteilen dokumentieren und nachts so lange wiederholen, bis seine Frau das Rentenalter erreicht hatte. Er holte tief Luft. Noch 36 Minuten. Wenzel schaute sich den Zünder an, der eigentlich relativ simpel aufgebaut war. Die Täter rechneten also nicht damit, daß jemand die Bombe fand, und sicherten sich darum nicht vor eventuellen Bombenkommandos. Das deutete alles auf einen Terroranschlag hin. Bei einer Erpressungsgeschichte würde man nämlich eine kunstvoller gebaute Bombe präsentieren, über die sich alle den Kopf zerbrechen würden, wenn das Ultimatum nicht eingehalten werden könnte. „Also, meine Damen und Herren", verkündete Wenzel seinem imaginären Publikum stolz, „ich werde nun einen bestimmten Kabel von dieser primitiven Bombe durchschneiden, und Sie werden sehen, alles wird wieder gut."

„Silber, du Arsch. Ich dachte echt, du wärst tot." „Ich weiß, Emil", lächelte Silber und schaute auf den zerbeulten Tankdeckel in seiner Brusttasche, der das Projektil aufgefangen hatte. „Ich auch." „Jetzt mach uns mal hier los", drängte Angelika. Silber holte den Tankdeckel heraus und musterte ihn.

„Kacke, der hat 'ne Beule", maulte er. „Silber!" riefen die Legionäre im Chor. Sie hatten kein Verständnis für die Inventur seiner Ersatzteile und wollten befreit werden. Silber sprang von den Paletten und zog Sergej das Messer aus dem Bein. Aufstöhnend hielt er sich die blutende Wunde. Gero befreite er zuerst. „Ich dachte echt, ich hätte die Gelegenheit, dat Star-Trek-Telephon von dir zu erben", sagte Silber trocken.

„Bedaure", erwiderte Gero. „Vielleicht das nächste Mal."

Silber zerschnitt das restliche Tau, und endlich waren alle frei. Anna, die sich inzwischen wieder erholt hatte, lächelte Silber erleichtert an. Irritiert drehte sich Silber um. Sein Blick fiel auf Maria. „Gero, wat verzapfst du denn da für einen Schwachsinn? Der Maria geht es doch blendend." Er trat näher zu ihr, faßte behutsam ihr Kinn an und drehte eine Gesichtshälfte in sein Blickfeld.

„Au, dat gibt ein Veilchen vom Edelsten“, bemerkte er. Maria konnte erst einmal gar nicht antworten. Zunächst einmal war sie froh, daß er noch lebte, und zugleich gerührt wegen seiner Sorge um sie. Silber riß als nächstes den veralteten Erste-Hilfe-Kasten von der Wand und lief auf Froßmann zu. „Wie geht es Ihnen?“ Gekrümmt vor Schmerz, setzte Froßmann sich auf die Paletten und schaute auf. „Silber ...“ „Ja, immer ruhig. Sie kriegen erst mal einen Verband“, versuchte er Froßmann zu beruhigen. „Nein, die Bomben ...“, erinnerte er. „Wovon redet der?“ wollte Emil wissen. „Ach so“, wehrte Silber ab, „nichts von großer Bedeutung. Die Bösewichter haben uns noch ein paar Bomben hier gelassen.“ „Und das heißt?“ setzte Maria nach. „Daß uns gleich die ganze Bude hier um die Ohren fliegt“, erwiderte Silber, während er Pflaster für den Verband abschnitt. Ein Raunen ging durch die Legionäre.

„Aber keine Sorge“, spielte Silber die Sache runter, „wenn wir den Schuppen rechtzeitig verlassen, passiert uns nichts.“

„Wieviel Zeit bleibt?“ fragte Maria.

„So, fertig“, sagte Silber aufmunternd zu Froßmann.

„René, wieviel Zeit?“ fragte Gero. „Ich glaube genug, wenn wir uns jetzt endlich mal in Gang setzen.“ Er lief auf die Schwingtür zu.

„Ich gehe mal vor. Das möchte ich mir auf jeden Fall nicht entgehen lassen. Das sieht man ja nicht alle Tage, wie sein eigener Knast gesprengt wird.“ Silber lief lachend durch die Tür in den Produktionsraum, blieb vor den Kesseln stehen und wunderte sich, warum die anderen nicht nachkamen. Langsam ging er zurück. „Sagt mal, merkt ihr noch irgendwelche Einschläge? Die Bude geht gleich über den Jordan. Raus hier!“ kommandierte Silber. An den niedergeschlagenen Gesichtern und den ausweichenden Blicken merkte er, daß die Legionäre nicht vorhatten zu gehen.

Silber schüttelte den Kopf und wollte wieder zur Tür hinaus. „Bitte, Silber. Bleiben Sie.“ Silber drehte sich steif um und blickte Froßmann an, als habe er sich verhört. „Wat haben Sie gesagt?“ „Bleiben Sie bei uns und retten Sie, was geht.“

„Haben Sie einen Schock oder so wat?“ erkundigte sich Silber.

„Dat muß ich nämlich annehmen, wenn ich mir Ihr wirres Zeug anhöre, dat Sie da ablassen. Erstens haben Sie noch nie in Ihrem Leben ’bitte‘ zu mir gesagt, und zweitens haben Sie doch schon eine Fingerkuppe verloren. Wollen Sie den Rest Ihres Körpers auch noch der Firma opfern?“ Froßmann kämpfte gegen seine Tränen an.

„Sie sehen nur das Schlechte, Silber. Versuchen Sie doch mal, anders zu denken.“

„Seit Jahren gibt man mir keine Gelegenheit, etwas anderes zu sehen, weil man mir ständig wegen irgendeinem Mist den Hintern aufreißt. Und wenn einer von uns dann mal was Positives beitragen will, wird das sofort niedergeschmettert, weil die Idee ja nicht aus eurem Arsch gekrochen kam“, klagte Silber Froßmann an. „Selbst wenn wir uns das Jahr über wie die letzten unterbezahlten Deppen die Überstunden um die Ohren hauen, bekommen wir noch zu hören, daß wir doch mal mehr Firmeninteresse zeigen möchten.“

Silber schaute Froßmann wütend an. „*Blanka* gibt aber vielen Leuten im Ruhrgebiet Arbeit, und wenn die Firma zerstört wird, stehen mit einem Schlag achthundert Leute auf der Straße, die keine Beschäftigung mehr haben. Die meisten von ihnen sind schon viele Jahrzehnte hier und finden nicht mehr so schnell irgendeine Arbeit, um sich bis zur Rente über Wasser zu halten. Das sollten Sie auch mal aus dieser Sicht sehen“, erwiderte Froßmann. „Silber“, bat Emil, „er hat recht. Außer Kokosflocken herstellen und Karamel kochen kann ich nichts.“ „Und ich mach’ das beste Marzipan“, stimmte Angelika mit ein. Silber nickte langsam. Er sah nicht nur, daß es in dieser Zeit darum ging, um jeden Preis seinen lausigen Job zu behalten, damit die Familie was zu beißen hatte.

Nein, er erkannte plötzlich, wie aufrichtig seine Kollegen ihre Firma liebten. Obwohl das alte Gemäuer sich bald selbst nicht mehr tragen konnte, mochten sie jeden Stein, über den sie stolperten, auch wenn sie lauthals darüber schimpften. Goethe soll mal gesagt haben: „Wir zerstören das, was wir lieben.“ Treffender hätte er die Situation beschreiben können, wenn er gesagt hätte: „Wir werden von dem zerstört, was wir lieben.“ Wie dem auch sei. Ob schlechte Entscheidung oder nicht. Silber mochte seine Legionäre, die sich zwar gerade aufführten wie ein Horde Halbwüchsiger, denen man das Spielzeug wegnehmen wollte. Doch letztendlich zählte das, was sie wollten, und nichts anderes. Silber freute sich immer, wenn sie sich freuten. Also beschloß er, das zu retten, was er am meisten haßte und seine Freunde am meisten brauchten. „Was ist los, Legionäre? Sollen wir diesen Drecksbunker retten?" sprach Silber laut, stolz darauf, solche Kollegen zu haben. „Jaaa!" riefen alle geschlossen. „Schon als ich hier meine Lehre anfing, habe ich geahnt, daß ihr sie nicht mehr alle auf dem Sender habt, Leute." Alle Legionäre lachten. Das war der Silber, den sie kannten.

„Dann würde ich mal vorschlagen, daß wir den befragen, der uns von der Bande noch erhalten geblieben ist."

Silber nahm sich den Verbandskasten und ging auf Sergej zu, der ängstlich vor ihm zurückwich. „Ich werde dir jetzt in aller Freundschaft das Bein verbinden. Ich werde sogar vergessen, daß ihr mir mein Jochbein zertrümmert habt. Dafür sagst du mir, wo die Bomben sind und wieviel Zeit wir noch haben. O.k.?" Sergej nickte und sagte etwas auf russisch. „Anna", rief Silber, „kannst du mir einen Moment helfen?" Silber begann damit, die Verpackung einer Mullbinde aufzureißen. Anna trat an Sergej heran und zischte ihn in ihrer Landessprache an. Silber machte sich daran, die Wunde zu desinfizieren. Sergej sprach leise und zuckte dabei hin und wieder mit den Schultern. „Was denn?" fragte Silber, „will er nicht?" „Doch, doch", beruhigte Anna ihn. „Er sagt nur, daß er nicht genau sagen kann, wo sie liegen, weil er sich hier nicht auskennt."

„Er soll dir die Umgebung beschreiben", forderte Silber sie auf und fuhr mit seiner Arbeit fort.

Anna fragte ihn, und Sergej erzählte gestenreich in seiner Sprache, was er wußte. Als Silber mit dem Verbinden fertig war, sprach er immer noch. „Anna", unterbrach Silber Sergej ungeduldig, „frag ihn, ob er noch fertig wird, bevor wir zum Mond fliegen." Anna nickte und sprach drohend auf Sergej ein. Schließlich nickte sie und erhob sich aus ihrer knienden Stellung. „Er sagt, daß sie an drei verschiedenen Orten waren. Erst mal eine Abteilung, wo Schokoladenweihnachtsmänner standen."

„Die Hohlfigurenabteilung", rief Angelika vorwitzig.

Silber nickte. „Dann eine Abteilung, die ganz weiß war."

„Puderabteilung", meldete sich Josef. „Dann waren sie in einem Keller voller Bonbons und Gummibärchen." Stille. Keiner meldete sich.

„Vielleicht die unteren Lagerräume an der Laderampe“, überlegte Froßmann. „Hört sich so an“, stimmte Silber zu. „Wieviel Zeit bleibt uns?“ „Er schätzt unsere Zeit auf etwa 20 Minuten.“

„Wie gehen wir mit so einem Ding um?“

„Ganz einfach, du mußt sie entschärfen.“ „Ich?“ regte Silber sich auf. „Ich bin froh, wenn ich weiß, wie morgens mein Auto anspringt. Wat weiß ich, wie man dann eine Bombe auseinanderpflückt.“ Hektisch deutete er auf Sergej. „Soll er sie doch entschärfen, er hat sie schließlich auch versteckt.“ „Das wird er mit seinem verwundeten Bein kaum schaffen.“ „Scheiße!“ „Reg dich nicht auf. Er sagt, daß es kinderleicht ist.“

Silber atmete tief durch.

„O.k., wir bilden Zweiergruppen“, bestimmte Silber. „Anna und ich nehmen den unteren Lagerraum. Gero und Maria gucken sich die Hohlfigurenabteilung an, Emil und Josef die Puderabteilung. Die anderen warten unten auf dem Hof und wünschen uns Glück.“ Er schaute sich um. „Noch Fragen?“

„Ist noch irgend etwas, was wir beachten sollen?“ fragte Gero.

Silber wandte sich an Anna. „War noch was?“ Anna nickte.

„Wir sollen das grüne Kabel durchtrennen, das von der Uhr zum Sprengstoff führt.“ „Das grüne Kabel“, wiederholte Emil. „Ist ja kinderleicht.“ Er schaute Josef an. „Wat is, Klops, haste dir dat gemerkt?“ „Hey, was da los da?“ grollte Josef, „meinst du, ich bin doof?“

Die Uhr zeigte Wenzel, daß er sich nur noch 18 Minuten lang überlegen konnte, welches Kabel durchzuschneiden war. Er legte das Taschenmesser auf den Boden und rieb sich seine schweißnassen Hände an der Hose ab. Zwei Möglichkeiten boten sich ihm – das gelbe oder das grüne Draht.

„Grün ist die Hoffnung“, dachte er bei sich und führte die Schere an das grüne Kabel, hielt dann aber inne. Kannten die Terroristen eigentlich diese Volksweisheit? Bestimmt nicht. Also ging die Schere rüber zum gelben Kabel. Gelb war schließlich auch die Lieblingsfarbe seiner kleinen Tochter, das würde ihm bestimmt Glück bringen. Jedoch war Gelb eine sehr aggressive Farbe. Er lehnte den Kopf in den Nacken und schaute zur Decke. Gelb oder grün. Grün oder gelb. Er wußte es nicht.

Wenzel erinnerte sich auf einmal an die seltenen Wochenenden, die er mit seiner Tochter verbrachte.

Nie durfte er ihr sagen, was er eigentlich beruflich tat, obwohl er sich immer wünschte, daß sie einmal ganz stolz auf ihren Papa sein sollte. Statt dessen sortierte er mit ihr immer bunte Schokoladenlinsen und lehrte sie so die Farben. Er lachte dann immer, wenn sie die Gelben für sich beanspruchte. Wenzel hatte sie mal gefragt, warum gelb so toll war.

Sie hatte ihm dann einfach gesagt, daß alle schönen Dinge gelb sind – die Blüten des Löwenzahns, die Tulpen vor dem Haus, ihr Lieblings-T-Shirt und vor allem die warme Sonne. Wenzel senkte den Kopf. Seine kleine Tochter hatte recht, Gelb war eine tolle Farbe.

Er nahm die Schere und schnitt das gelbe Kabel durch.

„Los, lauf", drängte Emil. „Ich lauf' schon so schnell, wie es geht", beschwerte sich Josef. „Ich bin besser in Form, als du glaubst. Schließlich esse ich die Vanillejoghurts mit den links drehenden Bakterien und den wertvollen Vitaminen." „Das ist es ja. Vielleicht solltest du davon mal ein paar weniger essen, damit wir vorankommen."

Beide betraten die Puderabteilung. Emil machte das Licht an.

„Wir trennen uns jetzt hier und suchen nach dem Ding", schlug Emil vor. „Gut", sagte Josef knapp. Emil ging tiefer in den Produktionsraum. Er drehte sich noch einmal nach Josef um, der an einer Palette Gummibärchen stand und sich die Taschen vollstopfte.

„Josef!" rief Emil genervt.

Dieser zuckte erschrocken zusammen.

„Die Bombe", erinnerte Emil. „Bin schon dabei", antwortete Josef mit vollem Mund. Emil schaute aufmerksam in alle Ecken und entdeckte nichts. Er lief so systematisch den ganzen Raum ab, daß er am Ende wieder Josef begegnete, der unten am Boden herumkroch. „Was machst du da? Wir suchen einen Koffer und keine runtergefallenen Gummibärchen." Josef stand auf. „Ich hebe doch nur die Mausefallen auf, sonst laufen die Mäuschen da noch rein", sagte er besorgt.

„Bist du noch ganz bei Trost?!" schrie Emil.

Langsam richtete sich Josef auf und starrte an Emil vorbei.

„Wir sollen hier eine Bombe finden, du Nasenbär“, fuhr Emil fort, „und du … Wat guckst du so? Hast du wieder wat zu essen gefunden …?“ Josef deutete auf etwas hinter Emils Rücken. Emil wandte sich um und sah den Koffer.

„Gratuliere, du hast die Höllenmaschine gefunden.“

„Soll ich das Kabel durchschneiden?“ fragte Josef eifrig.

„Du?“ fragte Emil entsetzt. „Warum nicht?“ „Weil du dich dann mit deinen Wurstfingern in den anderen Kabeln verfangen würdest und damit den ganzen Bau zum Teufel jagst. Darum.“ „Hey, ich habe als Kind schon mal den Radiowecker meiner Tante auseinandergenommen und wieder zusammengebaut“, versuchte Josef sich zu qualifizieren. „Und funktionierte er danach wieder?“, erkundigte sich Emil skeptisch. „ Öh …“

Die Antwort reichte.

Emil ging zur Bombe und kniete vor ihr nieder. „Denke daran, das grüne Kabel“, erinnerte Josef.

„Ich weiß.“ Emil zauberte einen kleinen Seitenschneider aus seiner Tasche, den er zuvor aus dem Werkzeugkasten der Rohmasse genommen hatte. Die Uhr zeigte 17 Minuten an. „Ach du Scheiße!“ entfuhr es Emil, als er die Kabel begutachtete. „Sag mal, mußt du immer solche Worte sagen?“ beschwerte sich Josef. „Sieh selbst“, bot Emil ihm an. „Weißt du nicht, wie ein grünes Kabel aussieht?“ Josef kniete sich neben Emil und schaute auf die Bombe. Es war kein grünes Kabel vorhanden. Statt dessen gingen zwei rote Kabel von der Uhr zum Sprengstoffpaket. „Ach du Scheiße!“ bemerkte Josef.

„Sag’ ich doch.“ „Meinst du, Silber ist böse auf uns, wenn wir das nicht schaffen?“ fragte Josef traurig. „Böse? Silber doch nicht. Ich glaube, der würde uns noch eine Lohnerhöhung besorgen“, grinste Emil. Nun lachten die beiden solange, bis ihnen die Tränen kamen.

Sie wußten aber beide nicht, ob sie lachten, weil es so lustig war, oder weil sie sich nicht sicher waren, welcher Draht gekappt werden sollte. Emil stieß Josef schließlich an und deutete auf die Uhr. 14 Minuten.

„Also, welches Kabel?“ fragte Emil.

„Wie wäre es mit dem oberen?“

„Oder vielleicht doch lieber das untere?“ rätselte Emil.

Josef zuckte mit den Schultern. „Ach, scheiß der Hund drauf", sagte Emil und schnitt den oberen Draht durch.

Gemeinsam rannten Anna und Silber über den Hof.

„Hoffentlich haben wir noch genügend Zeit", keuchte Silber „Bestimmt", erwiderte Anna. Beide stiegen in den Aufzug und fuhren hinab in den Lagerraum. Auf dem Weg nach unten lächelte Anna Silber aufmunternd zu. Er drehte seinen Kopf gespielt nachdenklich zur Seite, um ihrem Blick zu entgehen, und schlug dabei mit seiner Stirn vor den Sicherungskasten des Aufzuges. Sofort trat Anna näher und nahm sanft seinen Kopf in ihre Hände. Silber wurde es heiß und kalt zugleich. „Ist alles in Ordnung?", fragte Anna besorgt. „Äh nein … äh doch … ich hab äh ….", der Aufzug ruckte, sie waren angekommen. „Öh, wir sind da", stellte er aufatmend fest und drängte sich hastig an ihr vorbei. Anna schüttelte lächelnd den Kopf und folgte ihm. Sie brauchten nicht lange zu suchen. Inmitten des Raumes lag der Koffer mit der Bombe auf dem Boden. 15 Minuten.

Anna holte eine Nagelschere heraus und kniete sich vor die Bombe. „Oh, ich sehe das grüne Kabel", frohlockte sie. „Na, das haben wir gleich". Sie setzte die Schere an. „Halt!" sagte Silber knapp. Erstaunt schaute Anna zu Silber auf.

„Was ist?" fragte sie verwundert. „Woher wissen wir, dat der Russe die Wahrheit sagt?" Die zurückrennenden Sekunden drängten die Minuten auf 14 an der Zahl zurück. Plötzlich hörten sie einen dumpfen Knall, der sich außerhalb des Kellers bestimmt ohrenbetäubend angehört haben mußte. Kurze Zeit später spürten sie eine leichte Erschütterung. Silber nahm Anna in den Arm und bedeckte mit seiner Hand ihren Kopf, als Staub von der Decke rieselte. Über ihnen brach ein Rohr, und Wasser prasselte in unregelmäßigen Abständen auf sie nieder. „Mist!" schrie Silber. „Wir hätten dem Russen nicht glauben sollen." Anna fing an zu weinen. „Es tut mir leid, es ist meine Schuld." „Nein", beruhigte Silber sie, „er hat dich genauso belogen." Silber schaute auf die Bombe und überlegte, wen es wohl erwischt haben könnte – entweder Gero und Maria oder Emil und Josef. Er hoffte nur, daß die, die überlebt hatten, nun klüger waren und den anderen Draht durchknipsten. Silber nahm Anna die Nagelschere aus der Hand und schnitt den gelben Draht durch.

„Was ist mit dir los, Maria?" fragte Gero auf dem Weg zur Hohlfigurenabteilung besorgt. Unsicher schaute sie Gero aus den Augenwinkeln an.

„Was soll sein?" „Du bist so komisch. Und wie kommst du eigentlich an den Taucheranzug?" Maria ordnete erst einmal ihre Gedanken. Das alles war ein bißchen viel für sie. Der Anblick des Prinzen, der Kampf gegen diese Verbrecher, die ihre Firma zerstören wollten, und dann wählte Silber auch noch diese Frau zu seiner Partnerin, um die Bombe unschädlich zu machen. Was dachte er sich eigentlich dabei?

Glaubte er, daß sie zu dumm war, die Sache mit ihm durchzustehen? Wenn er ihr doch mal Gelegenheit geben würde zu zeigen, was in ihr steckte, würde er bestimmt beeindruckt sein. Aber nein, Männer machten ja immer genau das Gegenteil von dem, was die weibliche Vernunft verlangte. Sollte Silber doch mal sehen, was er davon hatte. Plötzlich riß ein lauter Knall sie aus ihren Gedanken. Gero und Maria schauten sich geschockt an. „Silber!" rief sie und wollte loslaufen. Gero hielt sie am Arm fest und versuchte, sie aufzuhalten. „Maria, bleib hier", versuchte er sie zu beruhigen. „Glaubst du, daß es René war?" fragte sie weinerlich in der Hoffnung, eine negative Antwort zu bekommen. „Ich weiß nicht", erwiderte Gero gefaßt. „Es könnten genausogut Emil und Josef gewesen sein." „Wir müssen nachsehen", drängte sie. „Geht nicht", bedauerte Gero. „Wir sollten versuchen, die Bombe zu entschärfen, die René uns zugedacht hat." „Aber das wäre doch Wahnsinn", protestierte Maria. „Das ist es schon die ganze Zeit", bemerkte Gero knapp. Er ließ Maria los und lief weiter. Sie zögerte erst und lief ihm dann hinterher.

Wenzel sah, wie die Digitaluhr erlosch und beschloß, den Tag in seinem Kalender einzutragen, um seiner Tochter jedesmal an diesem Datum so viele gelbe Schokoladenlinsen zu geben, wie sie nur mochte. Er klappte den Koffer zu und stand langsam auf. Er konnte nur hoffen, daß das die einzige Bombe gewesen war, die seinen Pulsschlag auf Trab halten sollte. Die Metalltür hinter ihm wurde aufgestoßen. Er zog seine Waffe und duckte sich hinter einer Maschine ab. „Wo soll sie nur sein?“ hörte er einen Mann fragen. Wenzel lünkerte über den Rand der Maschine und sah den anderen Terroristen, der gesucht wurde. Hinter ihm lief die Frau, über die es keine Anhaltspunkte gab. Das war sein Glückstag. Er schnellte mit vorgehaltener Waffe hoch.

„Bundesnachrichtendienst, bleiben Sie stehen!“

„Oh“, sagte der Mann, „es handelt sich bestimmt um ein Mißverständnis.“ „Das ist es meistens, mein Junge“, sagte Wenzel und warf ihm seine Handschellen zu. „Leg dir und deiner Freundin das Armband um.“ „Darf ich Sie zuvor darauf aufmerksam machen, daß hier eine Bombe liegt, die jeden Augenblick gezündet werden kann?“ „Die Geschichte habe ich schon hinter mich gebracht“, lächelte Wenzel gelassen. „Na dann“, sagte Gero und legte sich einen Teil der Handschellen um. Den anderen Teil legte er Maria um das Handgelenk und ließ die Verschlüsse einrasten. „Zufrieden?“ fragte er. „Bestens“, lobte Wenzel, „und jetzt geht mal hübsch vor, ihr zwei Süßen.“

„Siehst du“, sagte Silber erleichtert. „Es war dat andere Kabel.“ Er nahm Anna bei der Hand und zog sie von dem rieselnden Wasser weg. Er bemerkte, daß sie sich in ihren nassen Sachen unwohl fühlte.

„Wir kommen gleich an der Wäschestelle vorbei, da angeln wir dir ein paar trockene Klamotten raus“, versprach er ihr.

Anna nickte niedergeschlagen. „Nimm es nicht so schwer. Wir haben es doch noch rechtzeitig bemerkt“, versuchte Silber sie aufzumuntern. „Ja, aber die anderen nicht.“ „Ja“, stimmte Silber ihr traurig zu, „da hast du leider recht.“ Sie stiegen in den Aufzug und fuhren direkt in die zweite Etage. Silber öffnete die Türe. „So, alles aussteigen. Zweite Etage Damenabteilung“, meldete er betont fröhlich. Als beide vor der Wäscheabteilung standen, mußten sie jedoch feststellen, daß die Tür verschlossen war. „Das stört unseren Einkaufsbummel aber ungemein“, beschwerte sich Silber. Er schaute zur Seite und sah, daß die Umkleidekabinen der Frauen offenstanden. „Komm mal mit“, lockte Silber. „Für dich werden wir schon das Passende finden.“ Nachdem sie in den Frauenumkleidekabinen standen, bemerkte er, daß alle Spinde verschlossen waren. „Mist!" fluchte Silber. „Heute klappt aber auch gar nichts." Im Vorbeigehen entdeckte er jedoch Angelikas Namensschild auf einem der Schränke. „Bingo!" rief Silber. Er nahm den Feuerlöscher von der Wand und schlug damit gegen das Vorhängeschloß. Angelika würde ihm sicherlich nicht böse sein, wenn sie erfuhr, warum er das getan hatte.

Er stellte den Feuerlöscher beiseite und öffnete den Spind. Aus dem oberen Regal fiel ihm etwas entgegen, was sich durch die Erschütterung gelöst hatte. Er fing den Briefumschlag auf und legte ihn wieder zurück. „Siehst du, Anna, auf Angelika ist Verlaß." Im Inneren des Spindes lagen Anziehsachen, die so ordentlich gefaltet waren, daß man meinen konnte, Angelika würde in dieser Umkleidekabine wohnen. Anna nickte knapp und fing an, ihre Bluse zu öffnen.

Silber hatte nicht mit solch einer spontanen Reaktion gerechnet und war erst mal sprachlos. Noch bevor sie den untersten Knopf öffnen konnte, drehte er sich um. „Öh, ich würde dann mal sagen, dat ich draußen warte", sagte er und bemerkte, wie seine Ohren heiß wurden. Ohne eine Antwort abzuwarten, ging er aus der Frauenumkleidekabine. Schon nach kurzer Zeit rief sie ihn. Zögernd betrat er den Raum. Anna saß in kurzen Hosen und knappem T-Shirt auf einer Bank, dabei hielt sie den Umschlag in der Hand. „Wie gut kennst du diese Angelika?" „Gut genug, um zu wissen, dat sie ihre Klamotten ordentlich wäscht. Du kannst dir also ohne Sorge nehmen, wat du brauchst."

Silber drehte sich um und wollte den Raum wieder verlassen.

„Sie hat die Photos", sagte Anna schließlich. „Die Photos?" fragte er zunächst einmal verwirrt. „Die Photos, die Nauermann sucht", half sie ihm auf die Sprünge. Silber blieb wie erstarrt stehen. Wie um alles in der Welt kam gerade Angelika an die Photos? Sollte sie näheren Kontakt zu dem Betriebsratsvorsitzenden gepflegt haben? Nein, das wäre ihm aufgefallen. Aber es würde erklären, warum sie immer so hervorragend über alle Geschehnisse in der Firma Bescheid wußte. Jedoch glaubte er nicht, daß Angelika fähig war, einen Mord zu begehen. Das paßte so ganz und gar nicht zu ihr. Auf jeden Fall wollte er so schnell wie möglich mit Angelika darüber reden, um sich Gewißheit zu verschaffen.

„Beeil dich“, sagte Silber knapp, ohne sich dabei umzudrehen, und verließ den Raum. Draußen mußte er nicht lange warten und lief mit ihr direkt auf den Hof. Von weitem sah er einen Mann, der sich vor den wartenden Legionären mit dem jungen Agenten Reusch auseinandersetzte. Ein Stein fiel ihm vom Herzen, als er Gero und Maria erblickte. Er wurde aber zugleich wieder traurig, weil er Emil und Josef vermißte. Bei der Gruppe angekommen, wurde er sofort von einem fremden Mann in Empfang genommen. „Halten Sie Ihre Hände da, wo ich sie sehen kann“, sagte er warnend. „Lassen Sie ihn in Ruhe, er hat mir das Leben gerettet“, forderte Reusch so energisch, daß Wenzel erschrocken einen Schritt zurücktrat. „Ich habe die Nase voll von den Verschwörungstheorien. Diese Leute sind weder Terroristen noch sonst irgend etwas, was uns bedrohen könnte. Verstanden?“

Silber beschloß, die hitzige Diskussion zu unterbrechen.

„Haben sich Josef und Emil schon sehen lassen?“

„Nein“, beantwortete Gero die Frage tonlos.

„Ich sehe mich mal nach ihnen um“, beschloß Silber.

„Sie bleiben schön hier, Freundchen“, fuhr Wenzel ihn an.

„Ich werde jetzt nach meinen Freunden suchen“, sagte Silber leise und entschlossen. „Und wenn du Pappschädel mich daran hindern willst, mußt du mir schon in den Rücken schießen.“

Wenzel hob die Waffe und drückte sie Silber an die Stirn.

„Versuch nicht, mich zu reizen, mein Junge. Das haben schon andere vor dir getan.“ „Und wie ist das ausgegangen, du Flasche?“ fragte Silber provozierend. Wenzel zog mit seinem Daumen den Hahn seiner Waffe zurück. „Versuch es rauszufinden“, forderte Wenzel ihn auf. Betroffene Stille breitete sich auf dem Hof aus. Silber wollte sich gerade in Bewegung setzen, als sie einen Schlachtruf vernahmen, der alle erfreute. „Was da los da? Laß meinen Freund in Ruhe.“ Josef und Emil gingen, weiß wie die Schneemänner, gelassen auf die Gruppe zu. Wenzel senkte seine Waffe. „Wer sind die denn jetzt?“ fragte er Reusch. „Das sind die besten Kollegen, die man sich hier auf diesem Planeten wünschen kann“, strahlte Silber. „Was ist los, Silber, macht der Wurzelzwerg Probleme?“, fragte Emil. Silber grinste. „Schon gut, Emil. Erzähl uns lieber, warum ihr so ausseht." „Mann, dat war vielleicht ,ne Affenkacke", begann Emil, „von wegen grünes Kabel. Da waren zwei rote, und als wir eines davon durchgeschnitten hatten, raste die Zeit auf der Uhr auf einmal mit solch einem Affenzahn zurück, dat ich dachte, mir geht gleich der Kackstift." Er klopfte Josef auf die Schulter. „Dann hat unser Riesenbaby sich dat Ding gekrallt und volle Möhre aus dem Fenster geschmissen." Er lächelte kurz. „Wenn ich dat gemacht hätte, wäre der Koffer natürlich viel weiter geflogen." Josef wollte gerade protestieren, aber Emil fuhr fort. „Als dann die Bombe explodierte, war die Druckwelle trotzdem noch so groß, daß uns die halbe Puderabteilung um die Ohren geflogen ist. Wie man sehen kann, haben wir uns natürlich clevererweise hinter den Puderzuckersäcken versteckt. Und jetzt sind wir hier, um dem Vollidioten", er deutete auf Sergej, „einen kräftigen Tritt in den Arsch zu geben." „Ich bin auf jeden Fall froh, eure Arschgesichter gesund wiederzusehen", sagte Silber erleichtert.

Emil trat vorsichtig an Froßmann heran und stieß ihn leicht mit dem Ellbogen in die Seite.

„Hey, nicht traurig sein, Frosti. War doch nur die Puderabteilung. Höhöhö." Jetzt lachten alle und fielen sich in die Arme. Die Legionäre hatten *Blanka* gerettet. Nur Silber stand am Rande des Freudentaumels und schaute nachdenklich drein. Das merkten auch die anderen schnell und kamen näher. „Was ist los?" grölte Krämer. „Wo ist Angelika?" fragte Silber langsam. Alle schauten sich um und zuckten mit den Schultern.

„Egal", er wischte den Gedanken, den er äußern wollte, fort.

Dann sprach er alle an. „Hört zu. Ich habe euch geholfen, *Blanka* zu retten. Jetzt helft mir, meine Stadt zu retten." „Legionäre!" rief Emil, der wußte, wie sehr Silber seine Stadt liebte, „wollen wir Silbers Stadt retten?" Geschlossen riefen die Legionäre ein klares: „Ja!"

„Gut", erklärte Silber zufrieden. „Dann müßten wir jetzt nur noch rauskriegen, wer dieser Fiesling ist, um eine kleine Spur zu haben."

„Wir nennen ihn den Prinzen", versuchte Anna zu helfen.

„Ja, so hat er sich auch benommen", erwiderte Silber. „Ich hab' diesen Decknamen noch nie gehört", meldete Reusch. Auch Wenzel schüttelte verneinend den Kopf. „Ich kenne ihn aber", meldete sich Maria schließlich. Alle schauten sie skeptisch an. Woher sollte eine Arbeiterin wissen, wer der Top-Terrorist war, der alle in Atem hielt.

„Und?“ fragte Silber in der Erwartung, eine weniger informative Antwort zu bekommen.

„Er ist mein Bruder …“

Der Lebensretter

Der BND verzeichnete die beiden Agenten Reusch und Wenzel nach fehlender Rückmeldung und erfolgloser Suchaktion in den Trümmern der Fabrik als vermißt. Den einzigen traurigen Erfolg, den der Suchtrupp melden konnte, war der Fund der Großraumlimousine, die die Leichen der anderen Agenten barg. Der BND konnte nicht wissen, daß Maria, nachdem sie den Legionären gestanden hatte, wer sie in Wirklichkeit war, Reusch und Wenzel solange in ihre Obhut nehmen wollte, bis die ganze Sache durchgestanden war. Silber, der großes Aufsehen durch die Agenten befürchtete und Provokationen gegenüber dem Prinzen vermeiden wollte, fand diese Idee großartig. Er selber nahm das Angebot aber nicht an. Mit dem Argument, er müßte den Wagen seines Freundes zurückbringen, verließ er zusammen mit Anna die Runde. In Wirklichkeit wollte Silber seine Gedanken ordnen. Ihn nahm die Vorstellung, daß Angelika in dieser Sache mitmischte, sichtlich mit. Bevor er ging, überließ er es jedoch den Legionären, am entscheidenden Tag vor Ort zu sein, und wählte die Duisburger Stadtbibliothek als Treffpunkt. In einem Mülheimer Hotel bemerkte der Prinz, Stunden vor seiner geplanten Abreise, daß der Zünder für die Bombe fehlte. Wenn er erfahren hätte, daß das wichtige Element noch im Schraubstock der Schlosserei eingespannt war, hätte Nauermann bestimmt auf Händen und Füßen zurück zu *Blanka* kriechen müssen. So wies er aber seine Leute an, in Elektrofachgeschäften verschiedenster Städte die nötigen Komponenten zu erwerben, um einen neuen Zünder zu bauen. Er wählte die umständliche Art der Beschaffung deshalb, damit Spezialisten, die sich später nach der Detonation mit der Bombe befassen würden, um keinen Preis der Welt einen Anhaltspunkt über die Herkunft des Zünders bekommen sollten. Während dieser Zeit liefen Beamte des Bundeskriminalamtes zwecks Ortserkundung intervallweise durch die Duisburger Innenstadt. Sie ahnten nichts von den Aktivitäten des BND und den Plänen des Prinzen. Sie waren vielmehr darauf fixiert, dem Ministerpräsidenten von Nordrhein-Westfalen sicher den Weg durch die Menge zu bahnen, damit er den Bürgern Duisburgs die Eröffnungsrede zum Stadtfest zu Gehör bringen konnte. Sie schätzten die Lage als äußerst undramatisch ein. Das einzige Problem, das sich ihnen bieten würde, waren bestimmt die

Heerscharen von Menschen, die zurückgehalten werden mußten, wenn sie ein Autogramm des beliebten Politikers ergattern wollten. Für das Bundeskriminalamt sollte das Wort 'Drama' jedoch eine vollkommen neue Bedeutung bekommen.

Langsam lenkte Silber den schweren Wagen auf den Hof seines Freundes Azur. Der Hund begrüßte die beiden mit lautem Gekläffe. Anna traute sich zunächst gar nicht auszusteigen, weil das Tier überschwenglich an die Scheiben sprang und mit seinen dicken Pfoten Matschflecken so groß wie Unterteller hinterließ. Silber beruhigte sie und stieg als erster aus, um ihr zu beweisen, daß der Hund ihnen freundlich gesonnen war.

Kaum stand Silber, wurde er auch schon von dem Kläffer zur besonderen Begrüßung erst einmal umgerannt und landete im Blumenbeet. Nur schwer ließ sich der Hund davon überzeugen, daß er ihm nicht das Gesicht abzuschlecken brauchte. Nun lief der Hund auf Anna zu. Sie wollte gerade zur Flucht in den Wagen ansetzen, doch unerwartet bremste der Hund ab, setzte sich und hob ihr eine Pfote entgegen. Anna lachte auf und fing an, ihn vorsichtig zu streicheln. „Oh, ist der lieb", schwärmte Anna. „Na, dat sag' ich dir", bemerkte Silber trocken und versuchte sich aufzurappeln. „Wie heißt der Hund?" fragte Anna.

„Jakesch." „Das ist aber kein deutscher Name", stellte sie fest.

„Nein, es ist ein bosnischer." „O toll, und was bedeutet er?" fragte Anna interessiert.

„Ich glaube, dat heißt soviel wie: Ungeheuer, dat einen umrennt, wenn man eh schon im Eimer ist." „Du weiß es also nicht."

„Oder so." An der Anzahl der Autos vor dem Haus konnte Silber erkennen, daß niemand daheim war. Er wußte aber, wo der Schlüssel ver steckt war, und erlaubte sich, ihn zu nutzen. An dem Garderobenspiegel klebte ein Zettel. Die an ihn gerichtete Nachricht beinhaltete die Gratulation, daß er es endlich schaffte, den Wagen zurückzubringen, verbunden mit der Bitte, den Hund zu versorgen. Azur war mit seiner Freundin unterwegs nach Holland. Er versprach ihm jedoch, zum Stadtfest wieder dazusein. Als Silber die Dose mit dem Hundefutter öffnete, wünschte er sich, sein Freund würde lieber in Holland bleiben.

„Bleiben wir jetzt hier?“ unterbrach Anna seine Gedanken.

Er nickte langsam.

„Meinst du, ich darf mal das Badezimmer benutzen?“

„Na klar. Frische Handtücher müßten da sein. Azur hat seine Wohnung im unteren Bereich. Komm runter, wenn du fertig bist. Dann habe ich dir dat Bett zurechtgemacht.“ „Danke.“

Silber füllte Jakeschs Freßnapf. Der Hund stürzte sich sofort darauf und futterte, als habe er seit Tagen nichts bekommen. Müdigkeit überkam ihn. Wenn Jakesch nicht nach noch mehr Futter gebellt hätte, wäre Silber schon am Küchentisch eingeschlafen. Er gab dem Tier noch einige Hundekuchen und ging dann nach unten, um das versprochene Bett herzurichten. Gerade als er fertig wurde, kam Anna herein. „Dein Freund hat es schön hier“, bemerkte sie. „Ja, ist nicht schlecht hier“, stimmte Silber ihr zu. „Du schläfst im Bett. Ich werde es mir auf der Couch bequem machen.“ Anna linste auf die kleine Fernsehcouch und bezweifelte, daß er es dort bequem haben würde. „Das Bett ist groß genug ...“ „Ich bin gleich wieder da“, unterbrach Silber sie. Im Badezimmer verteilte er seine Sachen und war froh, endlich unter der warmen Dusche zu stehen. Beim Abtrocknen machten sich die verletzten Stellen bemerkbar. Die Rippen schienen zum Glück nicht gebrochen, was er von seiner Nase nicht behaupten konnte. Er holte sich Eiswürfel aus dem Gefrierfach, wickelte diese in ein Geschirrtuch und legte sie sich auf die geschwollenen Stellen im Gesicht. „Mir ist aufgefallen, daß du niemanden aus deiner Familie um Hilfe bittest“, sagte Anna, als er sich vorsichtig auf die Bettkante setzte und ihr ein wenig Obst anbot.

„Das hätte auch wenig Zweck.“

„Wieso?“ „Weil ich meiner Familie vor drei Jahren zu Weihnachten mal gesagt habe, was ich von allen halte. Seitdem brauche ich mich bei denen nicht mehr sehen zu lassen.“ „Aus welchem Grund“, hakte sie nach. „Weil ich als Stiefkind aufgewachsen bin, und die sind ja bekanntlicherweise alles andere als beliebt. Immer waren die Söhne meiner Stiefmutter die Tollsten und die Besten. Ich habe zusammen mit meiner Schwester immer versucht, den anderen den Arsch nachzutragen. Dat hat aber nie gereicht. Wir wurden immer nur belächelt. So nach dem

Motto: Wat machen die beiden jetzt wieder für einen Schwachsinn. Und wie gesagt, vor drei Jahren ist mir dann der Kragen geplatzt. Als meine Schwester nämlich meine Stiefmutter mal gefragt hat, warum sie uns all die Jahre so behandelt. Da hat meine Schwester zur Antwort bekommen: Wenn sie später mal zu ihren beiden Katzen zwei Pflegetiere hinzubekommen würde, würde sie das verstehen." Silber hob die Augenbrauen und atmete durch die Nase aus. „Oh, das tut mir leid", sagte Anna leise. „Schon gut. Ich muß sagen, daß mir seit dem auch nichts fehlt."

„Aber was machst du denn an den Weihnachtstagen?"

„Mit der Zeit lernt man, daß solche Ereignisse letztendlich nur Worte sind. Weihnachten ist doch auch nur noch so ein 'Schenkst-du mir-schenke-ich-dir-Fest', das den eigentlichen Sinn um Kilometer verfehlt." Silber gähnte. Anna dachte daran, daß solche Feste auch anders gefeiert werden können, und wollte Silber davon erzählen, wie sie mit ihrem Vater die Feiertage in Rußland verbracht hatte. Allerdings hätte sie gerne noch ein Geschwisterchen dabei gehabt. „Ist deine Schwester jünger als du?" fragte Anna. Keine Antwort. Sie drehte ihren Kopf und wollte die Frage noch einmal stellen. Doch sie sah, daß Silber im Sitzen eingeschlafen war. Anna stand auf, schubste ihn sanft um und deckte ihn zu. Lächelnd betrachtete sie den schlummernden Silber. Schließlich beugte sie sich über ihn und gab ihm einen leichten Kuß auf die Wange.

Schon zum dritten Mal wurde der Wagen der Straßenreinigung an diesem Donnerstagmorgen von einem Kontrollpunkt des BKA aufgehalten. Wieder mußte der Fahrer seine Aufgabe mit einer Genehmigung belegen, und seine Mitarbeiter öffneten die Ladefläche, um ihre Gerätschaft preiszugeben.

Die Beamten befanden das Gefährt erneut als „sauber" und ließen es passieren. Im Schrittempo rollte der Wagen über die große Einkaufsstraße. Auf Höhe eines Kunstwerks von Niki de Saint Phalle, das sich „Der Lebensretter" nannte, kam er zum Stehen. Vier Männer stiegen aus. Sie schauten hinauf zu dem etwa drei Meter großen Ungetüm, das den Steuerzahler 2,5 Millionen Mark gekostet hatte. Es stellte einen Adler dar, der seine Schwingen ausbreitete, aus denen Wasser sprühte. An seinem Torso hing eine wohlproportionierte Frau und umschlang seinen Hals.

Das einzige, was die Duisburger anfangs störte, abgesehen von der enormen Summe, waren die wirren Farben, mit denen das Kunstwerk überzogen war. Aber nun hatten sich alle abgeregt und fanden es sogar ganz toll, wenn Leute von weit her kamen, nur um diese Plastik zu photographieren. Die Männer wandten sich von der Statue ab und zogen ihre orangefarbenen Arbeitsjacken aus. Niemand der Passanten achtete auf die Auswölbungen der Arbeitshosen, in denen sich ihre Handfeuerwaffen befanden. Sie öffneten einen Kanaldeckel. Drei der Männer stiegen herrab. Der Übriggebliebene reichte Arbeitsgerät nach unten. Mit der Begleitung von metallenen Geräuschen, die aus der Tiefe kamen, rauchte der Mann eine Zigarette. Einige Zeit verging, bis die Männer wieder auftauchten. Sie machten einen zufriedenen Eindruck, als sie den Deckel über die Öffnung schoben und in dem Wagen davonfuhren. Der nächste Kontrollpunkt des BKA konnte beim Verlassen der Einkaufsstraße ohne Überprüfung passiert werden. Drei Straßen weiter ließen die Männer den Wagen zurück und stiegen in eine Limousine um. „Ging alles klar?“ fragte der Fahrer. Einer der Männer zog sich einen falschen Schnurrbart von der Oberlippe. „Ja“, sagte er.

„Darüber wird der Prinz sehr erfreut sein.“

„Hoffentlich.“

Maria schnitt einige Scheiben Brot ab und stellte sie auf den reichhaltig gedeckten Tisch. Die beiden Agenten bedankten sich höflich, warteten aber anstandshalber darauf, bis alle am Tisch saßen. Als Maria gerade die Tassen mit Kaffee füllte, gesellte sich auch Gero zu ihnen. Er entschloß sich erst im letzten Augenblick, Marias Gastfreundschaft in Anspruch zu nehmen.

Gero befürchtete nämlich, daß noch weitere Überraschungen irgendwo auf ihn warteten. Da jeder sich mit seinen Gedanken trug, verlief das Frühstück in aller Stille. Maria wußte nicht, ob sie ihrem Vater erzählen sollte, daß ihr eigener Bruder das Lebenswerk ihres Großvaters zerstören wollte und nun versuchte, einen Giftgasanschlag auf eine Großstadt zu verüben. Das Kuriose an der Sache war, daß er immer den Vorzug in allen Sachen erhalten hatte und sich nie beklagen konnte. Maria war immer diejenige gewesen, die sich alles erarbeiten mußte. Bis vor seinem spurlosen Verschwinden hielt er sogar die Führung von *Blanka* in seiner Hand. Aber so wie es momentan aussah, hatte er wohl auch noch weit nach seiner Zeit das eigentliche Sagen in der Firma gehabt. Und dann war da das Geständnis, das sie den Arbeitern geben mußte, um ihr Wissen zu erklären. Vor ihren Erklärungen wurde sie wie eine von ihnen behandelt. Danach konnte sie spüren, daß alle einen gewissen Respektabstand ihr gegenüber einhielten und sogar anfingen, sie zu siezen. Der Zauber war also dahin. Was ihr jedoch am meisten weh tat, war, daß Silber sie mit abschätzenden Blicken strafte und nur noch so zu den Legionären sprach, als ginge sie das Ganze nichts mehr an. Mit einem Schlag war Maria nur noch ein weiterer Bürofuzzie im Leben des René Silber. Agent Helmut Wenzel bekam langsam Gewissensbisse. Er war so unkontrolliert dem ungestümen Handeln seines jungen Kollegen gefolgt, daß er sogar bewußt die Rückmeldung beim BND unterließ. Dies würde ein Disziplinarverfahren nach sich ziehen, das reichte, um ihn unehrenhaft zu entlassen, denn die letzte Ermittlung gegen ihn wegen Überschreitung der Kompetenz war noch lange nicht abgeschlossen. Er hatte nämlich damals zusammen mit seinem Expartner die Räumung eines Hochhauskomplexes in der Düsseldorfer City veranlaßt, weil sie im Inneren einen Terroristen vermuteten, der vier Kilo Plastiksprengstoff mit sich führte und damit anscheinend alles niederwalzen wollte. Das Ergebnis der Anweisung endete schließlich in einem sagenhaften Chaos. Die in Panik ausströmenden Leute rannten wirr durch die Straßen und hinderten den bis dahin fließenden Verkehr an der Weiterfahrt. Stunden nachdem das Bombenkommando erfolglos die Suche nach dem vermeintlichen Sprengstoff einstellte und eine andere Einheit den Terroristen mit einer Tüte voll Apfelsinen im Gepäck ohne großes Aufsehen am Bonner Flughafen aufgriff, konnten die ersten Autos um 22.00 Uhr weiterfahren und die Anwohner das Gebäude wieder betreten.

Agent Matthias Reusch hätte sich in den Hintern beißen können, daß er gleich bei dem ersten Versuch, über sich selbst hinauszuwachsen, prompt in eine Situation gekommen war, die ihm absolut nicht lag. Eigentlich wollte er doch nur Silbers Unschuld beweisen und nicht als erfolgloser Agent in den Archiven des BND enden. Das einzige, was er als erfreulich empfand, war, daß die Kugel, die seine Schulter getroffen hatte, von der Kugelfangweste abgehalten wurde und nur eine Prellung verursacht hatte. Gero Pallasch überlegte ernsthaft, ob er bis Samstag das Ruhrgebiet verlassen sollte.

Der Prinz und seine Männer waren seiner Ansicht nach so gut organisiert, daß sie sich bestimmt nicht von einer Handvoll Fabrikarbeiter aufhalten lassen würden. Außerdem fühlte er sich nicht dazu berufen, die Stadt aus den Fängen eines Psychopathen zu befreien. Er seufzte innerlich auf. Aber ein anderer, den er sehr gut kannte, fühlte sich dazu berufen, und das verpflichtete ihn wiederum, diesem Träumer beizustehen. Egal, was jeder für sich dachte, eines hatten sie gemeinsam: Das Warten auf den Samstag machte sie wahnsinnig.

Am Freitag nachmittag wagte Silber sich vor die Tür, um Anna die beste Pizza zu holen, die es in diesem Universum gab. Er mußte dafür nicht weit fahren, denn diese Pizza gab es unter der Autobahnbrücke in Duisburg-Meiderich. Der provisorische Bauwagen, der zur Pizzeria umfunktioniert und von Tamilen betrieben wurde, erfreute sich bei den Meiderichern größter Beliebtheit. Bei seiner Rückkehr wurde er schon sorgenvoll von Anna erwartet. Sie vergaß aber völlig die Vorwürfe, die sie vorbringen wollte, als Silber ihr einfach einen riesigen Strauß Rosen in die Hand drückte und anfing, ohne große Worte den Tisch zu decken. Als er Anna zum Essen rief, stand sie noch immer bis zum Anschlag errötet in der Tür. Silber merkte, was er angerichtet hatte. Zur Ablenkung begann er mit seinem Vortrag, was wichtig an einer Pizza war. Seiner Meinung nach mußte der Belag so gleichmäßig verteilt werden, daß das Stück, welches man wählte, nicht gleich an der Spitze umklappte, wenn man es in der Hand hielt. Er wies sie an achtzugeben und nahm sich ein Stück aus der Schachtel. Anna lachte laut los, als die Spitze einknickte und der Belag auf den Teller platschte. Silber fand das im ersten Moment gar nicht komisch und versuchte, die peinliche Situation damit zu rechtfertigen, daß der Teig wegen des langen Transports schon aufgeweicht war. Nun lachte Anna noch lauter, aber nicht, weil ihr die Erklärung zu unplausibel erschien, sondern weil Silber sich in diesem Augenblick wie ein kleiner Junge aufführte, der unbedingt recht haben wollte. Um dem ein Ende zu machen, nahm er kurzerhand eines der Pizzabrötchen aus der Tüte und warf es ihr spaßeshalber an den Kopf. Anna lachte noch viel an diesem Nachmittag. Silber gestand ihr nämlich einige von den endlos vielen Streichen, die er schon auf dem Kerbholz hatte, und von seiner heimlichen Gabe, Gedichte zu schreiben.

Sie mochte Silbers Art zu erzählen und hörte ihm gerne zu. Später erzählte sie ihm Dinge aus ihrer Heimat, wie arm die Leute in ihrem Land waren, wie kalt die langen Winter waren und daß man ohne Bestechung wenig erwarten konnte. Sie erzählte von den Kindern in ihrem Haus, die sie für eine Dame von der Heilsarmee hielten, weil sie ihnen ständig warme Anziehsachen mitbrachte. Sie erzählte ihm, wie sie lange Zeit heimlich mit ihrem Geld die Missionsstation ihrer Dorfkirche unterstützt hatte und daß sie in Wirklichkeit gerne Kindergärtnerin geworden wäre.

Anna fühlte sich wohl. Sie konnte endlich mal jemandem was erzählen, ohne gleich Angst zu haben, dafür Konsequenzen zu tragen. Beide spürten, daß, je besser sie sich verstanden, die Zeit immer schneller voranschritt. Doch so sehr sie es sich auch wünschten, sie konnten nichts dagegen tun.

Blauer Himmel, lachende Kinder, Erwachsene mit strahlenden Gesichtern. Das Duisburger Stadtfest lief auf Hochtouren an. Clowns verteilten bunte Luftballons mit dem Slogan „Der Pott kocht". Silber dachte sich, daß das Motto für diesen Tag wie die Faust aufs Auge paßte. Reusch und Wenzel parkten den beschlagnahmten gelben Opel in einer Seitenstraße und bekamen zur Begrüßung erst mal einen Spruch von Silber. „Oh, ihr Jungs vom Geheimdienst fahrt ja richtig heiße Schlitten. Vielleicht sollte ich mich mal bei euch bewerben."

„Sehr witzig", bemerkte Wenzel mürrisch. „Mach dich mal locker. War doch nur ein Scherz." Maria und Gero hatten ihren Wagen sicherheitshalber in einem fernen Parkhaus abgestellt, bevor sie am Treffpunkt erschienen. „Ich habe mir schon mal Gedanken über einen Plan gemacht", begann Wenzel, „wir sollten ..." „Ich will hier mal eins klarstellen", unterbrach ihn Silber energisch. „Ich kenne mich hier am besten aus und ich werde jetzt sagen, was passiert." „Wir haben aber Erfahrung in solchen Sachen", stand Reusch seinem Kollegen bei. „Ja klar. Deswegen mußten wir die Bomben in Mülheim ja auch selbst entschärfen", sagte Silber spöttisch. „Das stimmt doch gar nicht", wehrte sich Wenzel erbost. „Vielleicht sollten wir uns mal langsam einigen", schlug Anna vorsichtig vor. „Stimmt", meinte Gero, „der Ministerpräsident soll nämlich, laut Plakataushang, um 14 Uhr die Eröffnungsrede halten." Alle schauten auf ihre Uhren. „Also knapp zwei Stunden", stellte Maria fest.

„Gut, wir bilden wieder Zweiergruppen", Silber nickte Wenzel versöhnlich zu. „Einen weniger Erfahrenen mit einem Erfahrenen." Wenzel nickte zum Zeichen seines Einverständnisses. „Ich habe Funkgeräte mitgebracht", meldete sich Reusch. „Wir sollten nur darauf achten, daß wir den Kanal nicht verstellen, damit wir dem BND nicht noch eine Spur liefern, die zu uns führt." Silber nickte anerkennend. Soviel Einsatzbereitschaft hatte er gar nicht erwartet. „Aber so wie es aussieht, haben wir wohl zu viele Geräte. Ich dachte, es würden mehr kommen." „Ja", sagte Silber traurig, „Dat dachte ich auch. Aber die lieben Kollegen sind wohl klüger als wir und verschwinden mit ihren Familien aus dem Ruhrgebiet." „Wir sind nicht klüger, du Bananenkopp", schnaufte Emil außer Atem von hinten. „Wir haben bloß die Straßenbahn verpaßt", vollendete Josef den Satz. „O.k.", sagte Silber erfreut, „dann sind wir ja soweit vollständig." „Ähem, ob Sie für mich wohl auch eine Verwendung finden könnten? Ich würde sehr gerne helfen." Silber drehte sich langsam um und war gar nicht begeistert, Froßmann zu sehen. Was sollte er mit einem Mann, der seine Hand in einem Verband trug, schon anfangen. Höchstwahrscheinlich hatte er, pflichtbewußt, wie er war, dem Krankenhausarzt auch noch mitgeteilt, woher die Verletzung stammte – und sie hatten gleich ratz, fatz alle Polizei der Welt an den Fersen kleben. Silber machte den Test. „Wat haben Sie denen im Krankenhaus erzählt?"

„Ich hätte mich bei der Gartenarbeit verletzt. Ich habe kein Wort über die letzten Ereignisse verloren." Jeder konnte erkennen, daß Silber keine große Sympathie für seinen Vorgesetzten hegte. „Gut, ich überlege mir was", willigte er schließlich widerstrebend ein. Reusch erklärte für alle, wie die Funkgeräte funktionierten, und wies noch einmal darauf hin, sich unauffällig zu verhalten, da sich bestimmt Agenten und BKA-Beamte in der Innenstadt aufhielten, um nach ihnen zu suchen. Silber benannte Reusch und Maria als Gruppe, Wenzel zusammen mit Emil, Josef mit Gero. Und nach langem Zögern schickte er Froßmann in Geros Gruppe. Josef würde schon auf ihn achtgeben. Silber wählte natürlich Anna als Partnerin. Reusch verteilte die Funkgeräte. Als Silber sich etwas abseits stellte, trat Maria an ihn heran. „Hallo, René." „Oh, die Prinzessin ist auch da", stellte er höhnisch fest.

„Ich wollte dir nur sagen, daß es mir leid tut", sagte Maria leise. „Wat tut dir leid? Dat du uns nicht noch länger an der Nase rumführen konntest?" Beschämt schaute sie zu Boden. „Wat hast du dir eigentlich dabei gedacht? Wolltest du mal sehen, wie die dummen Arbeiter sich in dem Labyrinth von Lügen und hirnrissigen Anweisungen zurechtfinden? Damit du zur Belustigung auf irgendwelchen tollen Anlässen den anderen Bürofuzzies davon erzählen kannst?" Maria versuchte sich zu verteidigen. Sie wollte ihm erklären, daß alles besser werden sollte und daß sie dazu doch die Menschen besser kennenlernen mußte.

Sie wollte ihm auch sagen, daß sie sich in ihn verliebt hatte. Sie wollte ihm soviel sagen. Was sie dachte und was sie fühlte. Doch ihre Sätze erstickten in einem Meer von Tränen. Silber stand nun recht hilflos da und fühlte sich sehr unbehaglich.

Er wußte nicht, was er tun sollte, damit sie aufhörte zu weinen. Es kam ihm sehr gelegen, daß Anna ihm eines der Funkgeräte reichte und damit für Ablenkung sorgte.

„Wir müssen los", verkündete er. „Ich vermute mal, dat wir keinen der Schurken zu sehen bekommen, weil die sich schon lange abgesetzt haben. Also konzentriert euch auf die Bombe."

Die Gruppen schwärmten aus.

„So", sagte Silber. „Ich hab' einen Sahneplan."

„Ach ja?“ Anna schaute auf. „Laß mal hören.“ „Wir hauen einem Polizisten wat vor dat Plätzchen und nehmen uns seine Uniform. Dadurch bewegen wir uns viel unauffälliger durch die Innenstadt.“ „Klasse Idee“, bemerkte Anna sarkastisch. „Finde ich auch“, antwortete Silber stolz, ohne dabei zu bemerken, daß Anna ihn auf den Arm nahm. „Ich glaube, ich habe da eine bessere Idee“, grinste Anna. Plötzlich wurden die Menschen unruhig. Sirenen ertönten. Blaulicht flammte auf. Feuerwehrwagen versuchten, sich einen Weg durch die Menge zu bahnen. „Er ist hier“, sagte Anna mit großen Augen. Silber verstand im ersten Augenblick nicht so recht, von wem sie sprach. „Was …?“

„Er ist hier“, wiederholte sie. Silber kräuselte seine Stirn und versuchte, sich trotz des Lärms auf das zu konzentrieren, was Anna sagte. „Er ist hier!“ rief sie erneut. „Der Prinz ist hier.“

Der Prinz stand mit Kolia auf einem der Dächer in der Innenstadt und schaute mit einem Fernglas auf die Menschenmassen. In den vergangenen Tagen vermißte er die Meldung über eine Süßwarenfirma, die durch eine Explosion vollkommen zerstört wurde. Da dieser Bericht ausblieb, konnte er sich also denken, daß Silber mit seinen Leuten überlebt hatte und nun versuchen würde, etwas gegen ihn zu unternehmen. Das wollte sich der Prinz jedoch nicht bieten lassen und nahm sich vor, die Operation bis zum Ende selbst zu leiten. Den Schritt, den er nun einleitete, nannte er: „Beschäftigung der Ordnungskräfte“. Eigens dazu ließ er einen Brandsatz in der größten Buchhandlung der Innenstadt zünden. Nichts Großartiges. Nur ein kleines Feuer. Dennoch reichte es aus, um alle Aufmerksamkeit der Ordnungshüter auf diese eine Stelle zu lenken, bevor er zum eigentlichen Teil des Planes überging.

„Sie sind hier. Ich weiß es“, sagte der Prinz und senkte das Fernglas.

Er nahm Kolia das Funkgerät aus der Hand und sprach hinein.

„Glückwunsch, Herr Nauermann. Ich bin beeindruckt, daß Sie diese Aufgabe ohne einen Fehler bewältigt haben.“ „Danke“, kam es gepreßt zurück. „Haben Sie den Zünder schon eingestellt?“

„Ich bin auf dem Weg.“ „Bitte stellen Sie ihn auf drei Minuten nach zwei ein. Der Ministerpräsident soll wenigstens Gelegenheit haben, seine Bürger zu begrüßen. Den Rest der langweiligen Rede sollten wir den Duisburgern ersparen und sie von ihrem Leid erlösen."

„Wird gemacht." Der Prinz gab Kolia das Funkgerät zurück und schaute auf seine Uhr. Noch achtundachtzig Minuten – und er würde sich das Schauspiel vom Hubschrauber aus betrachten können.

„Darf ich einen Luftballon haben?" fragte ein kleiner Junge den Clown. Der Clown frimmelte aus dem Wirrwarr von Schnüren eine Schnur heraus und zog aus der riesigen Traube von Ballons einen hervor. „Hier", brummelte der Clown mürrisch und gab dem Jungen die Kordel. „Danke", sagte der Junge, „Darf ich noch einen für meine Schwester haben?" „Nein. Den könnt ihr euch teilen", antwortete der Clown unfreundlich. Der Clownsgehilfe an seiner Seite stieß ihm den Ellbogen in die Rippen und nickte dem Jungen zu. Der Clown verdrehte die Augen und fummelte erneut einen Ballon heraus. „Danke schön!" freute sich der Junge und lief davon. „Du mußt freundlicher sein", erklärte der Clownsgehilfe. „Wah, bist du Banane oder wat? Ich steh' hier wie so 'n Dachs beim Kacken und verteile Luftballons an die kleinen Kröten, und du machst hier einen auf schön Wetter und malst denen auch noch die Nasen an", maulte Silber. Anna hatte Silber davon überzeugt, daß es klüger wäre, einem Animateurteam die Kostüme abzukaufen und sich als Clown und Clownsgehilfe durch die Masse zu bewegen. Leider hatte sie dabei nicht bedacht, daß Silber gar keine Ahnung von Kindern hatte. „Kannst du mir mal helfen?" fragte ein kleines Mädchen und hielt Silber erwartungsvoll einen Socken entgegen. Silber schaute Anna fragend an. „Sie möchte, daß du ihr den Socken anziehst", half ihm Anna auf die Sprünge.

„Wah, ich? Ich hab' noch nie so kleine Füße gesehen", protestierte Silber. „Der hat sich verdreht, und jetzt kann niemand meine Mickymaus richtig sehen", klagte das Mädchen. Wieder stieß Anna Silber in die Rippen. Widerwillig beugte er sich runter, streifte ihr ungeschickt den Socken über und zog ihr danach etwas umständlich den Schuh wieder an. „O, danke, Herr Clown." Sie beugte sich vor und gab Silber einen dicken Kuß auf die rote Gumminase. Silber erhob sich und schaute Anna fassungslos an. Aber noch ehe er sich für die freundliche Geste bedanken konnte, rannte das Mädchen davon. Anna versteckte ihr Gesicht hinter einer riesigen Schaumgummihand und kicherte. „Soll ich jetzt durch ganz Duisburg latschen und allen Blagen die Strümpfe geradeziehen, oder können wir damit anfangen, die Bombe zu suchen", maulte Silber genervt. „Ist ja schon gut", wehrte Anna lachend ab. „Wir suchen jetzt in allen Abfalleimern entlang der Einkaufsstraße. Ich glaube, dat die Bombe da irgendwo sein muß."

„Hallo, Silber", kam es quäkend aus dem Funkgerät.

„Hier Silber", meldete er sich. „Hier ist Emil", kam es zurück, „du glaubst nicht, wen ich gerade gesehen habe." „Meine Grundschullehrerin?" „Nein, besser. Nauermann und Schiffer."

„Mach' keinen Scheiß!" „Wenn ich dir dat doch sage."

„Wo hast du sie gesehen?" „Die laufen in der Nähe von dem großen, häßlichen, bunten Dingen rum." „Wartet auf uns, wir sind gleich bei euch."

Die Luft in der Kanalisation war stickig und die Beleuchtung spärlich. Von oben ertönte dumpf die Musik des Stadtorchesters.

„Mach hin, sonst muß ich gleich kotzen", drängte Schiffer.

„Halt die Schnauze!" motzte Nauermann. Er brauchte bei der Programmierung des Zünders höchste Konzentration. Er schaute auf die Uhr. Noch 67 Minuten.

„Dauert dat noch lange?" „Schiffer, ich sag' es dir noch einmal: Halt die Schnauze!" drohte Nauermann. Schweißperlen standen ihm auf der Stirn.

Er war verständlicherweise etwas nervös, weil der Prinz einen weiteren Fehler bestimmt nicht mehr verzeihen würde.

„Denk daran, daß wir den Hubschrauber noch kriegen müssen."

„Jaaa", stöhnte Nauermann genervt. Er tat noch einige Handgriffe. „Fertig", sagte er schließlich.

„Komm, laß uns abhauen", forderte Schiffer ihn auf.

„Warte. Ich muß den Prinzen noch informieren." „Ja gut. Sag ihm, er soll schon mal die Scheinchen zählen", kicherte Schiffer. Nauermann nahm das Funkgerät und sprach: „Hier Nauermann. Die Anweisungen wurden ordnungsgemäß ausgeführt." „Sehr gut. Kommen Sie jetzt zurück", ordnete der Prinz an. Nauermann steckte das Funkgerät in die Jacke und lief zusammen mit Schiffer den engen Kanalisationsschlauch hinunter. Gerade als sie die Metalleiter hinaufsteigen wollten, bemerkten sie, daß jemand den Deckel über die Öffnung schob. Nauermann spürte, daß sie nicht allein waren.

Reusch und Maria konnten das Gespräch zwischen Emil und Silber nicht mithören, weil sie sich zu diesem Zeitpunkt genau vor dem Orchester befanden, welches gerade zum Endspurt einer Symphonie ansetzte. Reusch schlug vor, alle Lautsprecher, die an den Laternen hingen, näher in Augenschein zu nehmen.

Er dachte sich, daß der Prinz sichergehen und die Menschen bestimmt von oben mit dem Giftgas besprühen lassen wollte. „Wir trennen uns hier", bestimmte Reusch. „Was ist, wenn einem von uns was zustößt?" gab Maria zu bedenken. „Es passiert schon nichts", beruhigte er sie. „Und wenn wir uns verlieren?" fragte sie skeptisch. Eigentlich stellte Maria sich nur quer, weil sie befürchtete, Silber noch mehr zu verärgern, wenn er erfuhr, daß die beiden sich nicht an seine Anweisungen hielten. „Bitte, Maria, wir haben nicht mehr viel Zeit. Wir kontrollieren nur rasch die Lautsprecher. Getrennt geht das schneller." „Gut", stimmte sie schließlich widerwillig zu. Beide trennten sich. Reusch lief um die Orchesterbühne. An den Lautsprechern, die dort im Umkreis hingen, konnte er keine auffallenden Veränderungen erkennen. Danach lief er an dem Rednerpult vorbei. Dort mußte Reusch achtgeben, um nicht durch sein auffälliges Verhalten bei den Beamten des BKA anzuecken. Aber auch an dieser Stelle bemerkte er nichts. Reusch kehrte zum Ausgangspunkt zurück und wartete auf Maria. Die Zeit verging. Reusch machte es eigentlich nichts aus, zu warten. Doch in dieser Situation empfand er fünf Minuten, wenn man nur noch knapp sechzig hatte, als viel. Nervös schaute er sich um. Nach weiteren fünf Minuten beschloß er, Maria zu suchen. Vielleicht hatte sie ja schon etwas gefunden und wartete nur auf ihn. Doch als er ihre geplante Route ablief, konnte er sie nirgends ausfindig machen. Erneut begab er sich zurück zum Ausgangspunkt. Reusch schaute sich noch einmal suchend um und zog dann sein Funkgerät hervor. „Hier spricht Reusch. Ich habe Maria verloren."

„Wat soll die Scheisse?" motzte Schiffer. Nauermann schaute, immer noch erstaunt, nach oben. Beide hatten extra als Einstieg einen Kanaldekkel gewählt, der unter einem Bierwagen lag und keine Aufmerksamkeit auf sich lenken würde, wenn er offenstand.

Entweder hatte der Bierwagen in der kurzen Zeit den Standort gewechselt oder jemand Ungebetenes hatte den Deckel wieder über die Öffnung geschoben. Nauermann überlegte, ob sie weiterlaufen und den nächsten Ausstieg suchen sollten. „Na, ihr Ratten. Hier unten im Gully fühlt ihr euch am wohlsten, wat?" ertönte es aus dem Dunkeln. Hektisch wollten Nauermann und Schiffer ihre Waffen ziehen. „Denkt nicht mal daran. Meine Laune ist alles andere als gut, wenn ich euch Birnen sehe." Angestrengt schauten beide in die Dunkelheit. Ihre Augen gewöhnten sich zwar mittlerweile an die Lichtverhältnisse, aber sie konnten immer noch nicht erkennen, wer dort stand. Langsam traten mehrere Personen aus dem trüben Licht. „Meine Fresse, stinkt dat hier", gab Silber sich zu erkennen. Anna und Wenzel standen ihm mit gezogener Waffe zur Seite. Froßmann und Gero blieben im Hintergrund.

Josef und Emil lagen oben auf dem Gullydeckel und verhinderten so, daß er wieder geöffnet wurde, es sei denn, jemand klopfte unten dreimal dagegen.

„Wie ihr wißt, haben wir nicht mehr viel Zeit. Also sagt ihr uns jetzt, wo die Bombe ist, oder ich prügel euch die Kacke aus dem Schädel." „Das geht nicht", sagte Nauermann. „Wenn ich noch einmal höre, dat geht nicht", äffte Silber ihn nach, „werde ich dieser netten Dame", er deutete auf Anna, „ein Zeichen geben, und schon kannst du dir deine Kniescheiben von der Wand kratzen." Anna zielte auf Nauermanns Beine.

„Also noch einmal: Wo ist die Bombe?" „Ich könnte es dir sagen", begann Nauermann. „Aber es nützt dir nichts ohne den Entschlüßlungscode." „Ach, dat ist ja interessant", bemerkte Silber. „Und du wirst mir jetzt bestimmt sagen, dat du den Code nicht kennst." „Den kennt nur der Prinz“, log Nauermann. Er wollte ein Gespräch mit dem Prinzen provozieren, damit dieser erfuhr, wie es um die Sache stand. „Wenn du mir als nächstes erzählen willst, dat du ihn nicht mehr erreichen kannst, weil er sich schon lange verpißt hat, sage ich dir, dat ich keinen Bock auf solche Spielchen habe.“ Gerade als er Anna ein Zeichen geben wollte, sprang Nauermann mit einem großen Satz zurück und hob unterwürfig seine Hände. „Warte, ich stehe in Funkkontakt mit ihm.“ „Dann hol mal ganz vorsichtig dat Ding raus und frage mal höflich an, ob der Prinz so nett wäre, den Code rauszugeben, bevor ich ihm alle Bullen der Stadt an seinen Hintern hänge.“ „Gut, mache ich“, beteuerte Nauermann. Langsam und für jeden sichtbar faßte Nauermann in seine Jackentasche. Er holte das Funkgerät heraus. „Hier spricht Nauermann. Silber ist hier und verlangt von mir den Entschlüßlungscode.“ „Oh, Herr Silber“, kam es begeistert zurück. „Ich habe mich schon gefragt, wann er sich dazu herabläßt, mit mir in Kontakt zu treten. Bitte seien Sie so freundlich, und geben Sie ihm das Funkgerät. Ich möchte mich mit ihm persönlich über sein Anliegen auseinandersetzen.“ Wortlos übergab Nauermann Silber das Funkgerät.

„Hallo, Arschgesicht“, begrüßte Silber den Prinzen. „Guten Tag, Herr Silber. Gibt es einen Grund für Ihren Unmut?“ „Oh, ich weiß gar nicht, wo ich anfangen soll. Aber Sie könnten mir helfen, meine Laune aufzubessern.“ „Es freut mich zu hören, daß ich einen Beitrag zu ihrer guten Laune leisten darf.“ „Warum glaube ich Ihnen nicht?“ „Weil Sie zu recht von Natur aus ein mißtrauischer Mensch sind. Hatten Sie in Ihrer Kindheit oft Probleme mit Ihrer werten Mutter?“ „Haben Sie einen Schaden oder wat?“, antwortete Silber ärgerlich. „Ich meine ja nur. Die These von Carl Gustav Jung ist nämlich …“ „Wer ist denn nun Carl Gustav Jung schon wieder?“ fragte Silber genervt. „Carl Gustav Jung ist ein Schüler des berühmten Psychologen Siegmund Freud gewesen. Jung vermutete, daß Menschen, die in ihrer Kindheit Probleme mit ihrer Mutter hatten, äußerst mißtrauisch gegenüber ihrer Umwelt auftreten.“ „Tolle Geschichte“, erwiderte Silber unbeeindruckt.

Anna trat an ihn heran.

„Silber, die Zeit“, mahnte sie. Silber nickte.

„Da Sie Ihren Schulstoff aus der Grundschule nicht vergessen haben, nehme ich an, dat Sie ein Spitzengedächtnis haben."

„Das kann ich nur bestätigen", bekräftigte der Prinz stolz.

„O.k., dann sagen Sie mir mal den Entschlüsselungscode", forderte Silber ihn auf. „Herr Silber, Sie beleidigen meine Intelligenz. Sie wissen genau, daß ich das nicht machen kann. Deswegen schlage ich vor, daß Sie meine Leute jetzt gehen lassen." „Ich werde die beiden Pappschädel gehen lassen, und zwar in den Knast." Er drehte sich zu Wenzel und kniff ihm schelmisch ein Auge zu. „Sie werde ich von meinen Leuten der Spezialeinheit jagen lassen. Ich weiß nämlich, wo Sie sich aufhalten." Ein Lachen ertönte aus dem Lautsprecher des Funkgerätes. „Das möchte ich keinesfalls anzweifeln, aber ich habe eigens für diesen Fall vorgesorgt." „Ach ja?" fragte Silber höhnisch. „Ja. Ich habe mir erlaubt, ein Mitglied Ihrer sogenannten Spezialeinheit festhalten zu lassen." Silber schaute sich fragend um. Alle zuckten mit den Schultern. Keiner wußte, wovon der Prinz sprach.

„Verarschen kann ich mich alleine", schnauzte Silber.

„Aber nicht doch. Ich nehme Sie nicht auf den Arm. Ich habe Maria in meiner Gewalt." „Na, tolle Wurst. Dann reich ihr mal das Funkgerät und laß sie ein paar Worte erzählen." „Das läßt sich bedauerlicherweise nur schwer bewerkstelligen. Ein Mitarbeiter hat sie nämlich zur Zeit in seiner Obhut."

„Komm, Prinzchen, du hast jetzt genug Scheiße verzapft, um Zeit zu schinden. Gib uns den Code", sagte Silber gereizt.

„Sie haben nun noch kaum mehr als 43 Minuten Zeit. Sie sollten diese Zwischenzeit als freundliche Geste werten und aus der Stadt verschwinden, solange Sie die Gelegenheit dazu haben." Silber wollte gerade zu einer energischen Gegenrede ansetzen, als Agent Reusch sich meldete. „Hier spricht Reusch. Ich habe Maria verloren."

Silber schloß seine Augen und schüttelte den Kopf.

„Haben wir auch gerade erfahren", antwortete er knapp.

Maria versuchte inzwischen verzweifelt, sich mit Schlägen und Tritten gegen Fliesenwinkel zu wehren. Sie hoffte, daß sie dadurch in diesem festlichen Getümmel Aufsehen erregen würde. Als sie dann aber zwischen zwei Würstchenbuden gedrängt wurde und er ihr als Zugabe noch eine Pistole in den Unterleib schlug, gab sie klugerweise nach. „So, Püppchen, bleib mal still, dann wird dir auch nichts passieren“, empfahl ihr Fliesenwinkel. „Hören Sie doch auf damit“, bat ihn Maria. „Dafür ist es schon zu spät.“ „Warum machen Sie das?“ „Weil es eine Menge Geld dafür gibt, und in dieser heruntergekommenen Firma, in der ich vorher gearbeitet habe, hätte ich das niemals verdienen können.“

„Wieviel bekommen Sie?“ fragte Maria hastig.

„250 000 Dollar“, grinste Fliesenwinkel. „Sie bekommen von mir eine Million, wenn Sie mich jetzt freilassen“, versprach Maria. Fliesenwinkel war für einen Augenblick etwas irritiert und glaubte, daß Maria, in der Stunde der Angst, nun vollkommen ihren Verstand verloren hatte. „Wie willst du kleine Schlampe denn an eine Million kommen?“, fragte er zweifelnd. „Ich bin die Tochter des reichsten Mannes Deutschlands.“ Fliesenwinkel fing trotz der prekären Situation lauthals an zu lachen. „Und ich bin die Schwester Ihres Auftraggebers“, versuchte sie nochmals aufzutrumpfen. Mit einem Male verstummte das Lachen von Fliesenwinkel – und Maria wiegte sich schon in Sicherheit. Sie ahnte allerdings nicht, daß sie sich mit diesen Informationen nur noch tiefer in die Sache ritt. Fliesenwinkel zog lächelnd ein Handy hervor. Der Prinz hielt ihn nämlich, aufgrund seiner Position, für nicht so wertvoll, als daß er ihm auch ein Funkgerät überlassen hätte. Aber nun würde der Prinz ihn bestimmt endlich zu schätzen wissen, wenn er ihn von seinem Fang unterrichtete. „Hier ist Fliesenwinkel. Ich habe hier jemanden, der behauptet, die Tochter des reichsten Mannes Deutschlands zu sein, und sagt, sie wäre ihre Schwester.“ Er hörte sich an, was der Prinz ihm zu sagen hatte. „Sofort?“ fragte er ungläubig. Wieder wartete er. Diesmal etwas länger. Er bekam mit, wie der Prinz parallel zu ihm noch ein Funkgespräch führte. Fliesenwinkel preßte Maria den Lauf der Waffe fester in den Unterleib, um daran zu erinnern, daß die Bedrohung für sie noch gegenwärtig war.

Der Prinz hörte mit, wie Silber einen Funkspruch erhielt, der ihn über den Verlust seiner Mitarbeiterin in Kenntnis setzte.

Er stellte sich die besorgten Gesichter vor, während er lachend durch das Fernglas wieder auf die Menschenmenge schaute. „Herr Silber, seien Sie so freundlich und reichen Sie mich bitte an meinen Mitarbeiter, Herrn Nauermann, weiter. Danke."

Nach einer kurzen Zeit meldete sich Nauermann. „Soll ich alle beseitigen?" „Na, na, Herr Nauermann, nicht so forsch." „Es sind zu viele, um sie gefangenzunehmen", rechtfertigte er seine Frage.

„Ist Anna auch dabei?"

„Ja." „Gut. Anna ist schlichtweg eine Verräterin, die man ohne Bedauern sofort töten kann. Die anderen haben bis zuletzt aufrichtig für ihre Sache gekämpft. Lassen Sie sie leben. Sie sind genug durch ihr Versagen gestraft."

„Schiffer läßt fragen, ob er wenigstens Silber töten darf."

Verärgert hob der Prinz die Augenbrauen. „Werden hier meine Anweisungen in Frage gestellt oder habe ich mich mißverständlich ausgedrückt?" „Nein, natürlich nicht", entschuldigte sich Nauermann sofort. „Gut. Dann befolgen Sie meine Anweisungen." Aus dem Lautsprecher des Funkgerätes konnte der Prinz nur noch einen verzweifelten Kampfschrei und das Abfeuern mehrerer Schüsse hören. Er drehte den Lautstärkeregler runter und widmete sich dem Handy-Gespräch. „Herr Fliesenwinkel, ich habe es mir anders überlegt. Bringen Sie mir bitte die Tochter des reichsten Mannes Deutschlands zu unserem Treffpunkt, damit wir sehen können, was wir mit ihr anfangen." Der Prinz steckte das Handy weg. „Tochter des reichsten Mannes Deutschlands", murmelte er kopfschüttelnd vor sich hin. Es war typisch für seine Schwester, das bei einer Gelegenheit vorzutragen, bei der sie selber nicht mehr weiter wußte. Sie erwartete dann, daß sich alles vor lauter Ehrfurcht niederkniete. Doch sie mußte lernen, daß sie eben nur die Tochter des reichsten Mannes Deutschlands war. Nichts anderes. Man selber konnte nämlich nur etwas Großes darstellen, wenn man dafür arbeitete und nicht nur der Sprößling des Erschaffers war. Das begriff er damals schnell und sagte sich auch deshalb von dem schnöden Leben los, in dem seine Schienen schon gelegt waren. Er wollte nicht mehr den Weg des geringsten Widerstandes gehen und alles Schwierige aus der Welt geräumt haben, nur weil er der Sohn eines mächtigen Mannes war. Nein. Er wollte was Eigenes schaffen. Später könnte man ihm dann zwar vorhalten, daß er genau das machte, was sein Vater immer von ihm verlangt hatte. Aber er konnte dann immerhin behaupten, daß er der reichste Mann der Welt war. Schon Minuten später wurde die Tür zum Dach aufgestoßen. Maria und Fliesenwinkel erschienen. Langsam trat sie auf ihn zu. „Martin?" sagte Maria vorsichtig. Langsam nickte der Prinz. Diese Geste war aber mehr eine Anweisung für Kolia als eine Bestätigung für Maria. Kolia zog die Waffe aus seinem Schulterhalfter und schaute noch einmal zum Prinzen, der erneut nickte. Kolia schoß.

„Tja, wie ihr selbst gehört habt …" „Laß mich das machen", unterbrach Schiffer. Nauermann nickte. Die anderen standen immer noch wie angenagelt auf ihren Positionen. „Du wolltest uns die Kniescheiben rausblasen?" knurrte Schiffer drohend und legte seine Waffe an. Plötzlich brüllte Froßmann von hinten auf und stürmte nach vorne. Leider zu spät. Die Kugel streifte Annas Oberschenkel und schlug statt dessen in sein Bein. Froßmann begrub Annas Körper unter seinem. Ehe die anderen in Bewegung kommen konnten, nutzte Schiffer die Gelegenheit, um noch einmal zu schießen. Die Kugel traf Froßmanns Rücken und verfehlte Anna wieder nur um Zentimeter. Als Nauermann seine Waffe abfeuern wollte, warf Silber ihm einfach sein Funkgerät ins Gesicht. Wenzel sprang nach vorne, um Schiffer zu überwältigen. Doch dieser wandte sich so energisch aus den zugreifenden Händen, daß es ihm gelang, an den anderen vorbei auf den weiteren Verlauf des Kanals zuzulaufen. Gero versuchte tapfer, sich ihm in den Weg zu stellen. Doch Schiffer nahm das prompt als Aufforderung, ihn als Geisel zu nehmen. „Schaut mal, wen ich hier habe", triumphierte Schiffer. „Also, laßt Nauermann gehen, sonst puste ich dem Kleinen hier den Kopf runter." „Laß Gero los, und du kannst Nauermann haben", bot Silber ihm an. „Ich habe keine Lust, groß zu diskutieren. Also?"Schiffer hielt Gero die Waffe an die Schläfe. Silber legte Nauermann die Hand auf die Schulter und schubste ihn mit voller Kraft nach vorne. Nauermann taumelte auf Schiffer zu.

„Laß Gero gehen", forderte Silber ihn wütend auf. „Oh", sagte Schiffer und legte seine Stirn in Falten, „Haben wir davon gesprochen, daß du ihn lebend bekommst?"

„Hey, mach keinen Scheiß!" brüllte Silber.

Schiffer lachte und drückte ab.

Das Geschoß aus Kolias Waffe schlug in Fliesenwinkels Unterleib ein und ließ ihn auf die Knie sinken. Mit ausgebreiteten Armen sah er den Prinzen fragend an. Doch bevor er eine Frage stellen konnte, traf ihn die nächste Kugel in den Kopf und riß seinen Körper nach hinten. Erschrokken trat Maria einen Schritt zurück.

„Warum?" fragte sie fassungslos. „Du hast ihm einen Anhaltspunkt über meine Herkunft gegeben, und Mitarbeiter, die zuviel über meine Person wissen, kann ich beim besten Willen nicht gebrauchen." „Nein, ich meine das alles hier. Die Bombe und die vielen Toten. Was soll das?" „Ich habe das erfüllt, was unser Vater uns immer gelehrt hat." „Ich kann mich nicht daran erinnern, daß Vater uns gebeten hat, eine Stadt auszurotten." „Nein. Er hat uns immer gepredigt, unser Vermögen gut zu verwalten und zu vermehren." „Ja, aber nur, wenn wir andere nicht schädigen und keine fremden Existenzen gefährden", setzte Maria ihm entgegen. „Gut", sagte der Prinz mit gespielter Reue und betrachtete dabei seine Fingernägel. „Ich muß zugeben, daß meine Methoden geringfügig von denen abweichen, die Vater uns gelehrt hat. Aber du mußt zugeben, daß meine Ideen etwas effektiver sind."

„Sie sind zerstörerisch." „Jetzt male dir nicht gleich alles so düster aus, Schwesterchen. Mit dem Geld, das ich hier an mich nehme, könnte ich in Rußland neue Strukturen aufbauen lassen."

„Du bist wahnsinnig." Der Prinz wog leicht den Kopf. „Der Gedanke ist ein wenig gewöhnungsbedürftig, aber alles fängt damit an, daß andere einen für nicht ganz zurechnungsfähig halten." „Was geschieht nun mit mir? Beseitigst du mich auch wie all die anderen, die dir im Wege standen?" „Du wirst es mir nicht glauben, aber in diesem Augenblick wünschte ich mir nichts sehnlicher, als daß du in den Staaten geblieben wärst." „Vater hat mich kommen lassen, um der Firma, die du im Stich gelassen hast, zu helfen." „Schlechtes Timing von Vater", stellte der Prinz fest. „Nichtsdestotrotz. Du bist meine Schwester, und ich stelle es dir frei, mich nach Rußland zu begleiten oder in dieser Stadt zu sterben." Maria wollte gerade eine verwerfliche Bemerkung machen, als ein Hubschrauber sich näherte und Anstalten machte, auf dem Dach des Hochhauses zu landen.

Klick. Schiffers Magazin war leer. Alle atmeten auf. Schiffer stieß Gero hart in den Rücken und trieb ihn in Silbers Arme. Nauermann und Schiffer rannten im Schutze der Dunkelheit davon. Silber setzte zur Verfolgung an. „Bleiben Sie hier", riet Wenzel ihm. Silber sah ihn verwundert an. „Wir kennen uns hier nicht aus. Die beiden könnten an irgendeiner unübersichtlichen Ecke auf uns warten und …", er sprach nicht weiter. Den Rest sollte sich Silber selber denken. „Außerdem haben wir hier einen Verletzten." Er deutete auf Froßmann, der stöhnend auf dem Boden lag.

„Ach ja, Entschuldigung", sagte Silber zerstreut. Anna saß mit ihrem blutenden Bein neben Froßmann und hielt seinen Kopf. Silber sah Froßmann in diesem Augenblick mit anderen Augen. Er betrachtete den Mann, der ihm niemals im Leben etwas schenkte, ihm aber das erhielt, woran sein Herz hing. Silber nickte Froßmann knapp zu. Froßmann nickte zurück.

„O.k.", unterbrach Silber die betroffene Stille, „es ist noch lange nicht vorbei." Er wandte sich an Wenzel. „Wieviel Zeit bleibt noch?"

„Höchstens noch 30 Minuten."

„Was schlagen Sie vor?" „Wir wissen in etwa, wo die Bombe liegt. Lassen wir Fachleute den Rest machen." „Und wo holen wir die jetzt her?" „Oben sind Beamte vom Bundeskriminalamt. Die werden schon die passenden Spezialisten dabei haben." „Holen wir für Frosti erst einmal einen Arzt." Wenzel und Silber stiegen die Leiter hinauf und schlugen wie vereinbart gegen den verschlossenen Gullydeckel. Schnurstracks gingen beide dann auf das Rednerpult zu, um einen Verantwortlichen anzusprechen. Bis sich endlich einer der Beamten zuständig fühlte, verging einiges an Zeit. Silber und Wenzel vergaßen aber vollkommen, während sie vorsprachen, daß Silber noch das Clownskostüm trug und Wenzel ein vom BND gesuchter Agent war, der gegen jede nur erdenkliche Vorschrift verstoßen hatte. Das trug natürlich nicht gerade dazu bei, daß man sie unbedingt ernst nahm. Deswegen entschlossen sich die Beamten nur zögernd, den Bitten der beiden seltsamen Kauze nachzukommen. Sie schickten ein Ärzteteam runter in die Kanalisation, das sich um die Verletzten kümmerte. Sofort folgte daraufhin ein Bombenentschärfungskommando, das den Verlauf des Kanals mit Spürhunden und Spezialgeräten absuchte. Alles schien bis dahin perfekt zu laufen, bis die ersten Männer der Spezialeinheit zurückkehrten und mit den Schultern zuckten. „Wir haben nichts orten können", meldete einer der Männer seinem Vorgesetzten. Dieser wandte sich sofort an Wenzel. „Was haben Sie uns da für einen Bären aufgebunden?" fragte er ärgerlich. „Die Bombe muß hier unten sein", beteuerte Wenzel.

„Wir haben alles abgesucht. Auch die Hunde haben nicht angeschlagen", erklärte der Mann. „Schafft sie alle rauf", schnauzte der Einsatzleiter. Wieder im Tageslicht angekommen, saßen alle um einen Krankenwagen vor dem Duisburger Kunstwerk. Anna bemerkte, daß sich ein Hubschrauber näherte. Aufgeregt stieß sie Silber an.

„Der ist bestimmt für den Prinzen." „Wie kommst du denn darauf?" „Meinst du, der wartet hier unten, wenn er weiß, daß hier gleich das Gas ausströmt?" Silber zuckte mit den Schultern. „Was ist auf einmal mit dir los? Willst du hier sitzen und sterben?" „Du hast sie doch alle gehört. Es gibt hier keine Bombe. Entweder hat der Prinz uns alle verarscht oder er ist wirklich zu clever für uns", sagte Silber mutlos. „Und was ist, wenn nicht?"

„Wenn nicht, was?" „Wenn der Prinz nicht cleverer ist als wir?"

„Dann haben wir 'ne Chance", lächelte er.

„Und was macht man mit Chancen?" lächelte sie zurück.

Silber stand auf. „Man nimmt sie wahr." Anna atmete auf. Sie dachte schon, Silber würde nun in Selbstmitleid verfallen und nicht mehr versuchen, weiterzukämpfen. „Hört zu, Leute", begann Silber, „wir setzen jetzt zum Endspurt an. Einer von euch geht jetzt zum Rednerpult und erzählt den Bürgern der Stadt, wie es um sie steht. Anna und ich werden versuchen, den Prinzen aufzuhalten. Die anderen suchen die Scheißbombe." Keiner stand auf, alle waren erschöpft und verspürten absolut keinen Drang mehr, etwas Heldenhaftes zu tun. „Leute, wir haben eine Chance", flehte Silber.

Gero stand schließlich auf. „Ich gehe nach vorn." Silber nickte zustimmend, faßte Anna bei der Hand und rannte mit ihr auf das Hochhaus zu, wo sie den Prinzen vermuteten. Gero schritt mit zitternden Beinen auf das Rednerpult zu. Josef löste sich von einem Bonbonstand und begleitete ihn. Emil schaute verträumt auf die bunte Plastik. „Mann, ist dat ein häßlicher Vogel", dachte er sich. Er folgte mit seinen Blicken den Strahlen des aussprühenden Wassers. Plötzlich ging ein Ruck durch seinen Körper und er stand wie eine Eins.

„Ich weiß, wo sie ist", sagte er leise.

Keiner nahm Notiz von seinem Gebrabbel. „Ich weiß, wo sie ist", sagte er nun lauter. Er ging auf die Männer des Bombenkommandos zu. „Ich weiß, wo sie ist", rief er. Die Männer wandten sich ab. Sie hatten genug von den Phantastereien dieser Idioten. Er lief zurück zu Wenzel, der sich gerade vorstellte, wie das Ende seiner Karriere aussah. „Ich weiß, wo sie ist", brüllte Emil ihm lachend ins Gesicht. Wenzel zweifelte, doch er wollte den Strohhalm der Hoffnung ergreifen. Dicker als in diesem Moment konnte es sowieso nicht mehr kommen. „Wo ist sie?"

Nauermann und Schiffer rannten wie von der Tarantel gestochen durch die Menge. Es störte sie nicht, daß sie dabei mal den einen oder anderen Passanten etwas härter anrempelten. Sie mußten in kürzester Zeit den Wolkenkratzer der Telephongesellschaft erreichen, sonst würde der Prinz ohne sie den Helikopter besteigen und eine Menge Geld dabei sparen. Bei dem Anblick einer Polizeistreife liefen sie instinktiv etwas langsamer, um Aufsehen zu vermeiden. Kaum waren die Beamten aus ihrem Blickfeld verschwunden, rannten sie wieder los. Am Hochhausgebäude angekommen, machten sie sich an einer Seitentür zu schaffen, um ins Innere zu gelangen. Sie waren so in ihrem Element, daß sie nicht bemerkten, wie jemand von hinten an sie herantrat. „Guten Tag, darf ich mal Ihre Ausweise sehen?"

Erschrocken ließen sie von der Tür ab und drehten sich um.

„Wer sind Sie denn?“ fragte Schiffer den jungen Mann herablassend. „Mein Name ist Agent Mathias Reusch vom Bundesnachrichtendienst.“

Victor, der Pilot des Helikopters, schaltete die Rotoren aus. Der Prinz haßte zwar Unpünktlichkeit, aber aus Gründen der Fairneß wollte er seinen Männern noch etwas Zeit geben. „Na, wirst du langsam nervös?“ versuchte Maria ihren Bruder zu reizen. „Liebste Schwester, Nervosität ist eines der wenigen Dinge, die ich nicht kenne.“ „Menschlichkeit wohl auch nicht.“ „Von Menschlichkeit kann man nicht existieren.“

„Von der Angst anderer Menschen denn?“ „Ich kann mich nicht beklagen.“ „Vater wird sich schämen, wenn er erfährt, was du Scheußliches getan hast.“ „Meinst du, Vater darf sich anmaßen, darüber zu urteilen, was schlimm ist und was nicht? Ich bin sicher, er hat mehr Existenzen auf dem Gewissen, als du dir vorstellen kannst. Er hat ständig immer nur versucht, über uns seine alten Fehler zu beseitigen, damit er selbst gut dasteht. Vielleicht machte ihn das glauben, daß ihm dadurch ein Platz im Paradies zustünde.“ „Es ist immer noch ein großer Unterschied, ob man jemand wirtschaftlich zugrunde richtet oder einfach umbringt.“

„So. Glaubst du das?“ „Ja, natürlich.“ „Ich meine, daß der einzige kleine Unterschied nur darin besteht, daß der eine etwas später umfällt. Wenn einem die Existenz genommen wird, muß es so sein, als wenn einem das Herz ausgerissen wird.“ „Du mußt es ja wissen. Du hast bestimmt schon unzählige Herzen ausgerissen.“ „Rausreißen lassen“, verbesserte der Prinz seine Schwester. „Du wirst es auch noch lernen, wenn du längere Zeit im Geschäft bleiben willst“, versicherte er ihr. „Ich glaube, daß ich andere Wege finden werde, meinen Lebensstandard zu halten.“ „Wir werden sehen.“

Einige Menschen versammelten sich schon vor dem Rednerpult, weil sie in wenigen Minuten den Ministerpräsidenten erwarteten. Beamte des BKA standen verstreut in der Umgebung und mußten solange verharren, bis sie über Funk von dem Eintreffen des Politikers unterrichtet wurden, damit sie ihn ungehindert zu dem Pult geleiten konnten. Gero lief zusammen mit Josef einfach die Stufen zum Mikrophon hinauf. Der Dirigent des Orchesters hielt die beiden für zwei Tontechniker, die noch schnell einen Test vor der Rede durchführen wollten, und unterbrach eigens dafür seine eigene Arbeit. Die Musik verstummte. Die Kameramänner der zahllosen Privatsender begrüßten, daß jemand vorne stand, weil sie nun schon mal ihr Arbeitsgerät für die bevorstehende Übertragung einstellen konnten. Stille trat im Bereich des Rednerpults ein. Vereinzelt drangen festliche Geräusche aus anderen Teilen der Einkaufsstraße zu ihnen herüber. Gero klopfte leicht vor den Schaumstoff des Mikrophons, um sich zu vergewissern, daß es überhaupt eingeschaltet war. Ein leichtes Knacken drang aus den unzähligen Lautsprechern. Er räusperte sich hinter vorgehaltener Hand. „Liebe Duisburger …“ Seine Rede wurde kurz von einigen angetrunkenen Männern unterbrochen, die Gero zujubelten und mit Konfetti bedachten. „Ich muß Ihnen leider mitteilen, daß Terroristen an diesem Ort in kürzester Zeit eine Giftgasbombe zünden wollen.“ Gero unterbrach bewußt seinen Vortrag, weil er nun schreiende Menschen erwartete, die in alle Himmelsrichtungen panisch die Flucht ergriffen. Doch nichts geschah. Alle standen staunend mit fragendem Gesicht vor ihm. Die Kameramänner richteten auf Anweisung der Redaktion ihre Objektive auf Gero. Daß sich zu Beginn des Stadtfestes ein Irrer den Weg zum Rednerpult erschlich, und dabei das Ende der Welt verkündete, war ein gefundenes Fressen für die Privatsender. Die Sicherheitskräfte bemerkten nun auch, daß jemand vorne Unruhe verbreitete. „Das Bombenkommando hat vergebens nach dem Sprengsatz gesucht“, fuhr Gero fort. „Ich versichere Ihnen aber, daß er hier irgendwo sein muß und bei der Ankunft des Ministerpräsidenten gezündet werden soll. Deswegen ersuche ich Sie, diesen Platz hier zu verlassen. Retten Sie sich.“ Beamte des BKA stürmten auf die Bühne. Josef stellte sich ihnen kampfbereit entgegen. Gero bemerkte, daß es nun brenzlig werden würde. „Bitte glauben Sie mir und retten Sie sich“, sagte er zum Abschluß und entfernte sich vom Mikrophon. Gerade als Josef die Beamten aufhalten wollte, hielt Gero ihn leicht am Arm fest.

Die Männer versuchten, die beiden mit dem Einsatz roher Gewalt von der Bühne zu treiben. Die Menge buhte aufgebracht und bewarf die

Beamten mit Gegenständen. Ein Mann trat an das Mikrophon: „Bitte, beruhigen Sie sich.“ Ein Reporter stürzte mit vorgehaltenem Mikrophon nach vorne. „Was ist an dieser Bombengeschichte wahr?“ „Ich kann Ihnen nur soviel sagen, daß zu keiner Zeit für die hier Anwesenden eine Gefahr bestanden hat.“ „Sie dementieren aber auch nicht, daß ein Bombenkommando eingesetzt worden ist.“ „Natürlich nicht“, sagte der Mann ärgerlich. „Wir sind dazu verpflichtet, Hinweisen aus der Bevölkerung nachzugehen.“

„Der junge Mann war aber anscheinend nicht der Auffassung, daß Sie das gründlich getan haben“, bemerkte eine Reporterin, die mit vielen anderen den Weg zum Rednerpult fand. „Wir haben all unsere Mittel eingesetzt, um den Ansprüchen dieser Leute gerecht zu werden. Was sollte mehr getan werden?“ Gero und Josef verließen in Begleitung der Beamten die Bühne. Sofort setzten sich ihnen die Reporter auf die Fersen.

Emil rannte so schnell an der Kanalisation entlang, daß Wenzel große Schwierigkeiten bekam, ihm zu folgen. Gerade als er anmerken wollte, daß er keine Luft mehr bekam, blieb Emil stehen. „Was ist?“ fragte Wenzel. „Ich glaube, wir sind da“, sagte Emil und deutete auf das Rohrsystem einer Pumpenstation. „Was soll das sein?“ „Dat müßte zu dem bunten Ungetüm gehören, dat da draußen steht.“ „Was hat das eine mit dem anderen zu tun?“ Wenzel zweifelte wieder daran, das Richtige getan zu haben.

„Als der Möchte-gern-Monarch *Blanka* verließ, hat er noch gesagt, daß es eine sprühende Überraschung geben wird.“

„Na, und jetzt?“ „Dat Adlerdingen draußen versprüht Wasser. Jetzt ist meine Idee, dat die Bombe hier im System sein muß, und wenn die Bombe losgeht, sprüht Gas anstatt Wasser aus.“ Wenzel sah ihn nichtssagend an. Emil senkte den Kopf. Er dachte, daß er auch mal einen Lichtblick gehabt hatte, der einen vom Stuhl haut, aber so wie der Agent ihn anschaute, war das wieder mal nur ein Traum. Emil wollte schon wieder zurücklaufen. „Das ist eine großartige Idee!“ rief Wenzel plötzlich begeistert.

„Ehrlich?“, fragte Emil leise. „Natürlich“, bestätigte Wenzel. „Und wie kommen wir in das System?“ „Öh, ich bin kein Klempner, aber ich könnte mir vorstellen, dat wir einen der Schnappverschlüsse öffnen müssen, um einen Einblick ins Innere zu bekommen." „Na, dann mal los." Wenzel und Emil machten sich daran, die Verschlüsse zu öffnen. Die mechanischen Geräusche wurden lauter, als sie den Deckel abnahmen. Ein beißender Geruch schlug ihnen entgegen. „Bohr, wat ist dat denn?" beschwerte sich Emil. „Es gibt Duftstoffe, die dazu dienen, Spürhunde von der eigentlichen Fährte abzulenken. Das ist bestimmt einer der Gründe, warum die Spürhunde nicht angeschlagen haben", vermutete Wenzel. Er leuchtete in den Innenraum. Beide entdeckten einen silberfarbenen Behälter, der mit einigen Drähten an einem der Leitungsrohre hing. Im unteren Bereich befand sich eine Tastaturtafel, in deren Mitte eine Digitaluhr prangte.

„Acht Minuten", hauchte Emil leise.

Wenzel holte sein Taschenmesser hervor. „Welches nehmen wir?"

„Oh, jetzt fängt die Scheiße wieder an", stöhnte Emil.

Silber und Anna spurteten auf das Hochhaus zu und sahen von weitem, wie Reusch sich mit Nauermann und Schiffer auseinandersetzte. Silber wollte ihm zur Warnung etwas zurufen. Aber zum einen bekam er keine Luft mehr, und zum anderen war die Geräuschkulisse um ihn herum zu laut. Gerade als der Hubschrauber zur Landung auf dem Dach ansetzte, schauten beide Terroristen nach oben. Instinktiv erhob Reusch ebenfalls seinen Kopf. Nauermann nutzte die Gelegenheit und schlug den Agenten bewußtlos. Schiffer öffnete die Tür, und beide verschwanden. Als Silber und Anna bei dem Niedergeschlagenen ankamen, stellten sie fest, daß es wohl eine Weile dauern dürfte, bis er wieder zu Bewußtsein kommen würde. Anna rüttelte an der verschlossenen Tür. Silber zog ihm die Waffe aus dem Schulterhalfter und schoß auf das Türschloß. Anna sah ihn verdutzt an. „Das kann man auch eleganter machen", hielt sie ihm vor.

„Klar. Ich kann ja beim nächsten Mal den Schlüsseldienst kommen lassen, wenn du willst." „Witzbold."

Sie trugen Reusch an Händen und Füßen in das Treppenhaus des Gebäudes. Gerade als Silber in den Fahrstuhl steigen wollte, hielt Anna ihn auf. „Sie haben sicher oben eine Wache postiert, die nur darauf wartet, daß die Tür aufgeht.“ Silber schaute die endlos vielen Stockwerke hinauf und nickte erschöpft. „Wer zuerst oben ist, hat gewonnen.“

„Hast du dich entschieden, welchen Weg du begehen möchtest?“ fragte der Prinz seine Schwester. „Ich gehe jeden Weg, wenn er nicht den deinen kreuzt“, sagte sie trotzig. „Schwesterchen, du machst einen großen Fehler. Du könntest in Rußland viel von mir lernen.“ „Was denn? Wie man mit Terror anderen Menschen seinen Willen aufzwingt?“ „Unter anderem.“ Plötzlich schwang die Tür zum Dach auf. Nauermann und Schiffer hasteten auf die Plattform. Beim Anblick ihres toten Kollegen blieben beide erstarrt stehen. Gerade als der Prinz eine bissige Bemerkung über ihre Verspätung zum besten geben wollte, zogen beide überraschenderweise ihre Waffen und richteten sie auf den Prinzen. Kolia, der mit dieser Handlung nicht gerechnet hatte, wollte sich noch schützend vor seinen Herrn stellen. Der Prinz aber hob hoheitsvoll die Hand, so daß Kolia stehen blieb. „Meine Herren, warum so ungehalten?“ „Warum ist Fliesenwinkel tot?“ fragte Schiffer. „Nun ja, wir hatten Differenzen, was meine Vergangenheit anbetraf.“ „Da mußten Sie ihn natürlich gleich erschießen“, stellte Nauermann mißtrauisch fest. „Was regen Sie sich auf? Sie können sich seinen Anteil gleich mit einverleiben, wenn Sie wünschen.“ Langsam senkten sie ihre Waffen.

„Das stimmt nicht!“ rief Maria.

Sofort schnellten die Waffen wieder in die Höhe. Der Prinz sah sie verwundert an.

„Er wollte ohne euch fliegen. Als Fliesenwinkel versucht hat, ihn für euch aufzuhalten, hat er ihm euren Anteil versprochen und ihn dann feige erschossen.“ Nauermann und Schiffer zielten nun genauer auf den Prinzen, um sicher zu gehen, daß sie ihn auch nicht verfehlen würden, wenn es darauf ankam. Der Prinz sah lässig auf seine Uhr. „Meine Herren, können wir die Diskussion unter Umständen vielleicht im Hubschrauber zu Ende führen? Wir haben nämlich nicht mehr viel Zeit.“ „Er wird euch dann über der Stadt rauswerfen“, hetzte Maria weiter. „Maria, ist dir nicht gut?“ erkundigte sich der Prinz. „Herr Nauermann, würde es

Ihnen wohl etwas ausmachen, diese Person zu eliminieren? Ihr Geschnatter nervt mich enorm."

„Ich finde es ganz informativ", setzte Nauermann entgegen.

„Haben Sie das Geld bei?" fragte Schiffer nervös. „Nein, tut mir leid, damit kann ich nicht dienen", entschuldigte sich der Prinz. „Ich konnte ja auch nicht erahnen, daß ich Sie fünf Minuten vor Zündung einer Giftgasbombe auf dem Dach eines Hochhauses auszahlen soll", fügte er gelangweilt hinzu. „Wenn Sie überhaupt jemals vorhatten, uns auszuzahlen", bemerkte Nauermann zweifelnd. „Herr Nauermann, jetzt werden Sie aber albern." Ein Poltern aus dem Treppenhaus unterbrach das Gespräch. Silber und Anna erschienen. „Oh, wat ist denn hier los?" fragte Silber außer Atem. „Große Aussprache? Oder wolltet ihr mit dem Flug auf uns warten?"

Die Reporter ließen es nicht so ohne weiteres zu, daß die Beamten Gero und Josef abführten. Sie drängten die kleine Gruppe von ihrem eigentlichen Weg ab und bombardierten sie mit Fragen. Unzählige Kameras, die live zu ihrem Fernsehsender geschaltet wurden, waren auf sie gerichtet. Zu guter Letzt kesselten die Journalisten ihre Beute ein. „Wie heißen Sie?" fragte eine Reporterin.

„Wie wurden Sie in diese Sache verwickelt?" „Sind Sie der Meinung, daß die Polizei nicht genug getan hat?" „Was hätte aus Ihrer Sicht noch alles gemacht werden können?" Fragen, Fragen, Fragen. Die Eingekesselten wußten nicht, wo ihnen der Kopf stand. Gero hob zur Beruhigung aller seine Hände. Nur langsam kehrte Ruhe ein. Hier und da blitzte ein Photoapparat. „Seien Sie versichert, daß die Polizei alle nur erdenklichen Maßnahmen ergriffen hat." „Woher wissen Sie, daß hier eine Bombe liegen soll?" Ein dumpfes Klopfen ließ die Anwesenden nach unten schauen. Josef stand auf einem Gullydeckel. Er trat langsam zur Seite. Schwerfällig wurde der Kanaldeckel beiseite gerückt.

Schiffer versuchte sofort, mit der Waffe im Anschlag, sich nach den Störenfrieden umzudrehen. Doch Silber schnellte nach vorn und schlug ihm krachend den Ellenbogen ins Gesicht. Schiffer fiel zu Boden, ließ dabei aber die Pistole nicht los. Silber folgte ihm und versuchte, die Waffe an sich zu bringen. Nauermann, der immer noch den Prinzen anvisierte, sah, daß sein Kumpan das Nachsehen in diesem Zweikampf hatte.

Er holte mit der anderen Hand eine zweite Waffe hervor und zielte damit blindlings auf Silber. Anna, die bereits hinter Nauermann stand, trat ihm mit voller Kraft in die Kniekehle. Nauermann verlor das Gleichgewicht und knickte weg. Der Schuß, der sich beim Fall aus seiner Waffe löste, fand kein erwähnenswertes Ziel. Anna wollte es Silber gleichtun und auch die Waffen in Besitz nehmen. Doch Nauermann wehrte sich verbissen. Er schlug ihr den Griff seiner Pistole vor die Stirn und trat ihr vor das verwundete Bein. Vor Schmerzen brach sie zusammen. Schiffer, der immer noch verkrampft die Waffe festhielt, versuchte sich noch einmal gegen Silber aufzubäumen. Dieser verspürte aber mittlerweile keine große Lust mehr auf das Kräftemessen und brach ihm kurzerhand den Daumen. Schiffer heulte auf und krümmte sich vor Schmerzen. Als Silber sich die Waffe greifen wollte, trat Nauermann ihm auf die Hand und richtete die Pistole auf Silbers Kopf. Hierbei hielt er immer noch eine Waffe auf seinen Prinzen gerichtet. Langsam und haßerfüllt hob Anna blutüberströmt ihren Kopf. Plötzlich stieß sie sich vom Boden ab, drehte sich dabei um dreihundertsechzig Grad und trat Nauermann mit aller nur erdenklichen Wucht mit der Ferse genau ins Gesicht. Er fiel lautstark zu Boden. Anna ließ keine Zeit verstreichen. Sofort rammte sie ihr Knie in den Rücken, ergriff mit beiden Händen seinen Kopf und ruckte ihn kurz zur Seite. Mit einem knirschenden Knakken brach sein Genick. Mit Verachtung ließ Anna Nauermanns Kopf auf den harten Boden fallen. „Hervorragend, Anna", applaudierte der Prinz. „Man sieht, daß du nichts verlernt hast." Langsam standen Silber und Anna auf. „Herr Silber, ich muß eingestehen, daß ich Ihnen etwas schuldig bin." „Klasse, dann tun Sie mir den Gefallen und springen Sie vom Dach." „Sie verlieren wohl niemals Ihren Humor?" fragte der Prinz lächelnd. „Nun ja, wie dem auch sei. Sie sollten sich jetzt von ihrer Mitarbeiterin verabschieden." Silber stellte sich schützend vor Anna. „Anna bleibt hier", sagte Silber fest. „Aber natürlich bleibt Anna hier", versicherte der Prinz. „Sie würden mich unsagbar glücklich machen, wenn

Sie ihr ein gutes Begräbnis verschaffen könnten." Kolia erhob seine Waffe. „Bitte treten Sie zur Seite. Ich möchte unter keinen Umständen, daß Ihnen etwas Schädliches widerfährt."

„Lassen Sie sie in Frieden." „Was wollen Sie mit ihr? Anna ist vollkommen wertlos. Sie hat mich verraten und sie wird bei der nächstbesten Gelegenheit auch Sie verraten. Glauben Sie mir." Auf einmal ertönte von unten ein lautstarker Tumult. Der Prinz schaute verwundert auf seine Uhr. „Oh, ist es schon soweit?" fragte er erstaunt. „Herr Silber, so wie es aussieht, muß ich mich jetzt von Ihnen verabschieden. Es sei denn, Sie möchten, daß ich Sie ein Stück mitnehme." Kolia gab Victor ein Zeichen. Träge setzten sich die Rotoren in Bewegung. Silber fand in diesem Augenblick keine Antwort. Er war in seinen Gedanken bei seinen Freunden, die es wohl nicht geschafft hatten, die Bombe zu finden und nun hilflos verendeten. „Anna, du siehst ein, daß ich mich bedauerlicherweise nun nicht mehr eingehend mit dir beschäftigen kann. Dir sei aber versichert, daß ich zu gegebener Zeit auf dich zurückkommen werde." Er wandte sich an Maria: „Schwesterchen, laß es dir gutgehen. Ich wünsche dir noch viel Glück mit deinem Bonbongeschäft." Der Prinz winkte noch einmal und stieg in den Hubschrauber, der sich daraufhin sofort in die Lüfte erhob. Nachdem der Hubschrauber fort war, lösten sich Anna und Silber von ihrem Platz.

Maria hockte sich in eine schützende Ecke und weinte. Silber wollte einen Blick über die Brüstung wagen, um sich ein Bild von dem Ausmaß der Katastrophe zu machen. Kaum hatte er den Hals ausgestreckt, zog er seinen Kopf wieder zurück, weil sich von unten her etwas näherte. Anna machte vorsichtig einen Schritt nach hinten und versteckte sich hinter Silbers Rücken. Das Unbekannte kam zum Vorschein. Silber wußte nicht, ob er lachen oder weinen sollte. Ein blauer Luftballon schwebte an ihnen vorbei.

Die Reporter verstummten nun vollends.

Zum Erstaunen aller erschien Emils Kopf in der Kanalöffnung. „Dat war mir wieder klar, dat der dicke Bär da drauf steht", schnauzte Emil. Er behielt nur Gero und Josef im Blickfeld und ahnte nicht, daß ein ganzes Rudel

Reporter hinter ihm stand, während er Wenzel aus der Öffnung half. „Wir haben dat Ding gefunden und ausgemacht“, erklärte er Gero. „Sind Sie einer der Bombenspezialisten?“ fragte einer der Reporter. Emil guckte erschrocken in eine Fernsehkamera, als er sich umdrehte. „Wat?“ fragte Emil unsicher. „Sind Sie einer der Bombenspezialisten?“ fragte ein anderer Journalist erneut. „Öh nee, ich mache nur die Kokosflocken bei *Blanka*“, sagte Emil schüchtern. „Was für Kokosflocken?“ fragte eine Reporterin irritiert. „Kennen Sie denn nicht die Kokosflocken von *Blanka*?“ fragte Emil erstaunt. „Ach die“, warf ein junger BKA-Beamter ein, „die habe ich früher als kleiner Junge immer bekommen. Gibt es die Firma überhaupt noch?“ „Natürlich gibt es die Firma noch“, meldete Josef. „Früher haben die aber besser geschmeckt“, bemerkte ein anderer „Ja, ich weiß, früher waren die Rohstoffe besser“, rechtfertigte Emil sich traurig. „Hey, was da los da?“ stand Josef seinem Kollegen bei.

„Mein Kollege macht trotzdem die besten Kokosflocken. Alle in der Firma sagen immer: 'Hat er auch einen an der Glocke, Emil macht die beste Flocke‘. Hahaha.“ „Hör auf, Josef, dat interessiert doch hier keinen“, wehrte Emil errötend ab. „Wer hat denn nun die Bombe entschärft?“ fragte einer der Journalisten neugierig. Wenzel wollte sich gerade, wie die Etikette des Bundesnachrichtendienstes es verlangte, zurückziehen, um andere im Glanze des Ruhms erscheinen zu lassen. Doch Emil griff nach hinten und bekam ihn gerade noch am Ärmel zu fassen. „Er war es“, sagte Emil. „Wer ist dieser Mann?“ kam es aus den hinteren Reihen. „Er ist ein Agent“, beantwortete Josef die Frage. Ein Raunen ging durch die Menge. „Er hat diese Stadt vor großem Unheil bewahrt“, verkündete Emil laut. Diese Nachricht griff um sich wie ein Lauffeuer. Menschen trugen sie ausgelassen von einem zum anderen. Die Spannung löste sich langsam bei den Bürgern, schließlich jubelten alle so fröhlich, als habe man gerade die Stadt zum zweiten Mal erbaut. Die Clowns ließen allesamt ihre Ballons in die Lüfte schweben und gaben dem Himmel bunte Farben. Das Orchester stimmte ein fröhliches Lied an, das alle mitsingen ließ.

Helmut Wenzel stand nun gegen seinen Willen im Rampenlicht aller Fernsehsender und galt als verewigt im Herzen aller Duisburger. Die

Stadt hatte einen neuen Helden. Hilfesuchend schaute sich Wenzel nach Emil um, der ihm nur noch schelmisch nachwinkte, als er von der Menge davongetragen wurde. Emil vergaß nämlich aus unerklärlichen Gründen, den Reportern davon zu berichten, daß Wenzel in seiner Nervosität das falsche Kabel durchknipste und daß er es eigentlich war, der geistesgegenwärtig immer wieder irgendwelche Zahlenkombinationen in die Tastatur eingab, während die Zeit auf dem Display zurückraste. Die Postleitzahl von Mülheim war es dann letztendlich gewesen, die die Uhr zum Stillstand zwang. Auf dem Weg zum Tageslicht dankte Wenzel ihm unablässig. Er erklärte ihm, daß er sich sehr für ihn freute, weil er nun das sein konnte, was er nie sein durfte. Ein wahrer Held. Wenzel hielt Emil vor Augen, was ihn alles für Ehren erwarten würden, wenn sie erst oben angelangt wären. Emil aber wurde ganz mulmig bei dem Gedanken, ständig bei jedem großen Anlaß anwesend zu sein und womöglich noch still auf dem Stuhl zu sitzen, damit ihn jeder betrachten konnte. Also entschloß er sich im letzten Augenblick, Wenzel die Heldentat zuzuschreiben. Jetzt war es Emil, der sich geschickt aus der jubelnden Menge zurückzog. Und irgendwo in Düsseldorf saß ein kleines Mädchen mit ihrer Mutter vor dem Fernseher und sie sah das, was sie immer wußte: Daß ihr Papa der größte war.

Abschied

Die Stadt Duisburg feierte an diesem Tag noch lange. Der BND nahm auf Druck der Regierung öffentlich Stellung zu diesem Vorfall und ließ verlauten, daß er natürlich von den Ereignissen gewußt hatte. Eigens dafür hatten sie ja auch ihren besten Agenten Helmut Wenzel losgeschickt, um die Bürger der Stadt zu beschützen. Der Prinz erfuhr von dem Scheitern seiner Aktion, nachdem er die deutsch-holländische Grenze überflogen hatte. Er schwor sich aber, den nächsten Plan gewissenhafter ausführen zu lassen. Schiffer, der unendlich lange verhört wurde, gestand seine vielen Morde. Dabei kam letztendlich auch heraus, daß er den Betriebsratsvorsitzenden vom Turm gestoßen hatte, um sich seinen Anteil zu sichern. Die Erpresserphotos habe er dann in aller Eile in irgendeinen Spindschlitz eingeworfen, ohne sich dabei die Nummer des Spindes zu merken. Er entlastete durch diese Aussage Angelika von dem Verdacht, in die Sache verwickelt gewesen zu sein.

Am Sonntagmorgen betrat eine mittlere Gruppe von Leuten die Unfallklinik in Duisburg-Buchholz. Sie erkundigten sich nach einem Patienten namens Gerd Froßmann. Die Schwester an der Information schaute den Rädelsführer argwöhnisch an und fragte: „Sind Sie ein Mitglied seiner Familie oder ein näherer Angehöriger?“ „O nö, eigentlich …“, Silber schaute auf den Boden.

Ihm fiel in diesem Moment trotz seines umfangreichen Schatzes an Ausreden keine passende ein. Anna stieß ihn in die Seite.

„Er ist … äh“, druckste Silber rum.

„Los, sag es!“ forderte Anna ihn auf.

„Öhem …“ „Mach schon“, drängte sie erneut.

„Er ist ein Freund“, sagte Silber schließlich leise.

„Bitte? Sie müssen lauter reden. Ich verstehe Sie nicht“, nörgelte die Schwester. „Er ist unser Freund“, sprach Silber laut. „Unser bester Freund“, verbesserte Emil von hinten. „Der großartigste Freund, den man haben kann“, fügte Josef stolz hinzu. „Genau“, bestätigte Silber lächelnd, „der beste, großartigste Freund, den man sich vorstellen kann.“ „Dürfen wir zu ihm?“ fragte Maria. Die Schwester verwies die Gruppe an den Chefarzt der Unfallabteilung. Der willigte ein, daß sie für kurze

Zeit den Patienten sehen durften. Froßmann war sichtlich gerührt, als die ganze Bagage das Zimmer stürmte und ihn mit Genesungswünschen überschüttete. Er dankte ihnen und erkundigte sich natürlich sofort, wie es der Firma ging. Maria versicherte ihm, daß sie alle Hebel in Bewegung setzen würde, um die Firma wieder in all ihrem Glanz erscheinen zu lassen. Schon nach kurzer Zeit erschien der Arzt und forderte alle freundlich auf, nun zu gehen. Widerwillig verließen sie das Krankenzimmer. Silber ging zuletzt. Er sprach die ganze Zeit während des Besuches nicht ein Wort. Silber wollte noch zaghaft winken und einfach nur verschwinden. Er haßte nämlich Krankenhäuser. Doch Froßmann sprach ihn noch einmal an. „Silber?“ „Ja, bitte?“ fragte Silber leise.

„Nennen Sie mich schon lange Frosti?“ Silber lachte auf.

„Schon die ganze Zeit, Herr Froßmann.“

„Bitte, bitte, bemühen Sie sich nicht. Jetzt haben Sie es so lange geschafft, mich so zu nennen, nun können Sie es auch weiter so betreiben.“ „Jetzt macht es aber keinen Spaß mehr“, erwiderte Silber verschmitzt. „Bitte, Sie würden mir damit eine Freude bereiten.“ „Gut, mache ich“, versprach Silber. „Ruhen Sie sich jetzt aus. Wir brauchen Sie in der Firma. Wir haben sonst keinen, der uns die Hammelbeine langzieht.“ Silber schickte sich wieder an zu gehen. „Würden Sie mir eines Tages mal den Trick verraten, wie Sie immer zu spät kommen und trotzdem eine tadellose Stempelkarte haben?“ Silber lächelte.

„Nee, dat geht nicht. Aber ich verrate Ihnen mal wat anderes.“

Er trat an Froßmann heran und flüsterte ihm was ins Ohr. Verblüfft sah Froßmann Silber an. „Aber das ist ja …“ Silber legte einen Finger auf den Mund. „Wußten Sie eigentlich, daß ich früher auch mal ein Legionär war“, gestand Froßmann. „Ich würde mal sagen, Sie haben nie aufgehört, einer zu sein.“ Er nickte Froßmann zu und ging aus dem Krankenzimmer.

Leichter Regen fiel in dieser Nacht auf den kleinen Flughafen in Mülheim an der Ruhr. Normalerweise mochte Silber die Nacht und Anna den Regen. Doch es war die Nacht des Abschieds. Anna mußte diesen Flug, der Teil einer Vereinbarung im Zusammenhang mit dem falschen Paß war, nutzen. Sonst sollte sie wohl nie wieder die Gelegenheit haben, so sicher aus dem Land zu kommen. „Meinst du, es gibt keine andere Möglichkeit, dem Prinzen aus dem Weg zu gehen?" „Du hast ihn doch selber gehört. Er hat mich eine Verräterin genannt. Also wird er nicht eher ruhen, bis er mich hat", erwiderte sie traurig.

„Wirst du dich melden?" fragte Silber hoffnungsvoll.

„Jedes Lebenszeichen von mir ist eine Spur", antwortete sie knapp. „Das heißt, wir werden uns nie wiedersehen."

„Es ist auch besser für dich." „Ich habe keine Angst vor ihm." „Glaub mir, er ist mächtig, und du hast es nur seinen Launen zu verdanken, daß du noch lebst." „Kann sein." Stille trat ein. Nur der Regen, der seicht auf die Tragflächen des wartenden Flugzeugs schlug, gab plätschernde Geräusche von sich. Beide rätselten in diesem Moment wohl, auf welche Art sie sich Lebewohl sagen sollten. Anna war es schließlich, die den ersten Schritt machte, während Silber sich noch immer das Spiel der Wassertropfen im Licht der Signallampen anschaute. Langsam kam sie ihm näher. „Wir müssen uns jetzt verabschieden." Anna legte ihre Arme um seinen Hals. Zaghaft näherten sie sich. Hätten sich nun ihre Lippen berührt, wäre die Nacht bestimmt in Flammen aufgegangen. Keiner von beiden hätte gewußt, ob es richtig gewesen wäre, aber eigentlich zählte nur der Augenblick und nicht der Gedanke an die Zukunft. Denn kleine Funken genügen, um mächtige Bauten abbrennen zu lassen. Silber war es aber letztendlich, der seinen Kopf wegdrehte. Er wollte lieber seinen Träumen nachhängen, wie es gewesen wäre, anstatt sich ständig die letzten Augenblicke des Abschieds vor Augen zu führen. Anna betrachtete diese Reaktion als Abneigung und trat beschämt einen Schritt zurück. Kaum fand sie jemand, von dem sie glaubte, daß er sie mochte, zahlte ihr das Schicksal alles zurück. „Versteh' mich nicht falsch ...", Silber fand keine Worte, um sein Verhalten zu erklären. „Schon gut", wehrte Anna ab. Sie wollte ihm weitere Unannehmlichkeiten ersparen. Silber war recht dankbar für diese Geste. Er faßte in seine Jackentasche und spielte mit einem Briefumschlag herum, den der Regen schon angefeuchtet hatte. Gerade als Silber ihr den Umschlag überreichen wollte, streckte der Pilot seinen Kopf aus dem Einstieg. „Das Wetter soll schlechter werden. Wir müssen los", meldete er.

Anna nickte ihm zu und wandte sich wieder an Silber.

„Ich muß jetzt …“ „Wenn etwas Gras über die Sache gewachsen ist, könntest du ja trotzdem mal versuchen, dich zu melden. Ööh, ich meine, damit ich weiß, wie es dir geht. Wir haben ja schließlich eine Menge zusammen durchgemacht.“ „Ich versuch's“, versprach sie leise. Silber spielte immer noch mit dem Briefumschlag in seiner Tasche herum. Anna schritt widerwillig die kleine Gangway zum Flugzeug hinauf. „Vielleicht haben wir beim nächsten Treffen Gelegenheit, die beste Pizza des Universums direkt vor Ort zu essen“, sagte sie mit tränenerstickter Stimme. „Dat wäre schön, dann knickt die Spitze wenigstens nicht ein.“

Das letzte Lächeln von ihr brannte sich für immer in sein Gedächtnis ein. Als sie ihm den Rücken zuwandte, fand er auf einmal die Kraft, den Briefumschlag hervorzuholen. Doch zu spät, die schwere Tür schloß sich hinter ihr. Die vielen Regentropfen, die die Scheibe herunterliefen, verzerrten ihr Gesicht, so sah niemand die zahlreichen Tränen, die sie vergoß. Silber winkte ihr mit dem Umschlag in der Hand ein letztes Mal zu. Das Flugzeug setzte sich in Bewegung und erhob sich in den dunklen Himmel. Er zerknüllte den Umschlag und warf ihn achtlos fort.

Silber stand noch lange im trüben Licht der Signallampen und schaute in die Richtung, in der er das Flugzeug vermutete.

An dem Tag, als Bauarbeiter in einem stillgelegten Kamin die Leiche von Paul Hermes fanden, legte Silber wortlos seine Arbeit nieder und ging aus der Fabrik. Tage später mußte er jedoch noch einmal wiederkommen, um die Formalitäten für seine Kündigung abzuschließen. „René, ich kann verstehen, daß du traurig bist“, sagte Maria, die ihm noch einmal auf dem Hof begegnete. „Aber wir brauchen dich jetzt bei dem Aufbau der Firma. Paul wäre bestimmt stolz auf dich, wenn er sehen könnte, daß du Meister deiner Lieblingsabteilung geworden bist.“ Obwohl sie schon lange wußte, daß sie ihn nicht mehr für sich gewinnen konnte, erkannte Maria selber, daß sie diesen verzweifelten Versuch nur unternahm, um ihn nicht aus den Augen zu verlieren. „Nein, danke“, wehrte Silber ab. „Ich glaube, du verstehst dat alles nicht. Ich will nicht mehr mitten in der Nacht aufstehen, um zur Arbeit zu fahren. Ich will nicht mehr einen Weg vom Parkplatz zum Umkleideraum zurücklegen, den andere morgens zum Brötchenholen mit dem Auto fahren würden. Ich will nicht mehr meine Klamotten in einen Spind hängen, den sich andere noch nicht einmal in den Keller stellen würden. Ich will nicht mehr von euch Bürofuzzies doof angeguckt werden, nur weil ich mit meinem dreckigen Arbeitsanzug die Kantine betrete. Ich will nicht mehr."

„Aber deine Kollegen …"

„Die sind mir egal", log er, drehte sich um und ging.

Inmitten des Hofes ließ ihn ein lautstarkes Gegröle stehenbleiben. Als er sich umdrehte, standen zum Abschied alle Legionäre am Fenster.

Sogar Froßmann war mit dabei. Sie breiteten ein Transparent aus, das sie sich aus Kakaobohnensäcken zusammengefrimmelt hatten.

„Viel Glück", stand darauf geschrieben. Das letzte Stück verknotete sich beim Entfalten. Emil schimpfte mal wieder mit Josef, wie blöd er doch sei. Angelika lachte sich kaputt.

Froßmann beschwichtigte beide und half beim Ausbreiten. Nun konnte Silber auch sehen, was darauf geschrieben stand, und lachte laut: „Arschgesicht." „Viel Glück, Arschgesicht!" riefen alle im Chor. Silber winkte und ging endgültig. Keiner sah die Tränen, die der Wind seinen feuchten Augen entlockte. Zum letzten Mal ging er über den Hof und nur Emils Worte, die der Wind zu ihm rübertrug, begleiteten ihn.

„Laßt die Kessel überkochen."

Ende

Epilog

Die Süßwarenfirma „*Blanka*" aus Mülheim an der Ruhr erlebte einen riesigen wirtschaftlichen Aufschwung. Die Geschäftsführerin Maria Kaupt erhielt für ihre Arbeit einen Preis als jüngste Unternehmerin, die den höchsten Gewinn erzielte. Nicht zuletzt verdankte sie das aber nur der hitzigen Live-Diskussion im Fernsehen, die sich Emil mit den Reportern geliefert hatten. Fast jeder im Lande wollte danach nämlich die berühmten Kokosflocken haben, die der Mann so tapfer verteidigte. Nach diesem Erfolg ließ die junge Managerin das ganze Fabrikgelände mit den neuesten Sicherheitssystemen ausrüsten. Eigens dafür stellte sie den besten Mann ein, den sie dafür finden konnte. Der Personalchef riet ihr zwar ab, diesen überqualifizierten, hochdekorierten ehemaligen BND-Agenten einzustellen, aber Helmut Wenzel bewies allen zum Trotz, daß Maria eine gute Entscheidung getroffen hatte. Den weiteren erfolgreichen Weg der Firma bestimmte die kreative Werbung, die alle Medien überschwemmte. Wider Erwarten erwiesen sich nämlich Gero Pallasch und Mathias Reusch als äußerst einfallsreiches Gespann und waren auch schon bald Abteilungsleiter des Marketingbereichs. Natürlich verzichteten sie dabei nicht auf Vorschläge aus den unteren Reihen. Josef z.B versorgte die beiden ständig mit lustigen Werbetexten und kreierte auch den letzten, der da lautete: „Was da los da im Flockenland?" Angelika übernahm von nun an die Versorgung der Tauben. Sie gedachte jeden Tag Paul Hermes', indem sie die Besucher auf das Dach führte und ihnen einen Einblick in seine riesige Bildersammlung gewährte, die den Verlauf der Geschichte der Firma dokumentierte. Die ganze Firma erlebte eine komplette Renovierung und wurde mit den modernsten Maschinen versehen. Doch so gut auch alles lief, die Legionäre klagten an bestimmten Tagen, daß es nie wieder so sein würde wie in der Zeit, als Silber noch sein Unwesen trieb. Keiner brachte morgens mehr Schokoladencroissants mit, wie Silber es immer tat, wenn er zu spät kam. Keiner aß mehr die kaputten Pralinen auf, die bei der Produktion anfielen. Keiner brachte mehr die Vorgesetzten zur Weißglut, indem er die Muschel des Telephonhörers mit Schokolade beschmierte und sie von einem anderen Apparat aus anrief. Und vieles mehr. Gerd Froßmann entwickelte zu guter Letzt das Produkt, das ihm endlich den langersehnten Ruhm einbrachte. Der Müsli-Riegel mit Puffreis schlug wie eine Bombe auf dem schon längst übersättigten Süßwarenmarkt ein. Wenn man ihn fragte, wie er auf den seltsamen Namen für diesen Riegel kam, lächelte er nur geheimnisvoll. Die Neugierigen hätten wohl besser daran getan, die Legionäre zu befragen, warum der Riegel „Frosti" genannt wurde. Die behaupteten des weiteren auch, daß Silber es eigentlich war, der den Riegel erfunden hatte und ihn Froßmann in seiner schweren Stunde im Krankenhaus zum Geschenk machte, indem er ihm das Rezept ins Ohr flüsterte. Schon einige Zeit später geriet der BND wieder mit großen Schlagzeilen in die Erinnerung aller Leute. Satellitenphotos des CIA führten dazu, ein Domizil des Prinzen in Rumänien ausfindig zu machen. Entgegen aller strengen Befehle und jeder Vernunft ließ es sich ein junger Agent trotzdem nicht nehmen, das Gebäude allein zu stürmen und die Terroristen im Alleingang dingfest zu machen. Der Topterrorist, den es aber eigentlich zu fassen galt, saß jedoch schon längst in seinem Hubschrauber und entkam. Das Rollkommando, das nach dem jungen Agenten das Gebäude stürmte, wunderte sich über das Bild einer Taube, das jemand auf den Schreibtisch des Prinzen gemalt hatte.

Als der junge Agent in der Hauptzentrale den Bericht ablieferte und eine Verwarnung wegen seines waghalsigen Einsatzes bekam, lächelte dieser nur, stieg in seinen alten Kübelwagen und fuhr davon.

Pit Deleon kam aus Frankreich und studierte in Duisburg Germanistik. Sein weniges Geld besserte er mit einem kleinen Job am Mülheimer Flughafen auf. Er mußte einmal in der Woche über das kleine Rollfeld gehen und dabei den Müll aufsammeln. Es war eigentlich kein schlechter Job. Oft blieb er stehen, schaute sich interessiert die Maschinen an, die gewartet wurden, unterhielt sich nebenbei mit den Töchtern der reichen Piloten und staubte hier und da mal eine Telephonnummer ab. Am Ende des Rollfeldes angekommen, setzte er sich, um seine wohlverdiente Pause anzutreten. Kaum saß er, erblickte er unter der Holzbank einen Briefumschlag. An der Verformung konnte Pit erkennen, daß er schon mal naß gewesen war und vom Wind wieder getrocknet wurde. Er öffnete ihn und las:

Du bist von mir gegangen, als Du zu einem wunderschönen Schmetterling aufgeblüht bist. Du bist geblendet in die warme Sonne geflogen. Ich bewege mich nicht, stehe am Horizont und warte. Warte, bis die Sonne untergeht. Warte mit offenen Armen und gebrochenem Herzen. Doch dann sehe ich von weitem im Dunkeln einen Funken. Ich spüre einen warmen Wind. Ist das der Flügelschlag eines Schmetterlings ...? Ich liebe Dich